陕西师范大学人文科学高等研究院资助出版

"上林学术名家书系"编委会

主　任

甘　晖

主　编

李继凯

副主编

赵学清　沙武田　李胜振

编　委

（按音序排列）

程国君　党圣元　葛承雍　何志龙

胡安顺　李永平　李跃力　李　震

刘学智　王建新　王泉根　王　欣

阎晶明　张宝三　张新科　赵学勇

陕西师范大学人文科学高等研究院资助出版

上林学术名家书系
主编 李继凯

中国文学原型论

程金城 著

陕西师范大学出版总社

图书代号　WX23N0971

图书在版编目(CIP)数据

中国文学原型论/程金城著．—西安：陕西师范大学出版总社有限公司，2023.11
ISBN 978-7-5695-3506-8

Ⅰ.①中…　Ⅱ.①程…　Ⅲ.①中国文学—文学研究　Ⅳ.①I206

中国国家版本馆CIP数据核字（2023）第012093号

中国文学原型论
ZHONGGUO WENXUE YUANXING LUN

程金城　著

出 版 人	刘东风
责任编辑	雷亚妮
责任校对	刘存龙
封面设计	李　琳
出版发行	陕西师范大学出版总社
	（西安市长安南路199号　邮编 710062）
网　　址	http://www.snupg.com
印　　刷	陕西龙山海天艺术印务有限公司
开　　本	710 mm×1000 mm　1/16
印　　张	14.75
字　　数	213千
版　　次	2023年11月第1版
印　　次	2023年11月第1次印刷
书　　号	ISBN978-7-5695-3506-8
定　　价	88.00元

读者购书、书店添货或发现印装质量问题，请与本公司营销部联系、调换。
电话：（029）85307864　85303629　传真：（029）85303879

序　言

《中国文学原型论》初版已经十年有余，在这期间，我从事其他领域的探索，同时继续思考文学原型问题，有了一些新的感想。其中与原型研究关系较大的是我对丝绸之路艺术的探索，包括对其主要艺术门类的了解，对其整体状况和发展过程的把握，对其涉及的艺术理论问题的思考，也包含对神话、口传、史诗、民间文学和文人创作及其艺术化等等现象的涉猎，由艺术现象触及艺术原型，进而触及艺术原型与文学原型的关系。

丝绸之路艺术从其史前史到后世的艺术链，构成了人类艺术发展史的中轴线，形成了多姿多彩的艺术形态，蕴蓄了极其丰富的精神内涵，也包含了多样的艺术原型及其置换变形现象。虽然我不可能对所有这些文学艺术现象做到很深入的研究——这非一人之力所能为，但是，对其探索，为我提供了全新的研究对象，拓展了我的研究范围，也让我有了更开阔的研究视域，对人类文学艺术发展的历史有了更多的感性认识和知识了解，对文学原型的研究有了更多的参照和思维向度，也多了一些新的思考。这些思考涉及人类文学艺术中一些历久弥新的普遍问题，它们程度不同地与原型研究相关。其中最重要的是关于文学原型研究视域的拓展这一总体问题，即从民族文学、国别文学原型到人类艺术原型，也就是原型研究的两种延伸：从文学到艺术，从族别、国别到世界。此外，还有一些相对具体的重要问题，如关于艺术起源、特质与原型关系的探讨，如从原型生成视角对意象、具象和抽象关系的观照，如从原型置换变形角度对模仿与创新关系、叙事与抒情关系的重新理解，以及对艺术链与原型生成关系的探讨，等等。自然，这种思考还在路上，但我愿意借拙著再版的机会与大家交流，以期引起关注，拓展原型研究空间，推动原型研究深入发展。

一，从文学原型研究到艺术原型研究。文学原型研究，不管是口传还是文字文本，乃至向电子文本的延伸，其对象都在语言表达的范围内。严格意义上的语言和文字表达，是区别文学与其他艺术和文化现象的内在规定性之一，这种规定性是必要和必需的。但是，在原型层面，对神话、意象、母题、宗教故事等等内容的表现，并不限于语言文字一种途径和方式，在诸如绘画（特别是壁画与细密画）、雕塑、舞蹈、器物纹饰等等其他艺术门类中，也可以用不同的艺术语言加以表现。也就是说，在原型的层面，艺术现象与文学现象相关却并不完全相同，艺术原型常常是文学原型研究的参照，而不单单是文学原型的外化。比如女神形象和生殖崇拜（如洞窟彩绘岩画、早期女性雕像等），有些是早于神话故事和口传的。也许，在远古时期人们表达人与世界关系的想象性解释和精神情感时，绘画形象、意象的直接表达比言语的交流和表达要来得更加直接和有效，这与我们"读图时代"的情形是相似的。据此，可以说，艺术各门类的原型与文学原型是同等的，甚至是更原始的。如果将文学归入广义的艺术，也只能说，文学原型是艺术原型之一类；如果借用符号编码理论①来看，相对于文学原型，广义的艺术原型是上一级编码，是涵盖性更大的原型概念。因此，从文学原型到艺术原型，既是研究视域的扩大，也有更多的学术生长点的拓展。这一研究观念的转变，既符合学理逻辑，也有艺术史依据。

二，从国别、族别、区域文学原型研究到人类艺术原型研究。以往的文学原型研究有重要成果，但也有局限。荣格的原型理论和文学研究，弗莱的一系列原型理论和文学研究，英国剑桥学派的原型理论和艺术研究，等等，主要的研究对象是西方的文学艺术现象和经验；中国学者以往的原型研究，包括拙

---

① 叶舒宪在《文化文本的N级编码论——从"大传统"到"小传统"的整体解读方略》（载《百色学院学报》2013年第1期）一文中提出N级编码理论，兼顾无文字时代的文化大传统与有文字时代的小传统，从文化表述的讨论，引入文化编码的讨论，将史前期的文物和图像视为一级编码，汉字为二级编码，汉字书写的早期经典为三级编码，此后的相关主题写作，统称N级编码。

著，主要是中国的文学现象和经验。这些研究在理论探索和批评实践两方面都取得了重要成果，都是文学原型研究的必经过程。正是这些研究成果和进展，为我们今天研究视域的拓展提供了坚实的基础。问题在于，文学和艺术原型现象，既有个别性和差异性，有族别性、地域性和国别特点，也有共同性、整体性和相通性，在相当程度上都以人类的共通感为心理基础。将文学原型研究的视域拓展到人类艺术发展史，可以发现个别与普遍、整体与差异的客观存在。比如，人们熟知的创世记神话、创生神话、洪水神话在各民族神话中都有，是普遍现象；比如关于龙的神话传说不仅中国文学艺术中有，在高加索地区的亚美尼亚艺术和西方艺术中也有，只是对其性质的解释不同；比如关于龙马精神，关于狮子形象，关于生命树，关于人面兽身，关于飞人（飞天、羽人），关于自然物象与意象，等等，都是同中有异。文学艺术原型研究需要超越东西方的局限而通达人类视域，以人类文学艺术现象和经验为对象，以人类为主体意识。国别、族别的文学艺术原型研究是揭示国家、民族精神的特殊性，而世界文学艺术原型的研究是揭示人类共同的情感和精神的相通性。人类艺术原型研究不是遮蔽、模糊了族别、国别文学艺术原型，而是在更宏阔辽远的背景和比照中看得更清晰了，特征更明显了，其精神意蕴更彰显了。需要特别指出的是，这里讲的是研究视域，是国家民族文学原型研究整体向人类艺术原型研究的向度，而不是指研究对象，不是要求每个研究者都从事这样的整体研究。

三、艺术的本意是敬天赞物，艺术原型是其经验基因转型仪式，文学原型是其语言表达方式。哲学家赵汀阳说："艺术的本意在于人对事物用敬，艺术的时刻是人与事物灵性相会的时刻，艺术就是人答谢万物的礼节和仪式。""根据人类学和考古学的考察可知，艺术非常可能起源于初民敬天礼地的神秘仪式或通灵的巫术，意在敬天地之神性，谢天地之大德，答万物之恩惠，求无灾之丰年等。由此可知，艺术的本意是敬天赞物，而艺术则是通过美学技艺而实现的致礼仪式，并且可见，艺术暗含一种万物有灵论的态度，即将万物识别为可以沟通的精神存在，而此种万物有灵论的感觉也正是艺术起源的一个关键条件。进而，随着巫术的消退，艺术演变为经验的无限表现形式，却仍然维持着艺术的本意，仍然是敬天赞物的经验基因的转型仪式。"①这种对于艺术本意的阐释，为人类艺术现象，特别是丝绸之路艺术现象所证实。关于艺术的产生和起源，大家熟知的多种解释中有劳动说、宗教说、模仿说、表现说、仪式说等等，都有一定依据和道理，都与人类情感表达的需求相关，这是基本的共识。然而，追溯艺术的最初形态和源头，则更早的是敬天赞地的遗留物，体现的是那些关乎人类最深层的精神需求。艺术起源的重要因素可能与人类克服恐惧感和匮乏感的精神需求有关。处于童年期的远古人类，从对天地万物的无法把握转为膜拜崇敬，是人类早期面对自然宇宙的必然反应，是一种应对之策而不是简单妥协，行为科学对裸猿的研究提供过这方面的依据。这也是艺术的一种实用功能，功利色彩十分清楚，只是这种实用性体现在精神需求方面。研究艺术起源和本意，关涉艺术原型。早期的人像雕塑、西班牙和法国洞窟岩画等等，特别是丝绸之路艺术史前史中美索不达米亚、埃及、地中海及古希腊、古印度的神庙建筑、石窟寺庙，亚述动物石刻，波斯金属艺术图案纹饰，中国从彩陶到青铜器的造型和纹饰，等等，既有对神的膜拜和崇敬，也有对巨型动物的对抗和征服，还有人与物的转化、变形、融合（如人面兽身）等，都可以说是以不同形式表现了人与事物的灵性相会，其不断延伸变异，形成艺术链。随着人类物质和精神生活的发展，审美成为重要的需求，装饰、美化器物随之发达。可以说，人们对艺术的尊敬是敬天赞地精神的变相体现，信仰是文学原型生成的重要推动力。这样的思考，并不会导致文学原型研究的神秘和单一，反而通过不同艺术现象的参照研究，更清楚地凸显出人类在面对自然的进程和自身发展过程中的精神情感轨迹，艺术原型抵达人类心灵世界的最深处而形态多样。

四，意象、具象和抽象可能在人类艺术初始时期就混融一起，艺术原型模式可能是几种思维方式的混融或彼此消长。这可以追溯到原始时期的史前艺术现象中。以岩画为例，可以看出所谓原始艺术是混融性、复功用性的文化遗

---

① 赵汀阳：《艺术的本意与意义链》，载《人文杂志》2017年第3期。

存，其表现方法不拘一格，图像杂然纷呈。岩画有大量的表现远古人类生产生活方式的近乎写实的作品，如各种动物、放牧、狩猎、打斗、舞蹈、祭祀仪式、生殖崇拜等场景和图案，构成了原始艺术拙稚然而可辨认的形象和场景，从这个意义上说，岩画是具象的。但是，岩画还有不少不能辨认而同样有意义的形象和符号，这些构成神秘的图案和多义的意味。这引来人们对它们背后意蕴的推测和解释。以往对原始艺术的解释，比较关注其具象特征。对岩画的解释，多从它们的直观具象去阐释其所指，比如，从动物形象、狩猎场景推测远古人类的生产方式，从类似舞蹈仪式场面解释原始宗教和祭祀活动，从交媾画面和性器官的夸张说明生殖崇拜和性崇拜，等等，这有其依据和理由。但是，正是这种直观的感受和欣赏习惯，把人们的注意力引向对其具象含义的单一解释。然而，细细思量，岩画的图像和图案中，有没有意象含义和抽象方法呢？是否表面是具象而深层是意象呢？我认为，这是可以肯定的。岩画中有一些特殊的形象，这些形象无法还原为现实中的事物，比如人面神像（或太阳人面像），比如一些难以解释的蹄印、难以辨认的符号和难以确定的动物形象，都可能包含我们所不知的象征意义。即使在具象的形象中也有不可思议的局部夸张，比如对雄性动物和男性生殖器官的夸大张扬，这里面都包含着不为人知的意思，可能是某种写意，某种想象、虚拟，创造的是意象而不是写实。也就是说，对岩画的含义的解释要根据整体的画面、图案、符号及其周围的环境，解释其意义。岩画是最早的意与象的统一。岩画的图像学特点和价值正在于在具象中蕴含着意象，在所指中有更多的能指。岩画留下了千古之谜，我们无法穷尽其原始精神，却可以改变认识它的路径和切入方式。岩画的创作原本有多种可能，只有采用多种解读方式才可能更接近它。或许改变思维方式，拓展思维空间，方能理解其中更多的含义。如果认可岩画中有意象存在，其意义在于：一是我们不必把所有的原始艺术都作为写实的具象看待，而忽略其作为原始综合性艺术的特性；二是由此及彼，对史前原始艺术的理解多了一种维度，即意象的维度，也不必限于从具象到抽象的定势思维中不能自拔；三是艺术史关于意象创造的时间将会大大提前，关于艺术的特质和美意识的源头的追溯会走向多元。史前艺术涉及的艺术思维问题，与原型生成有很大关系，有学者提出："重新发现艺术的起源就是重新去发现我们的思维、想象，以及创造神话、感觉和试验的方式所赖以建立的那些目的和基本情感。这同时也是重新去发现我们的表达和交流能力所历经的发展和演化的进程，这些能力至今仍在如此强烈地影响着个人、群体、种族和人类的社会联系以及生活的目的。最后还有另一个方面，这个方面可能对考古学家、人类学家或历史学家来说是次要的，但对文化的整体来说却是根本性的：对史前艺术和部落艺术的研究为深深根植于人类中交流和表达的逻辑体系开启了新的视野。这种体系是一种共同的语言，它超越了本地的、地区的或是国家的界限，包容了整个人类。毫无疑问，也是由于这个原因，今天，视觉语言及其起源的问题越来越引起人们强烈的兴趣，而这并不仅仅局限于研究者之中。"①这种对原始艺术的理解是深刻的，富有启发意义的。对艺术原型的溯源有助于我们探索文学原型。与此相关，我有一个已经表达过的观点，即文学艺术原型是生成的而不是现成的，原型不全是先在的模式而具有再生性。重新思考原始艺术思维方式的启示意义在于，不能狭隘地理解原始意象，也不能狭义地解释原型的含义，文学原型中的意象、形象、哲思、情感等等是融合为一体的，原型的感性结构与理性结构在某一原型中可能侧重不同，但意象、具象、抽象几者并非决然分离。

五，叙事与抒情、再现与表现共存于人类艺术发展史，它们在不同时空中侧重不同而形成不同的艺术格局，其达到极致便是艺术倾向反拨的开端。在《中国文学原型论》中，笔者提出了文学有叙事原型与抒情原型两个系统的观点，对此观点的进一步思考是：包括文学在内的广义艺术，历来都存在叙事与抒情这两种因素，这两种因素在艺术的原初阶段就有表现，它们不仅仅是文学的方法和思维倾向，而且是艺术的普遍现象；某个国家和民族在某个历史阶段侧重叙事或抒情，而一旦将这种艺术倾向推到极致，就会出现反拨。以中国为代表的东亚传统艺术偏重抒情写意和表情，以古希腊艺术为源头的西方艺术侧

---

① [法]埃马努埃尔·阿纳蒂：《艺术的起源》，刘建译，中国人民大学出版社2007年版，第18页。

重写实叙事和模仿，这种现象从19世纪下半叶开始，各以反传统为旗帜而得到历史性反拨和互补，形成新的艺术格局。人类艺术的发展，整体上是在抒情与叙事之间寻找平衡。这在国家民族整体文学艺术发展中表现为传统与现代、东方与西方、新与旧的相互激荡，在个人则表现为对不同创作理念的信奉和方法技巧的选择。

六，文学原型与艺术链。艺术链是笔者借用赵汀阳先生"意义链"[①]的概念对丝绸之路艺术一种现象的概括，而文学原型的置换变形构成相互联系的要素结构，类似艺术链。在对丝绸之路人文艺术现象的整体考察中，特别是对其艺术现象相互交错的复杂关系及其生成过程的逐步认识中，我意识到，在人类史上，丝绸之路漫长的时间和巨大的空间，不仅为各种不同艺术的交流影响和互融互鉴提供了充分的条件，而且艺术的多样性和差异性刺激了不同艺术互补性的需求，从而形成艺术链生成的内在机制。即使在丝绸之路商业贸易和交通时断时续的阶段，丝绸之路文化艺术的交融和艺术链的继续延伸也未停止，比如音乐舞蹈，比如纺织服饰，比如宗教文学艺术，比如陶瓷及各类器物，等等。主要原因是，外来的艺术内容、样态和风格一经与本土文化艺术交融，介入当地和当代的文化生活，其基因就获得了"自生自长"的活力，其延伸获得内在的驱动力，外部因素的一时中断，也无改继续衍生的趋势。丝绸之路艺术是生活的艺术，生存的艺术，生命的艺术。从一定意义上说，有人员流动，有经济等社会活动，有文化传播互动，就有艺术相伴相随，就有艺术链的延伸。对这种现象的宏观把握和具体解释，是丝绸之路艺术研究的任务之一，或者说这是丝绸之路艺术整体研究不同于艺术门类和局部研究的目标之一。变易、联系、交融、互鉴、兼容等等是丝绸之路艺术存在的前提条件和方式，也是我们今天研究丝绸之路艺术的着眼点。人员的交流及其文学艺术活动，是原型生成发展的重要因素。唐诗中的许多意象与沿丝绸之路入华的外国人有关，叙事文学中的许多母题与佛教相关。佛陀的故乡在南亚次大陆，但是在东亚、东

---

① 赵汀阳：《艺术的本意与意义链》，载《人文杂志》2017年第3期。

南亚，特别是在中国、日本、泰国等地到处都有佛像及其延展。僧侣、信众心中想的是佛，顶礼膜拜的是佛像，佛就是像，像就是佛，像为什么能成为佛、成为神？"从信仰者无须图像可以在静室自觉地存想思神，到信仰者需要图像来启迪对神祇世界的幻想，这一变化背后隐匿着信仰世界的什么变化？"①进而，由佛而寺庙、佛塔、壁画，而菩萨、罗汉、金刚……人塑造了各种各样的佛像神像，甚至拜佛拜神成为普通百姓的信仰——它是否说明"艺术通神""艺术通灵"？其中反映了怎样的人类共同心理和人与艺术关系的原理？玄奘的真实事迹怎么演化为《西游记》的故事？孙悟空与《猕猴王本生》有无瓜葛？佛教传播，西天取经，动力何来？这都是学界感兴趣的话题，其深层有丝绸之路宗教艺术链的原因，也与原型研究相关。丝绸之路艺术链在不同的艺术类别中，其链接规模、长短等有所不同。以笔者浅见，艺术链条最长、延伸最广的是器物艺术类，而黏结力最强、衍生性最丰富的是神话-宗教艺术类。器物艺术如彩陶、瓷器、青金石器物、金银器、青铜器及其他金属器、各类雕塑雕刻、钱币及纹饰图案、工艺品等，延续时间长，分布区域广，类型多样，含义丰富，根本原因是它与人的生存发展紧密联系。以神话、宗教为源头的艺术类，如神庙、石窟、寺院等宗教建筑艺术，雕塑、壁画、墓葬艺术，神话故事及其艺术物化形象，等等，与人的信仰和心灵的安顿有直接关系，即使娱神，终究也是为了人自身。相对而言，器物类艺术侧重物质层面，而宗教类艺术更多蕴含精神追求，其持续不断的传播和衍生构成不断变异的艺术链现象。所以，艺术链背后有深刻的文化、宗教、民族等因素。从这个意义上说，艺术链即意义链，它以人类的生存发展和精神的相同性和共通感为内在驱动力。丝绸之路艺术链作为一种特殊的话语体系，其意义延伸到信仰体系、知识体系和思想体系，这是文学原型研究非常重要的参照系，将拓展出巨大的研究空间。

七，同一性与差异性、整体性与个别性和文学原型研究的关系。同一性与差异性、整体性与个别性是人文学科研究范式中普遍存在的关系。原型研究

---

① 葛兆光：《思想史的写法——中国思想史导论》，复旦大学出版社2004年版，第151页。

和文学人类学研究常常会由自我情结与集体无意识（原型）的关系而涉及诸如人性与历史、个人与族群、个体人格与国民性（集体性格）等问题，揭示共时性中人的文化心理结构及其要素，历时性社会文化变迁和时代精神对人格形成的作用，等等。这些研究，包含着思维范式中的关系，就是总体性与局部性、同一性与差异性。过分强调同一性逻辑与过分强调差异性逻辑都有其局限。前者的理论忽视民族、地方、边缘的特殊性及其价值，有可能将人类文学的普遍性抽象化，甚至得出建立在西方中心主义立场上而违反文学人类学初衷的结论。后者一味强调差异性，而忽视人类的相通性与普遍性，同样失去文学人类学宏观、远视对具体文学现象的意义的解释功能，忽略全球化和高科技时代人类文化和文学实践的新特点，忽略人类精神情感的相通性、共通感。人们熟悉的"越是民族的越是世界的"观点，就涉及同一性、普遍性与差异性、特殊性的关系的理解，而如果把它推向极致各执一端，也可能产生问题。因为，并不是在任何情况下，越是民族的就一定越是世界的。从强调同一性出发，就有可能将世界性作为一种标准，以此来衡量民族文学的水准，"走向世界文学"的情结和诺贝尔文学奖情结或许是其表征；从强调差异性出发，就有可能将民族性放大为世界性，文本的过度阐释或许就是其表征之一。因此，文学艺术原型的研究，需要从哲学层面思考其方法论。

八，异质文化的交流融合是文学艺术原型置换变形的重要动力。原型的置换变形具有多种因素，是事物的始发性、基本规定性与新的激发因素的综合作用，从人类文学艺术的宏观视域看，异质文学艺术之间的差异化导致的好奇心和互补性是非常重要的因素。这一点从艺术现象中比文学现象中看得更加清楚。比如，在丝绸之路的建筑艺术中，特别是神庙、雕塑及石刻中，古埃及、古希腊-罗马、古印度、波斯等都有许多交流融合而生成新的艺术现象的事例；比如，在佛教艺术中，从印度经过中亚、中国到东南亚，石窟建造、佛塔、佛像雕塑、壁画等等，处处可见置换变形，可以说，佛教传播史催生了佛教艺术原型置换变形史。在文学中，一些宗教故事和教义逐渐演变为文学原型而反复再现，这充分反映了异质文化的冲撞、交流、融合而推陈出新的规律。

与此相关，模仿也是文学艺术原型研究的应有之义。置换变形不是简单地模仿，但是，模仿包含了原型置换变形的因素。艺术贵在创新，这是一种理念，也是一种价值评价的取向，然而实际上，艺术起于模仿，模仿从未停止，模仿自然、模仿前人、模仿母题、模仿叙事方式等等。从艺术史整体来说，模仿而后创新，在传承中创新，几乎是艺术发展的必然过程。模仿与抄袭的根本区别在于模仿中有创新因素，其结果是提供新质而不是重复。从一定意义上说，创新基于原型又突破原型，异质文学艺术为模仿者提供更多的新质，因此，异质、交流、融合、创新，都是原型置换变形的关键词，而人类艺术的多样性、异质性潜藏着巨大的原型库，原型研究依然有很大潜力。

目 录

引 论 / 001

第一章 文学原型论

第一节 文学原型的含义 / 008

第二节 文学原型的生成要素与存在形态 / 013

第三节 原型与文学创作和接受 / 023

第四节 文学原型的置换变形 / 028

第二章 中国文学原型综论

第一节 原型系统：抒情与叙事 / 034

第二节 原型始点：物象与事象 / 040

第三节 原型特质：沉思与世情 / 045

第四节 原型范式：造境与演绎 / 058

第三章 中国抒情文学原型论

第一节 自然物象与抒情意象 / 066

第二节 意象与抒情文学原型 / 075

第三节 意境与抒情文学原型 / 082

第四节 艺术思维、格律与原型 / 090

第四章　中国叙事文学原型论

　　第一节　中国叙事文学原型的多元始点 / 102

　　第二节　神话与叙事文学原型 / 106

　　第三节　史传传统与叙事文学原型 / 118

　　第四节　仙话、志异志怪与叙事文学原型 / 122

　　第五节　文化元典、原始巫术和宗教思想与叙事文学原型 / 128

　　第六节　阴阳原型与中国叙事模式 / 132

　　第七节　说教与宣泄之间：接受心理原型 / 139

第五章　中国抒情文学原型的现代置换

　　第一节　文学原型理论与现代文学研究 / 150

　　第二节　原型置换与抒情文学的困惑 / 155

　　第三节　现代抒情文学原型的置换与意蕴的新变 / 159

　　第四节　中国现代文学的象征隐喻系统 / 167

第六章　中国叙事文学原型的现代置换

　　第一节　叙事文学原型的置换与民族精神的重铸 / 178

　　第二节　现代历史转型期的文学原型置换变形 / 181

　　第三节　叙事原型模式的消解与置换变形 / 195

　　第四节　中国现代文学叙事意象系统 / 202

　　第五节　性的变奏与"妖女"原型——现代文学原型置换个案分析 / 209

主要参考书目 / 217

引论

一部人类文艺发展史，是在恒定性和变异性的交互作用下演进的。它不断丰富发展，又不断变异，在建构着一定的结构模式，又不断试图打破既有模式。在反观文艺的发展历程时，我们似乎感到有一种无形的内在制约力量，有一种恒定的因素发挥着作用。我们希望在历时过程中发现某些永恒，在共时空间内发现某种共性。

一个故事可以在历史的长河中不断流传并引起共鸣，一个文学母题可以不断置换变形并被赋予新的内容，一首古老民歌可以打通时间界限引发不同情境下民族的共同情感，一幅山水画可以与不同时代不同人的心境同构，一首诗可以感动无数代欣赏者，"一个用原始意象说话的人，是在同时用千万个人的声音说话"①……

与此相关，文学活动又是熟稔和陌生并存、记忆与希冀相伴的精神实践过程，既要熟稔感又要陌生感，既要呈现记忆又要表现期望，既要继承又要创新，既执着于现实又超越现实……人类的艺术史和人类对艺术的需求轨迹就是在这种矛盾中演变的。那么，在这背后是一种什么东西在起作用呢？那种恒定又易变、古老又常新的无形模式又是怎样制约着文艺的发展路径并满足人类对文艺的不断需要的呢？

对这种现象的解释，研究者曾经比较容易从社会的、历史的、文化的等客观方面着手，即以社会历史特点和具体时代背景所提供的模式为参照系，尽可能从这种模式中找出与文艺现象相关联、相对应的因素，对这种文艺现象做出解释。这种研究视角自然有它的合理性和特点，因为文艺现象，说到底是人为了更好地生存发展和幸福生活而进行的有目的的精神价值的创造性活动，文艺的社会实践性、历史具体性和文化意识性是不能否认的事实。然而，这种

---

① [瑞士]荣格：《心理学与文学》，冯川、苏克译，生活·读书·新知三联书店1987年版，第122页。

研究角度只能部分说明上述文艺现象，不能解释它的全部；况且，当这种研究角度被推向极端作为唯一视角时，就会把人类文艺活动中许多重要的特性置之度外。比如，它忽视人的本体方面（心理本体方面），在注意到艺术的发展与社会历史文化关系的同时，不能充分考虑到人的主体需要、精神本能与艺术发展的关系，即心理功能动力。于是，人们试图从另外的角度寻找艺术规律，寻找制约上述现象产生的另外的模式，即心理原型与艺术发展嬗变之间的关系。

从19世纪下半叶开始，特别是进入20世纪，随着现代人本主义哲学思潮的发展，尤其是心理学的进展，人的非理性因素被重新认识和张扬，感性被极大重视，这对文学艺术领域产生了直接而深远的影响。尤其是精神分析理论对于人的意识结构的剖析，集体无意识和原型理论的提出与阐释，为文学艺术创作和批评开拓了新的空间，也将关注的目光投向了集体无意识的深层。人们逐步意识到，文艺作为人类精神领域的重要方面，它对人的心理的特殊的反映往往正在于其以特有的功能触动集体无意识。艺术活动激活集体无意识，使我们被理性牵制的精神得到感性的解放，使干涸的心灵获得来自古老精神源泉的滋养，使失去精神家园的灵魂得到拯救。文学原型使我们感悟先民的精神体验，不断从传统中掘发出满足精神本能的意蕴，给人以独特的精神价值的实现。这些内在原因，使得现当代文艺界出现一个重要现象，就是在表现现代新的生活和新的感受的同时，对于原始和口传文艺给予极大重视和极高评价。如同人们在物质生活得到极大满足的同时留恋往昔古老的生活方式一样，精神上的这种留恋不是蜕化，而应该说是人对自己的精神本能的重新重视。

文艺通过意象来激活集体无意识并与人类精神本能的某些特殊需求契合，这是文艺活动中某些"永恒"现象的内在原因。文学艺术不同于历史、哲学等，它不单纯以题材、主题的新与旧来评价其价值的大小。文艺对于同一个主题可以反复表现而不等于简单重复，这里的奥妙就在于它以不同的内容和表现形式不断激活人的无意识领域。每一次的文艺活动都可能触发人的某种深层的情绪和体验，都可能是对人的心理原型的揭示。

文艺具有教育、认识和情绪感染的功能，移情、娱乐的功能，表达意志和抒发情绪的功能，等等。此外，它还有一个很大的功能，就是对于精神禁忌的冲击和无意识领域的触及。古往今来，所谓文艺的发展、创新，其实何尝不包括这些方面的突破，人类文艺发展史的重要侧面正是人类以文艺的特殊形式冲击精神禁忌的历程。文艺一方面在发展和充实着人类的精神宝库，另一方面在冲击和破坏着以往的精神樊篱。文艺如果没有对于正统的、传统的精神的触动，它可能就不会有那样的吸引力。许多文艺作品遭禁，许多作品对于某类人的诱惑，也说明了文艺对于被压抑的潜意识的触及和对于人们特殊心理需要的满足。这从另外一个方面说明文艺与集体无意识的深刻联系，而突破原型便成为文艺创新的深层表现，也构成文学原型研究的内容之一。

探讨文艺的发生论、本体论、发展论等的逻辑起点，不能忽视人类对艺术的精神需求这个最基本的起点。因为这种起点说到底还是人类存在实践的结果和长期对情感需求及其表达方式的积淀，它生成一种类似精神本能、具有基因性质的现象。

人类对既往的怀恋、追忆、好奇，有时超过了对未来的设想和向往，这也许是因为往昔永远不会再现而人类为了了解现在和未来又不得不回顾往昔吧！人类的艺术活动不仅仅是一种被动的接受和反映，不仅仅为后天环境所决定，它确有为人的精神本性所决定的一面。作者的创作是有一定的或隐或显的心理模式作为内在模子的。他在表现自己的记忆、感性、体验、理解、向往等的同时，也在通过个人的心绪情结表现集体无意识，否则，他的作品便不会被理解和接受。读者的接受也有类似的心理基础。艺术的求新与反复、超越与传统、发古之悠情与反叛意识等关系中，反映着人心理某种易变性与恒定性因素之间的活动规律。现实的因素刺激着人内心的这种规律，产生对于艺术的具体的需求，这种需求从根本上说既是作家的，也是读者和观众的，既是当时的，也与精神遗存相关。从一定意义上说，现实的精神需求与人类的精神本能的契合是制约文艺发展方向的内在规则。换句话说，是人类精神需求本质上的相通性、人性的共同性内在地决定着艺术的需求指向和选择。

原型理论之于文艺，首要的意义便在于它把艺术研究的视线从着重客观社会方面引向人的主观方面，启发研究者从人的精神本体方面探讨人对艺术的需求，从人的心理本能方面、情感模式方面寻找制约艺术发展的主观动因和结构功能。原型心理是人类精神现象中一个有价值的课题，文艺原型联结着诸多文艺现象的秘密。揭示文艺与原型的关系，就是揭示人类的心理本体与文艺活动之关系。

原型是制约文学发展的深层机制。中国文学在这一点上更为突出，在文学创作中，追求象外之意和意境的创造，推崇情景交融和化情思为景物。在文学研究中，一直存在回到永恒的神圣原点的意识。在文学思想上，复古主义现象不断出现，循环往复而又希望在新的起点上重生。在作品解读中，崇尚发现微言大义，追寻作品深层意蕴直抵"道"的层面。在艺术思维方式上，欣赏直觉、顿悟和整体把握。在文学体裁上，诗词的格律与小说的章回成为成熟的模式……这一切，都涉及一个焦点——中国文学原型现象。由此可以说，中国文学原型研究，一方面试图把我们的文学经验统一并整合起来进行"远观"，另一方面试图由文学原型研究深入对民族文化-心理结构的"透视"，从而在较为辽阔邈远的文学时空中感知其演进的内在节奏。

第一章 文学原型论

第一节　文学原型的含义

　　当代汉语语境中的"原型"是从英语"archetype"译介过来的，它源于希腊文，本意是原始模式或某事物的典型。原型概念在柏拉图时代就被用于哲学和神学领域。哲学上原型被视为万物的理式、范型和绝对理念，认为真实的东西仅仅是这些理式和理念的摹本；神学上则用以说明上帝创造万物的依据。由于柏拉图从哲学的高度把原型看作可感的万物之摹本和原始模型，假设我们所感觉的事物都有其先在的原型，包括精神现象的原型，包含有开端、初始等发生学的意义，这就为后来原型外延的扩大在客观上打下了理论基础。

　　现代原型理论是在西方哲学思潮，特别是现代人本主义思潮影响下被激活和发展嬗变的，与人类学、宗教学、文化学、符号学等领域有深刻的联系，被赋予了新的含义，特别是荣格从分析心理学的角度，弗莱等从建立科学的文学批评方法的角度对原型的重新解释，使得原型成为涉及哲学、神学、心理学、文学艺术等范畴并带有形而上意味的概念。也就是说，原型这个古老而获得新意的术语，其基本的含义不仅指客观真实存在的事物样本，而且是一个所指非常广泛因而外延不断扩大的概念。

　　不同领域对原型的具体理解差别很大。比如，荣格的原型研究主要是精神分析范畴，他从人的心理模型和精神本能问题切入，认为人在出生时就具有先在的典型的行为模式和领悟模式，即原型，着重强调它作为深层心理结构或集体无意识的载体的特征。在文学批评中，神话原型批评具有文学人类学的特点，原型作为一种有共同性、相通性的深层模式在文学作品中规律性出现，有时是指意象的反复，如月亮、流水等意象的不断重现，有时是指象征和创作模式的置换变形，等等。

　　进一步看，对原型的不同解释，也可以说呈现了原型现象的不同维度，这包括了原型的哲学的维度、神学的维度、心理的维度、文化的维度等等。不同领域原型概念的生成都有自己的路径基点：哲学中的原型是假设的理念，神学的原型是想象中的上帝及其精神，心理学中的原型是推测出的祖先的精神遗传和心理模式，文学的原型则是意象、象征、母题等现象的反复、瞬间再现和文学活动的内在结构与模式。从哲学意义上说，原型是抽象推论出的一种存在或结果，是先在于可感事物的存在，这有明显的先验论色彩。从心理学角度来说，原型是集体无意识的载体，也是人类相同或相通的情感模式，它以人人具有的集体性和似乎与生俱来的先天性显现着某些精神现象的本原性、原始性和模式功能，心理学上的原型只有通过某种中介才能被感知和激活。而更大量可见的原型则是文化角度上的原型，也就是通过具体的文化载体所体现的精神现象，比如文艺中意象的反复、母题的置换变形，这种原型通过社会性的文化承传而不是精神遗传世代流传下来，这也是最容易辨认和理解的原型。

荣格认为，原型可以是一个故事，一个形象，一个过程，"有多少典型的人生情境，就有多少原型"。从广义上说，原型的载体和表达形式是无限的。从狭义上说，原型有其特定的含义，也有特定的显现方式。神话是原型最主要的载体和显现方式。荣格在他所识别的众多原型中，列举出出生原型、再生原型、死亡原型、力量原型、巫术原型、英雄原型、儿童原型、骗子原型、上帝原型、魔鬼原型、智叟原型、大地母亲原型、巨人原型，以及许多自然物如森林原型、太阳原型、月亮原型、风原型、水原型、火原型，还有人造物原型如圆圈原型、武器原型等。此外，还有转换的原型，等等。原型以模式形态反复再现普遍的精神现象，显现人类深层的情感体验和集体无意识。

将原型理论放在整个人类精神发展史上来看，原型有不同的解释思路，即理性的与感性的、哲学的理智的与宗教的神秘的不同路径。柏拉图从理性的角度出发，认为事物背后都有其最初的原型，他所说的原型就是理念。柏拉图的理论影响了哲学和宗教领域，因为他对原型的推论是对事物本原模式的一种假定。荣格不是从理性的角度去推论事物的原型，而是从感性方面，从人的非理性的表现中观察其精神和行为体现出的集体无意识心灵原型，因而他认为原型与精神本能接近。荣格对于过度理性化、简化原型的趋向提出批评，目的是要恢复和重视原型的感性内容，使知觉的原始模式、原始意象重现，从而为人的非理性找到应有的位置。荣格借用了传统的原型术语，也继续沿用了柏拉图关于现象世界与理念世界关系的思维模式，却有意扭转柏拉图以来关于原型解释的哲学、神学方向，将原型概念引入心理学范畴，用它来解释人类心灵世界的复杂结构，同时通过原始意象的再现等假设，试图为原型的感性方面和人的非理性找到位置，最终构建起一种建立在自主精神原则基础上的心理学。心理学意义上的原型意在表明人类共同的情感体验或精神现象的出现和存在，也标识着最初的、原始的、作为开端的精神体验和心理情感。这可以理解为原型中的"原"。与"原"相关的"型"则表明了这些事物在人类生存发展中的永恒性、共通性和重复性。这些不断重现的精神现象，必然与人类生存和发展中最密切的、最重要的、最先出现和反复遇到的事物相关，它应该是跨越时空的"集体人"在这些事物面前的相似的心理和情感反应。荣格的意义在于恢复原型的感性特点，而这正是20世纪西方哲学家，特别是人本主义哲学家所着力研究的问题。同时，对于原型感性的强调，特别是对原始意象的激活，就为文学的原型研究打开了巨大空间。

文学原型理论是在原型心理学的基础上发展起来的。统称为文学"原型"的现象，是由一个个具体的承载方式体现的，是通过神话故事、意象的重现、主题的反复、母题的置换变形等载体显现出来的，离开这些具体载体就无法言说所谓文学原型的存在。同时，原型是在读者接受、阅读和交流过程中领悟到的，"如果我们不承认把许多诗作相互联系起来的形象系统中含有原型的或程式的成分，那么就无法仅仅通过阅读文学作品来获得任何系统的精神训练。但是，倘使我们不仅有了解文学的愿望，而且还想知道我们如何才能了解它，那时我们便能发现，将形象追溯到定型化的文学原型的过程，是在我们整个阅读的过程中发生的"[①]。这是说，读者通过阅读发现那些典型的反复出现

---

① [加]诺思罗普·弗莱：《批评的解剖》，陈慧、袁宪军、吴伟仁译，吴持哲校译，百花文艺出版社2006年版，第144页。

的形象和模式。"某种原型深深扎根于已形成惯例的联想中,因而必然使人们产生那种联想,如十字架这一几何图形就不免令人想起基督之死。"①

在叙事文学作品中,作为原型存在形态和载体的,有不断置换变形的神话故事和人物,如中国神话中的女娲、伏羲、夸父、盘古等;有英雄史诗中的故事和人物,如格萨尔、江格尔等;有民间口传文学中的故事和形象,如牛郎织女、八仙、嫦娥等;有主题模式,如官逼民反、因果报应、忠孝不能两全、"棒打鸳鸯"等;有人物形象,如智者、英雄、求索者、过客、恶魔等。

在抒情文学中,作为原型存在形态和载体的,有各种反复出现的原始意象和象征物,有自然物象构成的意象、景象和各种与心理体验联系的特定情境,比如水、日、月、山、河、大地、风、雨、夕阳等自然意象,比如雄狮、飞马、鸿雁、鲲鹏各种动物意象,比如游子、过客、智者等人物形象,比如孤蓬、漂泊和登临、思乡等心理意象等。

文学原型介于原型的心理维度与文化维度之间,它将心理原型以艺术语言的特殊手段外化为可见的文化现象,它是族类共同的心理情感的特殊显现,可以通过如神话、象征、意象、模式等社会文化承传方式而世代相承。

文学原型是形象的、可见的,也是可以传承的,同时具有反复重组性和含义的约定性,具有为集体所共同理解的特征,能够置换变形。由此可以说,由文学的特性所决定,文学原型是由意象等感性方式承载并经特殊情境被激活的民族心理情感或集体无意识。文学原型是集体心灵的外现,是情感、心境和体验的规律性反复显现。

文学原型的外在形态是具体的意象的重现、形象的反复、母题的变形和象征联想等等。通过这种载体和方式及其所反复传达的信息,人们确认了原型的存在。但是文学原型的真正特质是人普遍的情感心理,是人类精神相通性的体现,是集体无意识心灵。人们把体现在不同作品中的相同的母题或意象称为原型,而这种原型的本质是不同个体之间的精神相通性,是由个体情结所体现

---

① [加]诺思罗普·弗莱:《批评的解剖》,陈慧、袁宪军、吴伟仁译,吴持哲校译,百花文艺出版社2006年版,第147页。

的群体心理。文学原型的特殊功能就在于它通过神话、意象、象征、母题等感性内容联结着人类的精神底蕴。这是它不同于其他原型（如哲学中的理念）的关键所在。也可以说，文学原型有外现的形象层和潜在的意蕴层两个层面。外现形象层是具体的故事和人物、形象的具象化反复和置换变形等，而潜在的意蕴层则是哲理、精神情感的永恒性等。

这里我想强调的是，原型是生成的而不是现成的，也不全是先在的。从认知的角度说，原型是在人类历史实践活动中产生的一种精神和文化现象，这种现象的反复重现和不断置换变形似乎成为某种模式，人们对这种模式的源起或者本原的追寻，就是原型理念的生成。具体的原型现象是后来人们在神话、文化和心理现象、文学、艺术宗教甚至哲学命题中追溯和概括出来的。从神话原型置换变形到各种意象原型的反复，从哲学对原型理念的探寻到宗教学对神的原型的尊崇，以及心理学对集体无意识的揭示和原型概念的激活，说到底都是人们观照世界和把握世界的一种方式，是一种假想和推理出来的存在，它永远与可感的个体的事物相对而言。从这个角度来说，原型这个概念带有假设和推测的色彩。因此，文学原型研究不应把追踪某一个原型的最初模式作为最终目的。然而，另一方面，在人类历史发展的长河中，在人类精神发展的历程中，确实存在着原型再现的现象。不管是具象的意象原型，还是心理原型，都有可把握和感受的原型现象，其背后都有着某些更内在的基础和动因，有着深层结构的存在。

总括起来说，我对文学原型的理解是：文学原型是人类在漫长的物质实践和精神实践过程中，面对自然宇宙和社会人生的典型情境所生成的集体无意识心理，这种心理经过世代反复形成各种心理模式，经由意象而得以显现。普遍原型的生成意味着对人类共同面临的永恒问题的发现、发问和沉思的心理定型，文学原型的生成则意味着对这些发现、发问和沉思的感性显现和艺术确证。

神话是原型的主要载体和表达方式，但原型不等于神话，也不限于神话。中国文学原型更多与文化模式相关，而不仅仅是神话体系。这与中国文化心理-结构特点和实践理性精神有关。

文学原型的置换变形与突破原型的努力，是文学继承与发展的内在机制。

文学原型的研究要综合地利用心理分析与结构主义等方法，面对整个人类文学艺术现象。

中国文学原型系统不同于西方，这是由中国传统文学重视抒情这种特性和文学史格局决定的。文学原型研究必须面对文学作品和创作现象的实际，而不是从一般原型理论出发去套用和肢解文学现象。

原型理论涉及人类久远的、深层的、集体的精神现象问题，所以，由原型理论的探讨可以推论出许多有现实意义的重要的新的命题，比如，有可能对文学的永恒主题、永久魅力及美的主客观关系等做出新的解释。从具体文学作品之间暗含的联系中概括出原型，挖掘潜伏在文学现象背后的深层情感力量和共同感受，揭示人类审美反应的共同心理程序，探讨原型现象背后的共同原则、人性模式，把文艺活动中深藏的无意识现象揭示出来。这标志着心理学在文艺批评中的拓展和深化。

第二节　文学原型的生成要素与存在形态

文学原型与心理情结

寻求文学原型与集体无意识的对应是原型批评的通常方法。荣格从原型理论的角度探讨文艺的功能及其对人的价值。他试图通过文学原型的激活为现代人寻找精神家园，拯救现代人失落的灵魂。

荣格认为远古的、积累了几百万年的人类的原型经验正是拯救人类灵魂的良药："人类文化开创以来，智者、救星和救世主的原型意象就埋藏和蛰伏在人们的无意识中，一旦时代发生动乱，人类社会陷入严重的谬误，它就会被重新唤醒。每当人们误入歧途，他们总感到需要一个向导、导师甚至医生。……每当意识生活明显地具有片面性和某种虚伪倾向的时候，它们就被激活——甚至不妨说是'本能地'被激活——并显现于人们的梦境和艺术家先知者们的幻觉中，这样也就恢复了这一时代的心理平衡。"[1]荣格认为这种亘古不变的原型精神可以使某些时代失去平衡的心理重新得到平衡，精神可以得到补偿。在这里，荣格假设原型保持和积累了人类的积极精神，人类在其漫长的历史发展中，积累了超越时空、反映人类普遍意义的精神即原型。这种精神在某种时代、某种空间领域会被践踏和失去，但它仍然可以通过激活和重新发现而得到补偿。文学的意义和功能就在于在特定的情景下使这种原型"瞬间再现"，从而唤醒人类心理深处的集体无意识、人性和精神本能。

荣格对文艺功能、文艺本质的看法也建立在这一基点上。他认为艺术的本质在于激活原型以拯救灵魂。这就是他为什么强调作家的创作、艺术作品、艺术家的评价都以是否深刻地激活集体无意识为暗含的标准。通过原型而达到人性的拯救，这是荣格从原型的角度理解文学功能的思路和归宿。

笔者在《原型批判与重释》一书中曾经认为，以表现集体无意识为重要内容的原型的生成原因之一是，人类为了克服心理的匮乏而做的想象性解释。而人要克服心理匮乏，首先要把被克服对象掌握在自己手中，也就是掌握其规律，找到它的秩序，这种"找"的过程是一种心理感悟过程，是将感觉同化为心理事件的过程。所以，原型的分类，是以不同的感觉对象所生成的不同的心理感受模式为界限的。一是对天之序的感悟，即对人与自然宇宙关系的感悟；二是对人之序的把握，即对人事现象、社会规律的把握。而其终极是道之序，包含对宇宙本原、事物本质的追寻。文学原型中的反复性、恒常性，其实质反映了人类心理情感在艺术表达中的规律性反复。正是这种原型产生的最根本动因，决定了文学原型生成了以自然物象为载体、以表现沉思为特质的抒情文学系统，和以社会事象为载体、以展示世情为特质的叙事文学系统两种原型体系。

---

[1] [瑞士]荣格：《心理学与文学》，冯川、苏克译，生活·读书·新知三联书店1987年版，第143页。

人对自然宇宙的感悟是产生原型心理的首要原因。早期的神话,有关于宇宙总体模式和人类来源的想象,比如天圆地方、创世记、人的诞生等等,这种想象传达着远古先民世代相承的对于宇宙自然和人类社会现象感悟的心理模式。可以说,神话是人把对宇宙的感觉经验同化为心理事件的结果。原始先民在与自然的交往中感觉到了自然现象的某种模式,日月星辰、四季节律、植物枯荣等的周而复始,就是规律性所体现的模式。当人类把这种体验与自身联系起来并一一对应时,自然现象就被赋予神灵意识并包含人的情境体验,如日出日落与人的情绪的对应,大海与人的心境的对应,等等。由生理的感受到心理的体验,是物我同一、天人感应、天人合一意识产生的基础。从对自然物象的感悟到将其同化为心理事件,人在特定情景中以自身为原型,以己度物,去演绎和解释自然现象,又把自己投向自然,在宇宙自然的变化中感悟人生,于是,人与自然互为参照物。原始艺术作品,如岩画、各种装饰、神话传说等等,就以特殊的方式表现了人类的这种感悟和心理情感。它的意义和价值在于,原始文艺所表现的人类这些情感少有理性的制约,而是维科所说的诗性智慧,是直接的感悟,最接近人类的本能要求和人性的自然需要,"原始"因而获得了类似"本原"的含义。文学原型批评的重要目的之一,就是追溯文学现象所包含的这种原始性、本原性。

人在社会实践中形成的经验感悟的类同性,也是原型心理的生成原因。人对社会事象的感觉经验也可以同化为心理事件,这种心理事件可以超越具体事象而成为一种共同的情感体验或心理情境,人在遇到相似的情境时便会再现这种心理,这在客观上造成一种模式印象。文学之所以不同于历史、哲学、道德等等,就在于它重现的不是历史事件、哲理、伦理等本身,而是重现这些现象所包含的相似的心灵情感和心理体验。文学作品对于社会事象的描写,直接将个体的感受融入其中,使读者能够设身处地地体会那些曾经经历过的和未曾经历过的人生情景。文学感人的力量、文学饱含的激情等等,源于作品提供的形象与读者心理原型的对应。叙事作品,尤其是中国文学中所表现的情理冲突、善恶对立等观念原型,正面与反面人物的比照、正义与邪恶的斗争等二项对立模式，都可以说是通过事象表现类似的心理，满足集体的心理需求。

作为心理现象的原型再现，实际是一种间性关系的形成，是意与象的特殊生成过程。原型是创造性显现或过程呈现，而不是一般的复现或重现。每一次原型的所谓激活实际都有主客关系，都是一次需要和功能的契合、心理与情境的融合。不同民族神话的相似性，艺术模式的深层类似性，不同个体之间心理的相通性，不是生理结构中遗传的精神的共同性，而是建立在人类生物本能相同性基础上对于存在情境的一种类似的心理反应。原型以呈现集体无意识的方式，显现着包括集体意识在内的人的心灵世界的深层结构，即在那些具体行为方式中所体现的人类的相通性、共同性，那些相对稳定的心理常量，那些在相似情境中的相似体验。原型的"集体""无意识性"与集体的人的童年的创伤性经验相关，是人类集体受压抑并反抗压抑的本能冲动的一种结果。

任何原型的出现和生成，都意味着对同类事物普遍特性和共相心理性的提炼、固化和形式化的完成，也意味着一种心理模式的出现。这种模式是后天形成的不是先天的，同时它又是研究者概括出来的。

原型所显现出的"原"的原始性和"型"的模式性，不仅仅体现了作为人类共同心理体验载体的那个原型的古老和原始的性质，同时体现着人类心理需求和情感体验本身的恒定性、相通性和它的原始性。原型形态的类似性和含义的相同性，并不表明原型作为精神遗留物的先天性和遗传性，而表明人类作为有共同特性的族类所面临问题的相同性与心理情感的相通性，以及人类生物本能对于心理反应的制约性、类同性。在这里，纵向时间（远古与现代）的相通使不断显现的原型方式具有了原始性和恒定性的意味，而横向空间（不同个体之间、不同群体之间）的相通则使原型有着类似生物本能的普遍性和精神的先天性意味。所谓原型的再现，只不过是不同时空中人类相似精神内容的一种相似显现形式，这种显现是因为现实中的人面临着与远古祖先相类似的情境，有着相类似的情感需求和体验，形成了与远古祖先或前人相同的心理机制，在客观上表现为原型的激活和重现，而实际是在相同的生理本能基础上对相似情境的相似心理反应的重合与反复。

文学原型与文化模式

原型批评，特别是原型批评的代表人物弗莱的理论，具有结构主义的特点，通过对文学现象宏观的考察和分析，揭示出一些共同的母题、意象和模式，并将这种深层模式的来源追溯到人类远古的精神活动和情感体验，比如神话、仪式等等，进而认为这种共同的精神现象来源于人类与自然的关系，来源于宇宙自然现象对人的心理模式形成的作用。这种研究方式，实际上把荣格的以心理分析为特点的原型研究引向了对原型文化现象的研究思路。弗莱的贡献不仅在于成功地把原型理论运用于文学的领域，使原型批评成为20世纪西方文艺批评的重要派别，而且还在于他提出了原型识别的具体标志，原型置换变形观点，认为原型是具有"约定性的联想群"，是"反复出现的意象"，等等。"约定性的联想群"是一个重要概念，约定性接近"共识"，而不是科学和真理，反映了原始意象的特征。约定性是集体无意识性，是共同感受，是群体共同心理。具有约定性的联想群，解释了意象的共感性和认同性，也说明了意象生成的机制。弗莱在《作为原型的象征》一文中说："原型是一种联想群（associative clusters），与符号不同，它们是复杂可变化的。在既定的语境之中，它们常常有大量特别的已知联想物，这些联想物都是可交际传播的，因为特定文化中的大多数人都很熟悉它们。……某些原型深深地植根于传统的联想之中，几乎无法使它们与那些联想分开。……'完全'传统化了的艺术应该是这样一种艺术，其中的原型即可交际的单位已基本上成为一套秘传的符号。……要使原型尽可能有多方面的内涵，而不是把它们局限在一种解释之内。"[1]弗莱这种对原型特征的概括，意义之一是，他实际上是从作为人类精神实践产物的文学作品中抽象出原型概念，而不再强调荣格关于原型是集体无意识的内容的观点。

弗莱强调文学原型的可交际性和置换变形，也是强调原型的文化维度，

---

[1] 叶舒宪选编：《神话－原型批评》，陕西师范大学出版社1987年版，第155—156页。

即它的文化的社会承传性特点，寻找从心理维度到文化维度的联系。他提出原型置换变形的观点，提出原型是意象的反复，是具有约定性的联想物等理论，其意义在于通过寻找文学原型，在客观上打破了荣格原型理论的神秘性，把原型的来源和载体从生理维度引向社会文化维度，为后来的原型批评理论开拓出新的理论空间。

文化维度的原型是与特定民族的精神历程和情感体验相关的文化模式。文学原型是以语言艺术作为载体和表现方式、由潜在的文化模式所制约的共同情感的反复再现。文学原型是从文学动态变化中看到的静态因素，从文学历时性中把握的共时性原则。正是在这里，原型批评与结构主义诗学有着契合点。

原型理论与结构主义有深层联系，文学原型批评与结构主义诗学则有着相似的理论视角。这是因为，原型理论从根本上说，是对人类精神现象的带有假设性质的研究，认为人的行为背后或深层有一套程式系统和基本规则，认为人的心灵世界有其特殊的结构层次。这种系统、规则和结构的先在性就可以称为事物的原型。结构主义诗学的所谓"结构"是一种社会文化结构，它的假设是建立在现实基础之上的。而文学原型"其实不过是文化的产物，是共同的认识前提和习俗的结果"，因此，对文学原型进行结构主义的研究，其目的是揭示文学行为背后潜藏的文化心理结构、深层的程式系统和规则。把原型与结构主义诗学理论相联系，是为了更清楚地阐述原型的模式结构，说明原型作为心理图式和情感模式在文艺活动中所产生的作用。

结构主义诗学认定作者的创作和读者的接受都有一定的心理模式在起作用，这种模式是以文学语言、象征等特殊的符号为媒介的。文学以其特殊的艺术符号负载着意象，而意象的组合，形成了与人的心理图式和情感模式对应的原型，原型的激活触动人的集体无意识。所以，文学原型的视角实际是将人的具体的文学行为置于一个程式系统中去解读。

首先，文学是语言的艺术，文学原型的解读要置于语言系统中去。语言是人类的一种特殊技能，也是思维的工具，人类借助于语言系统，承传着精神文化，同时承传着思维方式和行为方式，承传着心理原型。在相当程度上，人类借助于语言的表达看到了心理原型现象的存在，从这个角度来说，语言与原型有着特殊关系，原型离开语言是不可想象的。文学作品的原型借助于语言表达得以外化表现，艺术语言是文学原型的载体和传播工具。象征、意象、符号等等可以说是特殊的语言，只是这种语言在文学中仍然要靠狭义的语言来传达。通过艺术语言，原型心理得以显现，通过艺术语言，心理原型成为一种文化现象而得以言说和可见；同时，文学原型自然地纳入文化模式。所以，人们所说的文学原型，既是心理的、情感的，又是文化的。

其次，文学原型的背后可能蕴藏着人类自远古以来的一整套的文化模式和系统结构，每个文学原型都可能是一套具有文学解读意义的特定程式系统。按照结构主义的理论，结构的发生必有其前结构，在结构的转换中保持着同构性。艺术符号起源于原始符号，原始符号是艺术符号的原型，它们之间存在着结构上的对应性和心理能量的承续关系，正如审美意识与原始意识的同构性一样。文学的原型意象，依赖于特定的艺术符号，而艺术符号的生成转化追根溯源是原始符号。原始符号以现实符号为中介产生了艺术符号。原始符号作为艺术符号的原型，它带着荣格所说的人类祖先千百万年的精神遗存，艺术符号在借助现实符号承续原始符号的过程中，同时承续了人类的原型模式和现实心理情感。所以，以艺术符号所呈现的文学原型意象，不再是对于一般社会科学理论的形象的表现和图解，不再是它们的附属和注脚，而是沟通远古心理模式与现实情感体验的桥梁，又是一个介于形而上和形而下之间的特殊的载体。文学作品，特别如中国古典文学作品中，许许多多的意象，如山的意象，大海的意象，太阳的意象，月亮的意象，流水的意象，在水一方、登高怀远的意象，等等，都可以找到自远古以来中华民族情感的历程，有着丰富的内涵和特殊的意蕴，有着特定的文化心理的程式系统。而民俗和神话一样都是可供交际传播的、反复出现的集体无意识的象征意象的具体表现，是一种容量更为广阔的原型系统。

再次，文学原型在文化系统中处于特殊的位置。文艺是一个以独特的方式体现人类精神活动的体系，它体现精神领域中人的情感这种特定的需求，也就是说，文学原型是从情感的角度切入来反映文化模式，从而显现着人类自古以来的情感体验和情感历程。人类相似的情感体验以原型模式的方式在文学中反复呈现，表明人类对于文学艺术的需求源于人性对情感表达的需求，文艺不是任何事物的附属物或副产品，它是为满足人类的某些特殊要求而出现的。从这个意义上说，情感在文化模式中是一个自成系统的特殊的构成部分，文学原型则与这个系统和层面有着直接的关系。情感体验包含了对感性材料的接纳、感受、记忆、领悟，将现实直观的生理体验转换为心理感受和体验，并使之进入某种原型心理的模式。文学原型也包括了人类对于情感体验的具象化负载、储存、表达、交流等。原型心理体验是产生和重组意象图景的基础。

文学原型与神话和仪式[①]

关于原型与仪式的关系，弗雷泽的《金枝》有过细致的分析。弗雷泽先探讨了宗教与仪式的关系，进一步分析了仪式的产生同自然节律、植物枯荣现象及人类理性地掌握这些现象的行为之间的紧密联系，揭示出，艺术的原型是原始仪式。

弗莱则认为，文学概而言之是"移位的"神话。他的理由是，宗教仪式随历史的发展消逝了，转变为、移位于诗的形式，成为各种诗歌的原始模式。这种观点对于从整体上把握文学艺术发展的某些规律有很大的启发意义，对于理解文学与人类心理的深层联结有独到之处。

说到这里，有必要谈谈我对神话与原型关系的理解。一个民族的宗教、法律、科学、伦理学和文学等，其胚胎形式都包含在神话体系之中。虽然原型与神话相关，但是，神话远不能代替原型，原型所涉及的问题和原型真正的内涵要比神话大得多。尽管西方一些学者关于神话的研究已经大大超出了神话本身的范围和传统原型概念的范畴，如卡西尔在他的《神话思维》中，把神话作

[①] 关于文学原型与神话和仪式的关系，参见笔者《原型批判与重释》（陕西师范大学出版总社2019年版）中的有关论述。

为"思维形式",作为"直觉形式",作为"生命形式"。然而,原型这一概念有它自身的含义和内在的结构,从神话中可以衍化出有关原型的理论,却不能将神话完全等同于原型。这里值得探讨的逻辑关系是:第一,神话虽然是远古时期的百科全书,囊括了一切心理活动和精神现象的源头,但是,神话也是一种叙事,是承载了人类童年时期精神迷茫和复杂情感的表达方式。从这个意义上说,所谓神话,是我们对这种叙事和表达方式的一种统称。比如,西方关于上帝、创世记、诺亚方舟的神话故事,中国关于女娲抟黄土做人、盘古开天地、伏羲一画开天等神话故事,是先民基于对自然现象的观察和心理感受。屈原在《天问》中"女娲有体,孰制匠之"的追问,是对神话生成机制的求索,这些神话故事是对这些总体感性经验的一种叙事和表达,神话故事背后的现象才应该是真正的原型。这可能就是荣格所说的将情感体验"同化为心理事件",也就是"原始意象"。荣格不说原型是神话,而说是原始意象和集体无意识,也许是这个原因吧。由此,我们需要思考,原型的根源是否最终只能追寻到神话(我们所知的口传和文字记载的神话)?是否只有在原始神话中才能找到我们实际上所指的原型?此外,是否还有其他表现形式的原型?实际情况显然不是这样,原型的命意是多维的。如前所述,柏拉图哲学意义上的原型,文化领域的原型,甚至包括荣格解释集体无意识的原型现象,以及我们在文学批评中实际所指的原型,都不限于神话。我们将文学作品如诗词中"意象的反复"看作原型的再现,实际上指的是人的心理对自然宇宙的感悟模式化。这种感悟被外化为诗词这种存在方式,并在不同的时代得到继承,我们把这种继承性,以及这种继承过程中人的情感的相似性叫原型的"瞬间再现"。第二,与此相联系,会不会随着人类历史的发展、人的精神的发展而生成、出现新的原型?这个设问看起来是荒唐的,如果这样,原型就不成其为"原型"。但是,实际上,这是探索原型不能回避的问题。因为如果承认原型随着人类的发展而不断生成、发展,就是承认了原型的后天性质,那么原型就不仅仅是神话,而是人类精神的稳定形式;如果不承认原型有这种后天生成的功能,认为原型只有唯一的远古神话作为载体,那么对这种远古神话来源的探索,最终只能导致一个结论，这就是，神话就是原型，神话与原型一样是荣格所说的与生俱来的精神遗传，自从这种原型出现后，人类的一切精神活动包括文学艺术创作，无论怎样创新，都是这种原型的反复。但这种结论实际与弗莱的观点是相左的，他关于原型是意象的反复，是可交际的单位，是具有约定性的象征物的观点，已经打破了神话等于原型的观点，他说文学是神话的移位，并没有说神话就是原型。而荣格关于人生中有多少典型情境就有多少原型的观点，也并不主张原型就是神话。人按照自己的意愿创造神也创造神话，反过来神话影响人的艺术创造和思维。故此它的最终根源还是在人本身。人本身的活动是一切原型的最初原型。正如卡西尔引用杜尔克姆的话所表明的观点："不是自然，而是社会才是神话的原型。神话的所有基本主旨都是人的社会生活的投影。靠着这种投影，自然成了社会化世界的映像：自然反映了社会的全部基本特征，反映了社会的组织和结构、区域的划分和再划分。"①

笔者在这里强调原型与神话的区别，不仅仅只为界定概念术语，而有实际的理论意义。把原型理论局限于神话的范围，把原型批评集中于神话与文学关系的研究，是原型理论影响颇大而又难以跳出神话模式的重要原因，也是原型批评难以真正面对整个人类精神现象和文艺史的重要原因，它在实际上局限了原型批评的意义，限制了它面对整个文艺史的可能。当下文艺批评中的神话原型批评和原型意象的分析，并不仅仅立足于原型即神话的观点，而同时比较重视弗莱的理论。所以，原型概念有必要重新解释。原型是生成的而不是现成的，文学原型研究应该面对复杂多样的文学实践，而不仅仅为证明文学是神话的移位，这是对原型批评发展空间的拓展。

母题与原型

母题不同于原型，但母题是原型的存在形态和载体之一，因为母题可以不断置换变形，在神话故事、小说等文学作品中反复重现。"所谓母题，是与

---

① [德]恩斯特·卡西尔：《符号形式的哲学》，赵海萍译，吉林出版集团股份有限公司2018年版，第92页。

情节相对而言的。情节是若干母题的有机组合而构成的；或者说，一系列相对固定的母题的排列组合确定了一个作品的情节内容。许多母题的变换和母题的新的排列组合，可能构成新的作品，甚至可能改变作品的体裁性质。母题是民间故事、神话、叙事诗等叙事体裁的民间文学作品内容叙述的最小单位。"① 美国学者汤普森说："一个母题是一个故事中最小的，能够持续在传统中的成分。要如此它就必须具有某种不同寻常的和动人的力量。绝大多数母题分为三类。其一是一个故事中的角色——众神，或非凡的动物，或巫婆、妖魔、神仙之类的生灵，要么甚至是传统的人物角色，如像受人怜爱的最年幼的孩子，或残忍的后母。第二类母题涉及情节的某种背景——魔术器物，不寻常的习俗，奇特的信仰，如此等等。第三类母题是那些单一的事件——它们囊括了绝大多数母题。正是这一类母题可以独立存在，因此也可以用于真正的故事类型。显然，为数最多的传统故事类型是由这些单一的母题构成的。"② 母题本身与原型是有区别的，也就是说，母题不是原型，但是母题的反复出现和在不同作品中的组合，就有了原型的功能。在这个意义上可以说，叙事作品中的母题，与抒情作品中的意象一样，是反复出现的具有约定性的交际单位。

第三节　原型与文学创作和接受

荣格把艺术作品分为心理模式和幻觉模式，他以毕加索、但丁、歌德、尼采等人的创作为例来说明他的观点，而他推崇的是创作中的幻觉模式。因为心理模式与后天经验相关，"心理的模式加工的素材来自人的意识领域，例如人生的教训、情感的震惊、激情的体验，以及人类普遍命运的危机，这一切便

---

① 刘魁立：《世界各国民间故事类型索引述评》，载《民间文学论坛》1982年第2期。
② [美]斯蒂·汤普森：《世界民间故事分类学》，郑海、郑凡、刘薇琳等译，上海文艺出版社1991年版，第499页。

构成了人的意识生活,尤其是他的情感生活"。而艺术幻觉型的"来自人类心灵深处的某种陌生的东西,它仿佛来自人类史前时代的深渊,又仿佛来自光明与黑暗对照的超人世界"[1]。关于这一点,荣格的论据并不充分,他注意了这些艺术家的表现对象和方法,而没注意到他们的创作与现实历史氛围的关系,它们的主要方面并不是一种先天的原型,而是源于感受、意识,即来源于后天。

荣格强调原型对创作的制约作用有其道理,但是,却又不无偏激,他说:"每一个富于创造性的人,都是两种或多种矛盾倾向的统一体。一方面,他是一个过着个人生活的人类成员,另一方面,他又是一个无个性的创作过程。""艺术是一种天赋的动力,它抓住一个人,使他成为它的工具。艺术家不是拥有自由意志、寻求实现其个人目的的人,而是一个允许艺术通过他实现艺术目的的人。他作为个人可能有喜怒哀乐、个人意志和个人目的,然而作为艺术家他却是更高意义上的人即'集体的人',是一个负荷并造就人类无意识精神生活的人。""艺术家的生活即便不说是悲剧性的,至少也是高度不幸的。""他的作品超越了他,就象孩子超越了母亲一样。创作过程具有女性的特征,富于创造性的作品来源于无意识深处,或者不如说来源于母性的王国。""不是歌德创造了《浮士德》,而是《浮士德》创造了歌德。……它活在每一个德国人的灵魂中,而歌德则促成了它的诞生。"[2]按照荣格的理解,文学创作与集体无意识有极为密切的关系,文学价值体现在对集体无意识领域揭示的程度;作家是族类的代言人,艺术创作是对原型的激活,而原型又具有全人类的、族类的性质,所以创作在根本上是集体无意识的表现。艺术家愈是杰出,他对集体无意识挖掘得愈深,他的作品就愈具有全人类性。荣格的这些观点,深刻性和偏执性同时存在。他提出的"作为个人的艺术家"和"作为艺术家的个人"概念本身是有意义的,在人类艺术史上,确实可以对此进行分

---

[1] [瑞士]荣格:《心理学与文学》,冯川、苏克译,生活·读书·新知三联书店1987年版,第14页。

[2] [瑞士]荣格:《心理学与文学》,冯川、苏克译,生活·读书·新知三联书店1987年版,第140—142页。

类。作为个人的艺术家，是指艺术家应有普通个体对现实人生、世界的个体感受，他是艺术家，但他更是个人。同时，作为艺术家的个人，他应有高于一般人之处，有其对宇宙、人生的独特感悟和艺术表达能力，他是个人，更是艺术家，其中特别重要的是他能为群体代言，激活和艺术地表现集体无意识。荣格由于特别强调原型的远古色彩和遗传性质，所以他认为艺术创作在根本上是集体无意识的象征，是梦境、幻想和古代生活情景的回忆。荣格的观点有着过分强调无意识而否认理性的片面性，但同时，我们不否认原型对艺术活动的深层制约作用。由此可以推论出一些新的观点，比如，艺术创作是原型在特殊情境下的瞬间再现，现实是原型得以重现的土壤，时代环境是原型重现的条件；作家的心理类型有内倾型与外倾型之分；作品分别通向原型、观念、模式层次；等等。他的观点之所以有一定的道理，是因为艺术创作确有激活集体无意识的特性。不过，荣格的观点倒置了现实与原型在创作中的地位，创作要受原型内在的支配，但是创作的冲动以及产生这种冲动的基础却是现实，作品所表现的直接对象也是由现实存在所决定的意识，现实生活仍然是艺术创作的源泉，原型的模式制约作家内在的创作意识和作品的深层意蕴。荣格注意到无意识的作用是有意义的，它可以引导人们关注创作过程与民族古老的心理深层的关系，但把它推向极端，认为创作无主体性可言是错误的。荣格忽视了作家的创作既是对集体无意识的激活，也是对它的再发现和突破。实际上文学创作不仅受原型支配，而且受时代精神的影响，通过当代选择来沟通与古代的联系。现实生活经过心理的积淀"酿造"转化为个人情结是一种普遍的现象。人类以文艺的形式不厌其烦地表现某些主题、故事，也是对于人类童年记忆的一种表现，表现的是人类普遍的情境体验和心理模式。这种过程并不因时间的长短和远近而不同，它的机制应该说是共同的。形成一定的情结和心理原型，才有可能在创作中超越现实，进行包括想象在内的艺术创造。作家的创作不仅是自己的体验和情感，他还要按照假想的读者的心理进行创作。一般来说，作者都要尽量设想作品中所表现的情景符合一般人的心理原型和情境。作者的个人无意识因而反映了集体无意识。

笔者认为，原型与作家创作的关系，在大的方面具有两种作用，亦即创作"受益"于原型的支配，也"受制"于原型支配。

"受益"指作家的创作通过众所周知的联想物及其象征，激活和重新创化原型，使其可以触动集体无意识，引起共鸣，或者使无意识变得可以意识，或者说使非理性的无意识向理性的意识转化。这正如荣格在《论分析心理学与诗歌的关系》中所说："创作过程，在我们所能追踪的范围内，就在于从无意识中激活原型意象，并对它加工造型精心制作，使之成为一部完整的作品。通过这种造型，艺术家把它翻译成了我们今天的语言，并因而使我们有可能找到一条道路以返回生命的最深的泉源。艺术的社会意义正在于此：它不停地致力于陶冶时代的灵魂，凭借魔力召唤出这个时代最缺乏的形式。艺术家得不到满足的渴望，一直追溯到无意识深处的原始意象，这些原始意象最好地补偿了我们今天的片面和匮乏。艺术家捕捉到这一意象，他在从无意识深处提取它的同时，使它与我们意识中的种种价值发生关系。在那儿他对它进行改造，直到它能够被同时代人所接受。"①

"受制"指作家的创作无论如何都不易超越既定的心理模式和文化模式，都要为打破这种深层的模式而付出代价。就作家个体来说，一方面要保持传统意识和思维方式，以便使自己的作品能为人所理解；另一方面，作家又在力图超越传统意识和思维方式，以能够创新为目标。就整个文艺史来说，一方面以在多大范围和程度上揭示了民族心理、表达了集体无意识心理为衡量文学史意义的标准之一；另一方面，又以试图突破以往的模式而显示文学的历史发展。返回精神家园与超越传统精神的樊篱，都是文学达到某种深度的标志。通向历史、文化和心理深处，与不断追踪历史和文化心理的新内容，是人类文艺发展中并不矛盾的现象。

从原型理论的角度说，文学创作所要解决的是：怎样使集体无意识（民族精神、群体心理欲求）等，经由个体（作者）体验而能使更多人接受，触动

---

① [瑞士]荣格：《心理学与文学》，冯川、苏克译，生活·读书·新知三联书店1987年版，第122页。

更多的个体的经验并与集体无意识沟通。此其一。其二，作家怎样使"无意识"经艺术原型激活而为人们所"意识"。

文学原型与文学的永恒性

文学原型的反复再现，在一定意义上表明了文艺的某些永恒性。在文学史上，作家、艺术家常常反复用同一题材进行创作，是因为这类题材本身有象征的意义，它是联想群，是有意义的符号；同时，对这类题材的表现带有某种程式化，这种程式也带上了可以联想、认知或欣赏的意味，因而能够被认读。作品的成功与否，不单在题材，也不单在技巧，而在于其所提供的意象是否触及了集体无意识和原型。原型是文学艺术意蕴生成的结构质（无形的框架），文学作品借助于原型这种无形之形生成价值、意蕴。文艺创作是在一定的模式中创造一种与人的心灵对应的艺术情景和心理情境，一种人的心理深处的图式。艺术技巧的变化，一方面要推陈出新，打破寻常的欣赏心理和思维定式；另一方面又要不过于超出人的理解范围，要有一定的联想物和象征物，一些约定俗成的联想群和程式。这种程式是一种心理图式。"如果不参照其他的诗和阅读的程式，诗是不会'创造'出来的。正是由于这些关系，诗才成其为诗，它的地位并不因为发表与否而发生变化。如果诗义后来又发生了变化，那只是因为它进入了后来存在的文本之间的新的关系；新的作品对文学系统本身又作了调节"①。

原型与文学的永恒主题有着密切关系，而永恒主题不同于永恒的题材和永恒的价值。这主要是指那些被人类共同反复表现的领域，如性、爱情等。这是一种确实存在的现象。那么为什么会有这种现象？人类共同的心理结构、人与外界的关系形成的意识，以及现实存在本身，都决定了永恒主题是可能的，或者说是必然的。人类除了各民族自身的特点之外，除了各民族相对恒定的文学主题、文学精神之外，还有共同的普遍心理。比如在"轴心时代"，人类先

---

① ［美］乔纳森·卡勒：《结构主义诗学》，盛宁译，中国社会科学出版社1991年版，第59—60页。

哲共同的发问和不同的答案及其作为元典对后世的永久影响，就有超越空间的共通性和超越时间的永恒性特点。文学原型，尤其是跨时空的原型，比较集中地显现着这种永恒现象。所谓经典，是说它跨越时空，在不同时代、民族中都得到认可和欣赏，其背后的原因和深层的机制就是人性的相通性和心灵需求的共同性。集体无意识比较接近这种精神状态。从这个意义上说，经典作品都有人类共同心理原型的作用。

第四节　文学原型的置换变形

原型能沟通现代与远古之间的联系，能负载不同时代人的精神与情感体验，其重要机制是置换变形。原型的置换变形不是简单的故事的变化、类加、改造，而是赋予了不同时代人的精神意识、情感变化和审美趋势。

原型的置换变形表现为两种相互联系又相互矛盾的状态。一方面，原型是一种与传统相关的"古已有之"的模式，有了这种模式，新的创造、意象群等的构成才能为读者所理解；另一方面，原型的具体内涵又在不断更新、激活、发展，它与现实生活、时代精神、人的新的追求等相关。只有这种演变、发展，文艺才能不断有新的发展，并不断满足人的新的精神需要。"'适我无非新'（王羲之诗句），是艺术家对世界的感受。'光景常新'，是一切伟大作品的烙印。'温故而知新'，却是艺术创造与艺术批评应有的态度。"①现代美学所说的作品的"陌生化"不仅仅在于具体的技巧变化，还在于超出模式（原型心理和象征的可理喻性），疏离心理原型而寻求新的与心灵对应的意象。作品的陈旧感、重复感不在于重复了具体的描写对象，如通常所说的生活、人物、故事等，而在于重复了原型心理内容。文艺一方面要打破原型，另一方面又不能过分地脱离原型的发展。"富有创造性并不能使

---

① 宗白华：《中国艺术意境之诞生》，见《美学散步》，上海人民出版社1981年版，第58页。

艺术家脱离传统，反而使他更加深入传统，服从艺术自身的规律性。艺术的不断探索在于从现有深度出发寻求艺术改观；较少天赋的艺术家寻求艺术变更；真正天才的艺术家追求艺术变形。"①比如对原型与神话的关系，除了注意神话提供的母型故事、主题等之外，还应注意原型的置换变形是有主次之分的。不是所有原型都同时置换变形，这种选择性不是随意的，它因而是值得思考的。

寻求表现现时代人的精神世界而又触及人类意识中最为根本的东西，这就形成了永恒性与具体性、共性与个性之规律。每一时代文学原型的置换总有其背景，特别是有作者和读者理解阐述系统的变化。

每个民族在不同的阶段，原型的特点和重心可能不同。在某一个阶段，可能由于对自然与人构成的关系比较敏感，其原型侧重于自然物象；而在另一种环境中，可能注重个人与社会的关系，其原型侧重于社会事象，这时的原型在本质上是一种深层的社会规律性情感的凝聚。

个人在不同的情境下，遇到的原型瞬间再现也可能是不同的。有时它主要是一种由人类共同的本能所决定的潜意识的流露，比如对于黑暗的恐惧，光明的向往，生命的冲动，等等；有时可能是一种心理的相同的体验，比如，看见太阳感到温暖，看到月亮思念远方的亲人，登高怀远，等等；有时可能是一种文化的继承和利用，比如读前人的诗词和利用前人的意象，欣赏和借鉴前人的绘画艺术和物象，对一种故事和模式的沿用，等等。

如果承认原型作为模式存在于文艺活动中并发生作用的话，那这种模式应是作用于人的心理结构，对应于人的情感模式。如果承认积淀可以使生理转变为心理的内容，使"外在自然成为人类的，内在自然成为人性的"，那么，我们对于文艺、对于美学的根本问题的解释就应有新的角度，即充分注意到人类精神本能的需要。原型批评原先注意到文艺与人类学关系的重要性却又把原型等同于神话，不能面对整个文艺领域，因而做出了"文艺创作只是神话模式

---

① [加]弗莱：《原型批评：神话理论》，见叶舒宪选编：《神话-原型批评》，陕西师范大学出版社1987年版，第170页。

的变奏"这样的结论，根本原因就在于，没有从人类的本体精神特性与文艺的特殊关系这一角度切入，而只抓住了神话模式与文艺主题这些现象。在一定意义上可以说，弗莱等人对文艺与神话关联的分析是深刻、独到的，但对于原型与人类精神本体关系的理解却有待深入。他们抓住了神话与文艺母题等具体现象却放掉了文艺原型与人性这一更为根本的联系。也就是说，原型置换变形的过程和机理也需要再思考。

在笔者看来，原型理论，包括文学原型批评理论，有一个基本的假设前提，这就是认为人类（或族类）有共同的心理情感，有相同和相通的精神需求，个体受制于集体无意识的深层制约。正是有这种自觉不自觉的假定，原型批评才在不同的文学作品中寻找规律性的现象，并揭示其中深层的、心理的、文化的原因。当这种追寻深入原始神话和原始仪式、原始宗教时，人们就认为追寻到了原型。这种探讨思路的实质是从纵向时间过程说明人性的古今相通性。而对于不同民族、不同文学中相似现象的归纳、分析，寻找其中的相似性及其置换变形，其实质是从横向空间说明人性的相同性、普遍性，这种相同性和普遍性是文艺原型存在的深层原因。这种从时间与空间两个向度宏观观照人类文学艺术发展现象，并追寻其深层的原型和结构的视角，也许是原型批评最重要的特点，也是优势所在。

如果完全否认人类有共同的心理情感原型和基本的、普遍的人性，也就无所谓人类共同的精神财富，无所谓共同的审美标准和艺术价值尺度。辩证地说，人类既有具体的人性的差异，有阶级性、民族性，又有相通的、共同的普遍人性。文艺研究既要充分注意差异性，只有差异性才能满足人的不同的审美需要；同时要充分注意相通性，这种相通性才堪称人类共同的精神财富。实际上，文艺的发展史呈现着恒定与变异的周期性反复，不管是巨变中的否定和扬弃，还是渐变中凝聚的新的张力的爆发，文艺总是有它自己的边缘，总是围绕着人类某种心灵轨迹在旋转，总有一些永恒不变的因素内在地制约着其基本方向，它们作为基因、本元，决定着文艺所以为文艺的特性，这种相对稳定的因素就是在文艺这种特殊精神活动中所呈现的普遍的人性要求。文学原型以模式和本能的形态体现着这种规律。

原型理论、原型批评就是研究人类的这种共同性，揭示种种区别后面相对稳定的方面。文学对于人性模式的揭示是通过具体的文学模式显现的，如对于意象、母题、象征、神话等等模式的研究，但是，原型批评不能仅仅停留在模式的研究上，不能简单地梳理和归纳文学中的相似现象，而应把这种研究深入心理层面。这是原型批评独特的功能之一。它和一般的比较研究寻找不同民族文学之间的差异性或许正好是相对的。

原型批评要从文学实践出发，它的研究对象是作为人类精神实践产品的文艺作品，而文艺作品本身主要是与人的有意识的创造、与人的后天实践相关的，而不是荣格所谓的不可言说的纯粹形式或先天精神遗存。这实际说明了原型的再现性是经验性的，或者说与经验相联系。原型批评要把人类这种集体性的精神现象的解释纳入人类历史实践过程，取得令人信服的结论，克服在取得较大发展同时的许多局限。

原型批评实际上打破了荣格原型理论的一个核心概念，即集体无意识的内容主要是原型的观点，表明原型不仅仅承载集体无意识，而且综合地呈现着人类复杂的心灵世界。因为宗教仪式、神话传说、文艺作品等等，作为原型载体，作为揭示人类心理深层结构的对象，本身并不能简单归结为集体无意识的表现，它们之间及作品与作品之间的联系融进了人类明确的意识活动，其所显现的模式性，带有文化承传的因素，含有后天特殊情境所决定的相似的情感，有共同的心理需求，等等。与此相关，原型批评同时表明，原型的载体可能是多样的而不只限于神话。

原型批评承认原型现象的存在，并用原型理论对文艺现象进行研究，但是对于原型的生成、存在方式，原型的特性，原型的概念，原型的内涵与外延，等等，却没有深入探讨。特别是它注意到原型现象类似生物遗传现象，存在着"不变项"，却又不能用科学理论证明，也没有从生理、心理和文化等不同的角度和层次做出具体解释。这是原型理论的困惑，也是原型批评在后来遇到困惑的原因。要对原型这种有重要理论价值和实践意义的现象做出科学的解释，不能只在荣格的思路和范畴中探索，而应站在荣格的基础上又跳出荣格的理论圈子，重新解释原型。

文学作品中的原型自然会有最初、最原始的"那一个"，但是，文学原型研究的重点不是把这一个找出来，而是注意它作为有连续性的意象，其产生及其置换变形的过程和意义。还有一种情况，就是某些文学原型是在历时性中体现出来的，是人们通过相同、相似的现象归纳出来的，如果要固执地追溯那最早的意象，有时似乎也未必有价值。那是考证的工作。所以，有必要重视原型的最初形态，但不必把它视为原型研究的重点或全部。也可说是，考察原型的置换变形与追寻原型本身具有同样重要的意义。

第二章 中国文学原型综论

中国传统文化中，没有"原型"这一概念术语，但是，中国文化精神中的一些特质却与原型理论有着某种内在的联系。荣格在他的原型研究中，曾把东方文化的研究作为他精神分析理论的重要方面，他多次讲到中国的"道"与原型理论的相通之处，讲到东方人的思维方式对揭开心理现象之谜的意义，认为与西方传统思维方式不同的东方思维反映着人类感悟和把握世界的不同方法。荣格并未能真正体验到中国文学艺术的魅力，以及其所蕴含的集体无意识和原型意象，但是却间接地了解到中国文化的特性，仅这种了解，已使他惊叹不已。这似乎可以说明，原型理论使我们进一步认识了中国文化的特质，反过来，中国文化证明着原型理论某些假设的合理性。这在一个新的理论基点上说明中国文化艺术对于人类精神史的独特意义，也表明不同民族文化相互融合、交汇的巨大空间，同时为我们重新思考人类的精神问题开拓出新的天地。荣格未能真正展开的对于东方特别是中国文艺与原型的研究，有待中国学人去推进。

第一节　原型系统：抒情与叙事

关于人类文学艺术的不同类型，我在《原型批判与重释》中提出了其存在叙事与抒情两种系统的看法：某类文学样式特别发达，可能与这个民族在某些阶段心理原型的倾向性相关，文学的原型体裁与原型心理结构有对应关系。文艺以满足人的不同需求的机制形成了两大系统：抒情与叙事。而从整个人类文学艺术发展史来说，有两种不同的原型系统，这就是叙事原型系统与抒情原型系统，它们分别适应着人类不同情境下的精神需求，对应着不同的心理原型。当然，这两种系统并非截然对立，它可能在特定时空同时并存，却会有主次之分。

在中国文学艺术中，蕴含着现代原型理论所着重探讨的诸多要素和现象。从《诗经》开始到唐诗、宋词、元曲及历代散文，大量的文学作品中有许多原始意象的反复重现和置换变形，有丰富的由对自然物象的感悟而生成的具有约定性的象征隐喻，它们就是可交际的象征单位即文学原型。中国文学艺术中对意象、意境等的追求，心与物、情与景、意与象等关系的理论，中国画中的写意特质和"有意味的形式"的特征，中国戏曲程式化的表演与观众心理原型的关系，中国民间艺术中大量的象征、隐喻，等等，都与原型有着相通性。在叙事文学中，从志异志怪小说到四大名著，中国叙事文学原型现象形成了自己的特质并不断置换变形。志异志怪、唐传奇，虽然似乎找不出非常规律的神话移位的现象，但都有神话传说成分，诸如神仙鬼怪故事、"游仙"、"梦幻"母题等等，重点并不在叙述真实完整的故事情节，更像是通过离奇故事的演义，来表达某种超越现实的想象或者宣泄某种情绪，而母题的反复和叙事模式的形成则具有原型的鲜明特点。在四大名著中，《三国演义》有历史原型，《水浒传》有现实生活原型，《红楼梦》有神话、宗教和现实多重原型，《西游记》也有神话、仙话、传说和现实生活多重原型。这些作品，在意蕴层面，有"道"的意义原型，有神话和宗教原型；在形象的层面，则有现实生活故事原型和人物原型。这正表明中国叙事文学原型在形象层面与意蕴层面的复杂特征，在这些文学现象中，体现着中国哲学"道"的观念，中国文化的神秘色彩，中国人"在瞬间隐藏着性质"的整体思维方式，中国道教和禅宗对于人与宇宙自然关系的独特理解，等等。

诗的国度与原型系统特点

中国是一个诗的国度，中国古代文学以抒情为主，中华民族长于抒情。这意味着中国文学原型与西方文学原型有重要区别。闻一多曾对中国文学的这种特征做过概括，他说：

> 印度，希腊，是在歌中讲着故事，……而中国，以色列则都唱

着以人生与宗教为主题的较短的抒情诗……

中国，和其余那三个民族一样，在他开宗第一声歌里，便预告了他以后数千年间文学发展的路线。《三百篇》的时代，确乎是一个伟大的时代，我们的文化大体上是从这一刚开端的时期就定型了。……从此以后二千年间，诗——抒情诗，始终是我国文学的正统的类型，甚至除散文外，它是唯一的类型。……

诗似乎也没有在第二个国度里，像它在这里发挥过的那样大的社会功能。在我们这里，一出世，它就是宗教，是政治，是教育，是社交，它是全面的生活。维系封建精神的是礼乐，阐发礼乐意义的是诗……①

闻一多在这里论证了以《诗经》为开端的中国抒情文学在中国文学史格局中的特殊位置，特别其作为"轴心时代"的精神现象在此后文化发展中的元典性和多样性功能，其本身就具备了某种原型的意义。

虽然抒情与叙事是人类艺术史中并存的两种不同艺术倾向，但是，在中国文学史上，抒情文学为主是显而易见的事实。中国抒情文学特别发达，不是基于中国人对艺术方式的理性选择，而是中华民族的特性使然。从一定意义上说，中华民族就是一个具有诗性气质的民族，一个对于自然宇宙有着独特感悟和特别感情的民族。中华民族偏重直观把握的思维特性和文化模式深层次地影响着中国文学发展的格局，决定了诗词居正宗地位。中国文学史在经历了神话阶段之后，以抒情诗为其发展主体，而不是像西方以悲剧、史诗为其文学主体。《诗经》就是以抒情诗为主流的，它奠定了中国文学以抒情传统为主的发展方向。抒情诗是中国人的天人合一、天人感应、物我同一的宇宙意识和思维方式的特殊表现。中国文学的这种特点持续发展，直到南宋，抒情诗一直是中国文学的主要样式。小说被视为"街谈巷议"，难登大雅之堂，其发展受到抑制。这和西方文学的发展情形形成鲜明的比照，"在西洋的思想史上，人一开始就在宇宙中占有着独立的地位，人不是自然的兄弟，而是以自然为舞台的存

---

① 闻一多：《文学的历史动向》，见《闻一多全集》（第10卷），湖北人民出版社1993年版，第16—17页。

在"①。而中国抒情文学表现出人与自然的和谐关系，显现出不同于西方的理念。这种现象，是标志着中国人真纯情感的持续存在呢，抑或还有文学自身方面的规律和原因呢？

中国文学这种格局的长期存在，自然形成了两大系统：占据主导地位的抒情系统（诗词、散文）和处于次要地位的叙事系统（神话、小说、戏剧）。与此相对应的是创作者的大致分野，即主流正统与民间乡野的不同系统，以及欣赏的所谓雅和俗的对应。

在这种文学格局的背后，相应地存在着抒情与叙事两种原型系统。它们内在地决定着文学格局的相对稳定，并构成特殊的文学景观。抒情文学以原型意象、意境和意蕴为其原型体系，叙事文学以原型母题、意态结构、叙事模式等为其原型体系。两种文学原型系统的产生、特性、功能和"瞬间再现"各有特点，两种原型系统的创作规律和读者的接受心理也不相同。这就是说，不能简单地用西方文学原型理论来套用中国文学史，而要依中国文学的实际，构筑中国文学原型的研究框架。

两种原型景观

抒情文学原型以意象、意境系列为特征，这单从中国诗学的概念范畴就能看得很清楚。中国文学追求只可意会不可言传性，强调整体上的意会性和感悟性，推崇羚羊挂角、无迹可求和言外之意、象外之象等艺术境界或者意境。而这种艺术境界或者意境的营造，包含对一定的时空画面感和具体的心理情感模式的寻求。沿着这个视角，可以看到，主要围绕抒情文学研究的中国古代文论，它的发展线索之一，正是在探讨如何由可"视"之物更好地表现无法言传之意的轨迹上的演进。"诗言志"、"言""意"之争、"形似之言"、意象、意境等概念和现象的不断出现，可以看作是一些阶段性的进展。中国古代文论寻求最能呈现心理感情和情境体验的方式，最终落实于"意境"。"境"

---

① [日]今道友信：《关于爱》，徐培、王洪波译，生活·读书·新知三联书店1987年版，第68页。

有图画、图式、复现心理情境的功能，是可"视"之物，但"境"不是无限的，它要与特定的"意"相对应，有一定的"型"来规范，于是就有格律的出现。对于中国以诗歌为主体的抒情文学，古代理论家不可能用原型这一概念去解释，但是在大量的文论中分明能感觉到那些玄妙、深奥的理论每每与意象原型相通。

不同于西方的体系诗学理论，中国诗学是概念理论，中国诗学的范畴，如象、意、神、韵、味、境、气、趣、势等，都是美学追求的境界，都有特指的含义和不断阐释的余地。同时，中国的诗学概念惯于用可视的具象来对应地阐明和比喻难以描述的概念内涵，如象、景、物、境与意、情、神等的对应关系。这种现象或许在一定程度上表明了艺术境界只有借助于一定的"型"才能显现的道理，因为象、景、物、境本身就具有在一定的"型"中可视的特殊功能。将具有约定性含义的意象在一定的"型"里组合成意境，才能与心境对应、沟通。抒情原型一方面承传并激活民族心理积淀的集体无意识，沟通人精神的深层联系；另一方面具有模式的作用，呈现特定的心理情境。

而以小说为主的中国叙事文学的原型不同于抒情系统，也有别于西方叙事文学。它虽受神话的影响而催生，或者说源于神话，但是，从小说的萌芽、志异志怪的出现起，中国的小说就直接受到历史化的神话、史传传统，儒、道、释思想，伦理道德观念等的浸渍，形成了诸如"忠孝不能两全""痴心女子负心汉""才子佳人""棒打鸳鸯""忠奸对立""官逼民反"等叙事模式和母题。其背后则是"因果报应""轮回转世""济度""黄泉""灵魂不死""因缘""色空""人生如梦""自有天报""侠义""清官""天意""自然法则"等理念或心理原型模式。也就是说，中国叙事文学的原型虽然同样与神话原型有诸多联系，但却主要不是神的诞生、历险、胜利、挫折、死亡、再生的完整过程的演化和在文学中的移位，不是"乐园"的失而复得的原型回归，也不是对"原罪"的救赎，而主要的是以食色为本性的人自身情境的演绎和某些永恒主题的感性显现，是以人的现世生活和对来世的期望为内容的情感体验和心理欲求的不断激活。说到底，它更多以现实的社会事象为原型始点，积淀着丰厚的进入文明社会以后的社会文化意识和心理情感。

中国传统文学中两种不同体系的原型系统，背后有两种不同的创造、解释阅读系统和途径。抒情文学是意象、意境，终极的、深层的意蕴是"思"和"道"，由"象"的观照，到"意"的感悟，再到沉思而向"道"的通达。叙事文学是事象、母题，其深层意蕴是情理，由对描写的"事象"的把握，到"母题"的理解，再到"情理"的领会。

中国古代抒情文学系统和叙事文学系统，从效用角度来说是为了满足人两种不同的心理需要：一是抒发在天人合一、天人感应基础上产生的对人与宇宙自然关系的感悟和意识，对人生的期望和理想，它的形态是抒情，它的精神特质是沉思，即哲理意蕴；一是表达在现实社会中产生的与人的客观实在相关的情绪和潜意识心理，它的表现形态是叙事，但它的精神实质是世情，即现实情怀。

儒、道、释对于中国文学原型的形成都发生过影响。儒家的礼乐仁学，道家的自然无为观念和自由意识，佛教的超脱、轮回、报应等教义，表现在抒情文学方面，对人的精神的提升，个体精神的张扬，顿悟、体验等思维方式的形成等，发生了重要的影响。在叙事文学方面，儒家的伦理道德和善恶标准，道家的哲学观念和人格理想，释家的轮回、报应等观念，以及道教的"仙道"思想，对于叙事文学的原型母题和原型观念产生直接影响。中国最早的小说志怪和传奇，虽然写的是怪事、奇人，但是其中表现的主题却是充满现实性的社会思想和伦理观念。在此基础上不断积淀和置换的原型，也大致都在这个层次和角度演变。

抒情文学的最高境界，是情景交融，是意境；叙事文学追求的标准是合情合理。以意境为高致，就有对于"意"与"象"、"形"与"神"等关系的长期探讨，有对于"造境"技巧的种种方式的寻求。以情理为叙事文学的标准，就有对故事完整性的追求，使读者能看到人物在完整故事中的完整情感；就有对义理的"演义"；就有章回的分解和延续，使情理过程丝丝入微、环环相扣而又妙趣横生。而不管是意境，还是情理，都要置于一个特殊的图式中，使之与心理情境对应。于是把"意"变为一种"境",使之具象,在"瞬间中隐藏着性质";于是把"情理"置于"章"中,使每一个故事的展开触动某一主要方面的情感,徐徐道来,最终描画出一个大的情理之"圆"。

第二节 原型始点:物象与事象

物象和事象中的"象",既有实在的自然物象和社会事象,也有想象出来的具体形象,而一旦进入文学审美创造和欣赏领域,都是表情达意的载体,也是文学原型生成的基础。

抒情原型的自然物象特征

在中国文学中,抒情诗逐渐占据文学主要位置包含了一个可能被人们忽视的问题,就是抒情系统原型的产生和成熟先于叙事系统,这迥异于西方古代文艺的风貌。这种"时间差",在相当程度上表明中国文学原型系统的产生有自己的具体动因和特质。

在中国诗词原型中,保留着较多的由自然物象构成的意象。中国古典诗词占主导地位的文学格局和以自然物象为原型意象的特征,表明中国文学的特质是重视人与宇宙自然关系的和谐,偏爱情感的抒发。这不仅在大量的山水诗、田园诗中有集中的体现,而且是一种普遍的诗歌创作现象。中国山水诗和山水画的形成,不是人对自然简单、纯粹的反映,而是与人的社会文化理想,与诗人把自然作为一种特殊的参照物并把它们引入对人生思考的特点相联系的。社会性的冲突、心理的冲突,迫使人把心绪转向自然山水,导致人对自然的精神寄托。诗词中的这些意象可能包含荣格所说的原始意象,即祖先精神的遗存,如大量以自然物象为原型的意象的创造,但更多的是中国人在自己的总体历史实践中不断积淀的情感体验、心理图式及情绪记忆。中国古代诗词意象的多样、细微和反复运用,不仅是艺术表现手法的需要,还有心理方面的原因和情感方面的需要。意象魅力的经久不衰是因为在整体上保留着原始意象特色。诗词中大量的原型意象及这种原型意象的不断置换变形，适应了不断变化的心理需要，又时时与人类远古的、深邃的情感体验相交融。中国人重视原型在文学艺术中的意义，也与中国人寻求"自然法则""天理"的心理意识有一定的关系。对自然、天籁的推崇也与此有关系。

中国文学长期以诗词为正宗并表现出长久的生命力，这有诗词这种文学样式本身的原因。诗词不仅是一种心理模式，而且在思维方式上带有互渗律的特点。中国的抒情诗也许是体现原型特征最充分的文学样式，因为中国文学注重以自然作为象征物，作为特殊语言。"象征首先是一种符号"，"象征在本质上是双关的或模棱两可的"。[①]弗莱讲的春夏秋冬的意象在中国古代诗词中也有，但它不是作为神话移位的叙事模式，而是作为物象意象反复出现，是直接的意象原型。欧洲人通常把希腊人体雕塑作为艺术的象征，中国则以大自然作为自己的象征。

西方文学是在神话原型母题模式框架内的再现和移位，中国诗歌是在对自然物象感悟和体验基础上的表现和变形。中国诗歌虽然在后来也不能脱离诗教传统的影响，但是其开端却是天人合一及自然物象，这种特点一直被保持着。中国古典抒情诗歌创作绵延数千年而始终保持着以自然物象为意象构成的主体，大抵是与自然物象作为抒情原型始点这一特性相联系的。

叙事原型的社会事象特征

中国叙事文学的概念，按历史具体性有狭义与广义之分。广义的叙事文学指有文学性质但不限于文学的各种叙事，狭义的叙事文学主要指小说、戏剧和叙事诗文。这只能说是大概的划分标准，在具体运用时难以此划出分明的界限，在时间上似乎更不好截然分期。这个难题是由中国文学发展史本身的复杂情况决定的。

[①] [德]黑格尔：《美学》（第14卷），朱光潜译，安徽教育出版社1990年版，第10、14页。

尽管如此，仍然可以看出大致的线索和趋势。以魏晋南北朝时期志异志怪小说盛行为基本界限，越往前回溯（至先秦乃至远古），越具有广义叙事文学的性质：从先秦到两汉，叙事文学包括了古代神话、传说、寓言，特别是历史散文类史传文学，而且文史不分；而越往后延伸（至明清），狭义叙事文学的轮廓越见明显：从志异志怪到唐宋传奇、明清章回小说，叙事的文学性日益增强，早期的其他成分成为狭义叙事文学的因素融入其中。或可说，狭义叙事文学是在广义叙事文学的基础上脱颖而出的。这里是从狭义概念，即作为文学的叙事的意义上运用这一概念的，主要考察以小说为主的叙事文学的原型，而把广义的叙事文学作为狭义叙事文学发展的源头和背景。中国叙事文学原型系统的产生和形成背景，既不同于西方，也不同于中国抒情文学系统。社会事象和人物事迹、历史事件和伦理观念，以及宗教思想和世俗观念，等等，是中国叙事文学原型产生的直接基础。

中国叙事文学的发展，即使把历史散文包括在内，也要比诗的发展晚，而真正意义上的小说或叙事文学则更晚。这与西方文学形成很大的"时间差"。这个差别的根源，也许是文化模式、哲学背景、思维方式的区别，也许与"轴心时代"中国文化特征和元典有关。"欧洲神话向文学方向演变为荷马史诗和古希腊悲剧，中国神话则主要向历史学方向演变。""神话历史化进程的直接后果是神话被历史意识所掩埋，无数远古神话短小故事没有像欧洲那样汇聚成完整的神话体系，而变成了史传巨大建筑中的砖石瓦片。神话历史化进程中形成的'史贵于文'的观念，至少在两个方面影响了小说。第一，它延缓了小说的诞生。……第二，'史贵于文'的观念使小说创作长期在事实与虚构之间徘徊，滞阻了小说的发展。"①重视史实，把小说内容作为社会历史实录看待，一直是中国古代小说的观念。"中国历史上存在着两种小说：一是附庸于史传的尺寸短书，它的本质在于实录；二是供人阅读消遣的故事，它与前者有血亲关系，但它与前者的差别在于它离不开想象和虚构。"直到唐传奇的出

---

① 石昌渝：《中国小说源流论》，生活·读书·新知三联书店1994年版，第61、62—63页。

现，才标志着作为散文体叙事文学的小说脱离了母体，获得了纯文学意义的灵魂和品格。①叙事文学发展演变的这一过程，与叙事文学原型的生成有重要关联。

鲁迅在《中国小说史略》中讲道："武断地说起来，则六朝人小说，是没有记叙神仙或鬼怪的，所写的几乎都是人事。"作为中国小说开端的志异志怪的这种现象，是中国叙事文学原型具有人事特性的重要证据。"中国本信巫，秦汉以来，神仙之说盛行，汉末又大畅巫风，而鬼道愈炽；会小乘佛教亦入中土，渐见流传。凡此，皆张皇鬼神，称道灵异，故自晋讫隋，特多鬼神志怪之书。"文人所作的这些鬼神志怪之书，"亦非有意为小说，盖当时以为幽明虽殊途，而人鬼乃皆实有，故其叙述异事，与记载人间常事，自视固无诚妄之别矣"②。鲁迅的意思是六朝小说表面上是神仙、鬼怪、奇人异事，而实质上是"人事"的曲折反映，或是与人间常事同样的记载。颜之推《冤魂志》"引经史以证报应，已开混合儒释之端矣"，"记经象之显效，明应验之实有，以震耸世俗，使生敬信之心，顾后世则或视为小说"。③随着叙事文学走向成熟，它的伦理道德色彩愈加明显，通过一定的原型模式来演绎道理的倾向也更加突出。在作为小说雏形的志异志怪产生的魏晋南北朝时期，即使在诗歌中，对于社会事象的关注也成为文学的一个重要方面，"人事"入诗已成为明确的意识。比如钟嵘《诗品》就认为，社会人事的激动人心应是诗歌的新鲜因素："或骨横朔野，魂逐飞蓬；或负戈外戍，杀气雄边。塞客衣单，孀闺泪尽。或士有解佩出朝，一去忘返；女有扬蛾入宠，再盼倾国。凡斯种种，感荡心灵，非陈诗何以展其义？非长歌何以骋其情？"元稹《叙诗寄乐天书》云："每公私感愤，道义激扬，朋友切磨，古今成败，日月迁逝，光景惨舒，山川胜势，风云景色，当花对酒，乐罢哀余，通滞屈伸，悲欢合散，至于疾恙穷身，悼怀惜逝，凡所

---

① 石昌渝：《中国小说源流论》，生活·读书·新知三联书店1994年版，第11—12页。
② 鲁迅：《中国小说史略》，煤炭工业出版社2018年版，第28页。
③ 鲁迅：《中国小说史略》，煤炭工业出版社2018年版，第37页。

对遇异于常者，则欲赋诗。"这就是说，随着历史的进程，继感"物"之后，感"事"成为文学表现的一个新的重要内容。这种背景下逐步形成的叙事文学的原型母题，其事象的特质就十分明显，因而也与以原始意象为特点的抒情系统风貌迥异。

再拿具有叙事文学重要特征的中国戏剧来说，不仅真正成熟的时间很晚，而且其产生的过程、功能、特质等也与西方戏剧有很大的不同。虽然中国戏剧也与巫术仪式有关，"后世戏剧，当自巫优二者出"（王国维《宋元戏曲考》），但它与希腊悲剧直接源自原始仪式有重要的区别（后面还要对此论述）。甚至可以说，作为综合艺术的中国戏剧，其源头和艺术形式源自巫觋，但是戏剧的叙事内容，或者说保留下来的大部分作品，则主要是进入文明社会以后的产物，是现实的直接反映，其生成并不断置换变形的故事和叙事模式即原型，则与现实社会事象有最直接的关系。这是否与中国的实践理性哲学特性相关，也可考虑。闻一多在谈到中国叙事文学时说："故事与雏形的歌舞剧……不是教诲的寓言，就是纪实的历史，我们从未养成单纯的为讲故事而讲故事，听故事的兴趣。我们至少可说，是那充满故事兴味的佛典之翻译与宣讲，唤醒了本土的故事兴趣的萌芽，使它那较进步的外来形式相结合，而产生了我们的小说与戏剧。故事本是民间的产物，不用讳言，它的本质是低级的。（便在小说戏剧里，过多的故事成分不也当悬为戒条吗？）正如从故事里发展出来的小说戏剧，其本质是平民的，诗的本质是贵族的。"①这道出了中国叙事文学的特质。

总之，以小说为主体的中国叙事文学，其源头也可以追溯到神话。但是，中国叙事文学与神话的关系却不同于西方。中国小说从萌芽到成型、成熟，从远古神话到魏晋南北朝志异志怪，到唐宋传奇、宋元话本，再到章回演义小说，逐步形成了具有自身特点的原型故事和叙事模式。而在这些原型的形成过程中，社会事象、人与社会的关系是它的基点。

---

① 闻一多：《文学的历史动向》，载《当代评论》1943年第4卷第1期。

第三节　原型特质：沉思与世情

中国古典抒情文学原型的精神特质和深层意蕴是沉思，叙事文学原型的精神特质和意蕴是世情。

抒情文学的底蕴是沉思，是对人与宇宙关系的思考、对人的存在与时间和空间的感悟，其深层与哲学相通，所以诗是"思"，是"道"。叙事文学的底蕴是世情，是人在现实中得来的、体验的情感的形象化，它的深层是人事的、社会的规律。叙事文学，特别是小说在事象叙述的背后，总有一套与社会问题、道德伦理、现实情感等相关的内容。在先秦时期，中国文学以抒情为主，叙事和抒情的界限尚不分明。伴随着从意象到意境的追求，抒情文学，尤其是诗词，越来越走向沉思，成为主要表现人生感悟、生命意识乃至形而上的情思的方式；而叙事文学，则越来越偏向抒发情理，满足日常感官需要，到明清小说的发展，这种倾向更明显。

"诗"与"思"

抒情文学的特质是沉思，而叙事文学的特质是世情，这么说似乎不合逻辑，但是，只要透过其表而深入其里，就可体会到，中国古典文学现象背后有着深刻的文化背景，人们对于文学有着超越其本身范畴的要求、理解和期待，不单纯为抒情而抒情，也不仅仅为叙事而叙事。文学批评家兰格说：

> 在抒情诗歌创作中极为常见的相似性是一种有限的事件，一段集中的历史——情感思想的思考，一种关于实物与人的情感。其框架是一种突发的思想，而不是外部所发生的事；冥思是抒情诗歌的实质，它激发甚至包括了所表现的情感。冥思自然的时态就是现在时。思想是永恒的；据说在抒情诗中没有产生过思想，但实际上却是一直在产生；将这些思想联系在一起的关系也是永恒的。抒情诗

中全部创作是一种对主题意识的体验；主题性的时态是"永恒的"现在时态。这一类诗歌拥有记忆模式"封闭"特性，而不具有将外部事件留存在所有记忆中的历史稳定性；它处于无年代顺序的"历史投射"之中。抒情写作是专门化的技巧，它将某种印象或观念作为某种体验，以一种永恒的现在时态加以建构；因而，抒情诗人所提供的并不是那种将时间和因果关系简单合并的抽象命题，而是创作出具体现实感，在这种现实感中，事件因素已不复存在，仅剩下柏拉图式的"永恒"感了。①

兰格的这种看法道出了一个共同的事实：抒情诗的实质是"思"。这位学者从英语语法关系的角度得出这一结论，比从一般文化意蕴方面阐发甚至更具有说服力。海德格尔也说："诗人之本性乃是漠视现实，是造梦而非劳作……幻想玄思为诗人能唯一奉献者。"②诗使存在和真理显现。抒情的、主观表现的作品往往是理想的或纯精神的，体裁上多是诗歌、散文，而从作品的意蕴上说，倾向于表达人类普遍的体验或者心灵深处的感触。中国抒情文学中，诗人们追求的作品意蕴是通过抒情表达对宇宙自然的独特感受和人的自我意识，从最初的言"志"到后来的表"意"传"神"，那些千古绝唱所抒之情无不蕴含着哲理的意味，它的表现形态是抒情的，而它的特质则是沉思的。从这个角度说，"诗"就是"思"，是以特殊方式负载和承传的最深刻的"思"，是一个民族的特性和智慧的结晶。一般来说，散文主要是抒情的，而先秦诸子散文的特点之一就是说理透辟精微，它的特质正是沉思和智慧的体现。这种传统一直影响到后世的散文创作，即使唐宋八大家的散文也在抒情、写景之中表现了沉思的特质。中国抒情诗歌中，始终活跃着面向自然宇宙对人生进行感悟、沉思的诗人原型意象。当然，这种沉思不是理性的抽象沉思，而是一种诗性智慧的感悟、体验基础上的深思。不仅"诗言志"中的"志"

---

① 转引自王晓路：《中西诗学对话——英语世界的中国文论研究》，巴蜀书社2000年版，第262—263页。

② 周宪：《20世纪西方美学》，南京大学出版社1997年版，第293页。

是一种"思",就是自然清新的田园诗、山水诗和玄言诗、游仙诗都表现沉思,只是表达的方式和意象不同。从阮籍、建安诗歌至唐诗,这一意象逐渐鲜明、突出,达到极致:一方面是抒情的方式达到极致,情感的意蕴达到了极致;另一方面是其中所蕴含的情思也达到了极致。"阮籍的《咏怀诗》是把文学与哲理结合起来的最早的典型。……陶渊明的田园诗,谢灵运的山水诗,也是富于哲理的内涵。他们的诗有一个相同的出发点,即认为个体生命不仅在社会中存在,而且,从更高的意义上说,也是面对整个宇宙存在的;从自然的永恒、圆满、自足、自由来看待社会的动乱、虚伪、束缚,世俗的成功就不足道了。因此,他们的诗歌颂了在个体生命与自然的和谐中追求解脱、追求'适己'、'快意'的生活。这一种文学与哲理的结合,给中国古代文学的面貌带来了极大的变化。这使文学(主要是诗歌)摆脱了简单地、就事论事地反映现实生活和社会现象的传统,表现了作者更为深邃的心理活动,并把读者引入一个更高层次的思考。诗歌的内涵,由此变得更为丰富、深沉了。"①

中国诗歌以抒情为主,其所抒之情中有着深邃的对于人与自然宇宙的感悟,有沉思在其中,它既与现实有关系,又超越了一般现实关系和情感,是人面对宇宙自然而对自己的生命价值、存在意义等的感悟。这种"思"比纯粹的抽象的思考来得直接、感性和深邃。从庄子、屈原到李白、陶渊明、辛弃疾等,他们那些充满浪漫色彩的抒情,那些天马行空般的驰骋想象,无不与他们对人间、宇宙的超常沉思相联系。甚至可以这样说,真正的抒情无不以独到深思为底蕴。如:王绩《野望》以写实手法,描绘田园生活的恬静,透露出对世乱的隐忧;骆宾王《在狱咏蝉》在写物的同时,加入一些标榜清高的意味;陈子昂《登幽州台歌》以博大的胸襟,注视着时空无限的宇宙,把个人的生存放在这巨大的背景上来观察,表现出对永恒的渴望。中国诗歌把自然物象作为抒情对象,在总体上是诗人试图超越社会现实的精神束缚的曲折反映。同自然

---

① 章培恒、骆玉明主编:《中国文学史》(上),复旦大学出版社1996年版,第303页。

对话而不是对具体的个人说话，这在根本上决定了中国抒情文学与表现社会事象的文学有不同的出发点和目的。诗歌创作主要不是对社会现实政治、理论道德、意识形态的认知和阐述，而是对个人情思的抒发，这在一定程度上是一种"任个人而排众数"的表现，是一种试图把个体从社会和群体中分离出来的自由精神活动。虽然孔子强调"思无邪"和"兴、观、群、怨"，把它纳入道德伦理范围，但从根本上说，古代抒情文学的创作或欣赏主要是个人的行为。同时，"诗穷而后工"，"愤怒出诗人"，表明成功的创作多是诗人失意之后的发愤抒情，是"苦闷的象征"，其深层情感与精神创伤的淤积和无意识心理密切相关。中国诗词中的所谓触景生情，一般或者主要并不是见到了景才产生情，而是心中早就淤积着情，这种情本来已经存在着，只是在特殊情景下被触，也就是原始意象的被激活。中国诗歌这种表面写景实则抒情的深层意蕴，是人所共知的。正是由于诗人的情感是深沉的，是一种沉思，诗人在现实社会中无法找到排遣的渠道和对象，所以只能到自然宇宙中去抒发。

中国文化对于诗歌的涵养，其最重要的恐怕是在抒情中有哲理。那些千古绝唱对于后世产生影响和共鸣，其根本原因不仅在于"画面"的丰富多彩，而且在于其内涵的永恒哲理不断激活集体无意识情感。"人闲桂花落，夜静春山空。月出惊山鸟，时鸣春涧中。"（《鸟鸣涧》）"王维似乎常常凝神关注着大自然中万物的动、静、生、息，沉潜到自然的幽深之处，感悟到某种不可言喻的内在生命的存在。"[①]其玄妙隽永，乃在于它蕴含的哲理具有普遍性，触动了不同时代和人群的集体无意识心理。张九龄《感遇》中"兰叶春葳蕤，桂华秋皎洁。……草木有本心，何求美人折"，还有《望月怀远》中"海上生明月，天涯共此时"等抒情意象，通过激活自然物象原型，唤起不同时代的人们在特定情景下的特殊心理感受，成为千古绝唱。李白的诗歌，不管是在壮美的意境中抒发豪情壮志，还是在优美的意境中表现天真情怀，都借助于各种可见的自然物象原型来显现，或以高山大川的气势磅礴激起人的崇高感，或以亦

---

① 章培恒、骆玉明主编：《中国文学史》（中），复旦大学出版社1996年版，第57页。

真亦幻的美妙情景唤醒人对自由的向往，将诗与思融合得天衣无缝。

中国抒情诗歌的沉思特质，还与中国文化传统的特征有关。中国儒道互补的哲学文化结构，对于诗人心理结构有着深刻的影响。一方面是儒家的人格理想，另一方面是道家的人格理想；一方面不能忘怀于兼济天下，挣脱人与社会关系及其规范，另一方面又崇尚独善其身，追求人格独立。诗人又是每个时代社会心理的晴雨表，是最敏感者、最善于思考者。现实中这两方面的矛盾，使得诗人的内心充满激烈冲突，常常有感而发。抒情诗歌中，面对大自然的沉思，不是一般地表现自然现象，而是"陶性灵，发幽思"。这是中国诗人一种独特的哲理观念，他们认为人与宇宙自然的关系中有着"道"的精神，有着物我关系在其中。曹操《短歌行》慷慨悲歌，从"对酒当歌"到"天下归心"，既是人生情景、人生体验，也是世界观。《观沧海》："秋风萧瑟，洪波涌起。日月之行，若出其中。星汉灿烂，若出其里。"诗人博大的情怀和悲壮的感叹沉思，是以人类面对的最浩瀚、壮观的景象为情感载体，而这些景象也是民族情感库中最能表现崇高和悲壮情怀的原型意象。曹丕《燕歌行》："秋风萧瑟天气凉，草木摇落露为霜。群燕辞归鹄南翔，念君客游思断肠。慊慊思归恋故乡，君何淹留寄他方？"诗从自然现象写起，特殊心理感受在面对自然时"瞬间再现"。"明月皎皎照我床，星汉西流夜未央。牵牛织女遥相望，尔独何辜限河梁？"这位女子怀念丈夫，始终是在一个无限的时空中沉思，星汉西流的自然现象和牛郎织女的原型意象既充分表达了诗人的深层心理情结，也唤起人们的共同情感和精神感受。

在论述中国诗歌鲜明的"思"的特质的时候，一个值得特别重视的现象就是，东晋玄言诗中酝酿着山水诗的萌芽，这个过程表明了山水、自然与玄学的关系，抒情与沉思的关系。玄学是超世的哲学，它认为宇宙的本体是玄虚的"道"，四时运转、万物兴衰是"道"的外观。从这种观念中可以引导出人对自然的体悟、追求，以及人与自然统一和谐的观念。把深刻的哲学观照方式引入诗歌，同时巧妙地将它与一系列艺术形象相结合，"把体悟自然与阐述玄理结合起来"。"在阮籍诗中，大量地以自然永恒与人生的短暂相对照，人在自然面前感受到强大的压迫；而在东晋的玄言诗中，则转变为人对自然的体悟和追求；到陶渊明，又更明确地提出归化自然的观念，人与自然统一和谐的意识构成陶诗独特意境的决定性因素。"①中国古人似乎更愿意面对自然，在自然面前是深刻的思考者；而不能真正面对社会，在社会面前压抑了自己的感情。故中国文学借助自然表达沉思，同时借助自然寻求精神的避难所，它的极端就可能偏向瞒和骗，找出奇妙的逃路来。

"象"与"道"和原型

中国古典抒情文学的精神特质和深层意蕴是沉思，是天人合一、天人感应意识的结晶，它以"象"与"道"互为表里。"象"的艺术符号性、抽象概括性和表意性，与"道"的哲理性及只可意会不可言传性，共同体现着中华民族长于利用抒情来表达深邃思想意识的特性。古典文学中，"象"意识的形成和围绕"象"概念的不断阐发，使文学中"象"的特性和功能与《易经》中的卦象有了本质上的相通之处。"象"是宇宙万物的另一种呈现，"在天成象，在地成形"；"象"又是宇宙万物的范型，"成象之谓乾，效法之谓坤"。

"象"与原型有极重要的相似点。荣格对《易经》中的卦象及其意义大感兴趣，并因此将之纳入他的原型研究视野。荣格曾与汉学家理查德·魏列姆（一译理查·威廉）一起写作出版了《金花之秘》一书。在这本书里，这两位思想家对中国的神秘论方法与个人化过程中当事人的体验进行了考察。《金花之秘》的文字所描述的冥想方法出自中国哲学："在广泛程度上正是中国哲学的所有倾向所共同具备的。这种哲学以这样一种观念为基础：经过最后的分析，宇宙与人都服从同一法则；人是一个小宇宙，没有任何明确的界限把他和大宇宙分开。这些相同的法则一个接一个实现，有一条总线索从这条法则导向另一法则。心理（psyché）之于宇宙，即内心世界之于外部世界。

---

① 章培恒、骆玉明主编：《中国文学史》（上），复旦大学出版社1996年版，第362页。

出于天性,人参与了一切宇宙事件,内在地诚如外在地参与其间。"①他们意识到,中国哲学中的"道"驾驭着人,同样,"道"也使自然(天地)成为可见与不可见。"道,这个未分的太一,赋予两个对立的现实要素以生命:黑暗与光明,阴与阳";调和这些对立物的方法成了金花的冥想主题。从中国哲学思想中,荣格发现了解释原型的新的思路。《易经》及其深奥的意蕴也是荣格特别感兴趣的。荣格在《纪念理查·威廉》一文中曾说:"《易经》中的科学根据的不是因果原理,而是一种我们不熟悉因而迄今尚未命名的原理,我曾试图把它命名为同步原理(synchronistic principle)。……我所关心的只是这样一个令人吃惊的事实,即瞬间中隐藏着的性质,竟然在这卦象中变得明了起来。""这种根据同步原理的思维,在《易经》中达到了高峰,是中国人总的思维方式的最纯粹的表现。""中国哲学的中心概念是道,威廉把它翻译成为'意义'。""我知道我们的无意识中尽是东方的象征,东方精神确实就在我们的门前。因此在我看来,对道的追求,对生活意义的追求,在我们中间似乎已成了一种集体现象,其范围远远超过了人们通常所意识到的。"②荣格对所谓"同步原理"和"瞬间中隐藏着性质"感兴趣,主要与他的原型理论即集体无意识有紧密联系。荣格在晚年还提出了一个引起后人极大争论的所谓"共时性"(Synchronicity)的理论,与这里所说的"同步原理"具有同一性质。所谓共时现象,是指毫无因果联系的事件同时发生,它们之间似乎隐含着某种联系,荣格称之为"有意义的巧合",认为是某些经验的结果。荣格用共时性的概念来强调随机事件所蕴藏的丰富含义,说明人的潜意识心灵在一定程度上相通。荣格从《易经》中可能发现了一个对他的原型观点来说至为重要的、有直接启迪意义的观点,这就是人类心理体验的共时性与历时性关系问题,即原型如何既承载着远古人的精神遗存又能与当代人心理相通,以及不相关的事物中

---

① [瑞士]弗尔达姆:《荣格心理学导论》,刘韵涵译,辽宁人民出版社1988年版,第89页。
② [瑞士]荣格:《心理学与文学》,冯川、苏克译,生活·读书·新知三联书店1987年版,第250—255页。

隐含的相通性。这个问题是维科以来的许多人感到困惑的。列维-斯特劳斯的研究就竭力在表面现象中寻求不变的共同原则、注意文化普遍的永恒性,这也和泰勒在《原始文化》中坚持遵循"人类心理同一的公式和文化直线式进化的律则"有相通之处。荣格要使他的原型理论建立在坚实的理论基础之上,就必须对人类心理的这种"同步原理"做出有力的说明,必须对"瞬间中隐藏着性质"做出合理的解释,而《易经》的卦象无疑使他得到启发。

  《易》曰:庖牺氏仰观象于天,俯观法于地,观鸟兽之文与地之宜,近取诸身,远取诸物,于是始作八卦,以通神明之德,以类万物之情。(《汉书·艺文志》)

  也许,荣格在这里看重的就是八卦作为万物之符号的特性,它取诸天地万物,而有通神明之德、类万物之情,具有"隐藏性质"的功能和古今相通而"同步"的效果。而八卦的符号系统本身就是一种具有原型性质的"纯粹形式",它将人类自身(男女)的特性推衍于万物,抽象出"阴阳"这一原型符号来推论和涵盖宇宙现象。这体现着中国先哲希图把握世界的雄心和努力,积淀着远古先民的精神遗存,具有经过后天的特殊情境获得实在意义的功能。《易经》的神秘、深奥、深刻,是八卦卦象的这种原型特点所决定的。李约瑟博士指出:《易经》"解释愈抽象,这系统便愈有'观念的贮库'的性质,大自然的具体现象,便都可由这个系统去说明","《易经》的每一符号,经过世纪又世纪,就具有抽象的意义,颇能引人,且使人无需思索"。他认为《易经》是"涵蕴万有的概念之库"。

  "象"的意义正在于"瞬间中隐藏着性质",在于它作为特殊符号的功能。了解这一点,是了解中国抒情文学作为艺术符号的意象特性的关键。中国古典文学重"象",就在于"象"具有荣格所说的"同步原理"的性质和"瞬间中隐藏着性质"的功能。它能使人的情思与原型相通,触动人的深层的心理情感和体验。

  由《易经》八卦可以看出,中国先哲们有将具象进行抽象、把感性体验凝聚为理性模式的能力,也有通过抒情来表达沉思的特性。原型作为模式、范型，是凝聚了感性的生命、情感、体验的理性模式。原型的瞬间再现就是理性模式重新还原为感性。从这个意义上说，原型是人类沉思的结晶，是体验的凝聚，是记忆的浓缩，是情感的升华，这在中国文学中就是"道"。

"有物混成，先天地生。寂兮寥兮，独立而不改，周行而不殆，可以为天地母。吾不知其名，强字之曰道，强为之名曰大。"（《道德经·第二十五章》）"道"是自然、社会和人的本原与始基，无处不在而又不可名状，它的存在方式与作为"纯粹形式"的原型有相同之点。"道"是秩序，儒家与道家对道的解释，都致力于探索生命之序与人生之序，而且序的依据又都共获于天人合一的模式。伦理的核心问题就在于"序"，各种伦理规范的建立，伦理义务的形成，都在于维持或稳定这个"序"。换言之，原型源于人对天道的感悟，带有规律、秩序的含义，只是这种含义与人的生命意识和生存意识特殊地联系起来。原型再现使"序"以人化的方式得到复活。中国叙事文学对情理的演绎、表达的伦理观念，就是对"序"的艺术阐释。

和原型一样，"道"不可言传而要通过具体物象（意象）才能解释，这在结构上十分接近原型。荣格所感兴趣的《易经》和"道"与原型和文艺有无联系呢？荣格感到神秘和不可解释的中国哲学，正是中国文学特别是抒情文学意蕴的决定性因素，文艺是原型的载体，也是道的特殊载体。周易是用来算卦占卜的，它需要有意地使其语言具备朦胧性、暗示性、多义性，有意地拉开一段心理距离，并且采用可以激起人联想的词语，以发挥更大的想象力。而中国的古代诗词，在创作和欣赏中有着类似的情况。哲学原型通过文学方式（意象）反复表现，这是中国文学的重要现象，如人生苦多、人生如梦、生命可贵、独善其身、登高望远、精神不死、大浪淘沙等。哲理不变，但是文学意象却在不断组合。这种变与不变正是文学既具有永恒性，又避免了重复感的重要原因。

刘勰根据《易经·系辞》中的学说，从宇宙形成的道理谈起，认为"道"转化成阴、阳两仪，天、地、人三才乃至万物，也就并生出华美的"文"，"道沿圣以垂文，圣因文而明道"（《文心雕龙·原道》）。《易传》:"夫大人者,与天地合其德,与日月合其明,与四时合其序,与鬼神合其吉凶。先天而天弗违,后天而奉天时。"中国文学中渗透着天人合一的观念,文学创作特别是诗词创作具有物我的"神秘联系和互渗",大量的意象则源于先民对原始自然物象的感悟。而这一切,说到底是人对自己与宇宙自然关系的感知、沉思。

中国文艺原型的根本在于中国人的宇宙意识、天人合一。儒家哲学说:"大乐与天地同和,大礼与天地同节。"《易经·系辞》云:"天地氤氲,万物化醇。"艺术意境之表现于作品,就是要通过秩序的网幕,使鸿濛之理闪闪发光。这秩序的网幕是由各个艺术家的意匠组织线、点、光、色、形体、声音或文字成为有机谐和的艺术形式,以表出意境。①从原型与人的心理情感的倾向来说,诗"言志"、抒情,诗词激活的是人生感悟、人与宇宙关系理解方面的原型心理,是以原始意象为中介的当代人的感悟与久远的深层心理的沟通,诗词的写作和欣赏总与人生永恒的课题相联系,其集体无意识通向邈远的过去和无限的未来,它所唤醒的集体无意识似乎有"先天""遗传"的意味。

中国抒情文学是最能充分表现人的原型心理的艺术。诗词对于自然的感触、对于人生的体悟都达到了极高的境界。一个艺术作品,是否通过意象(和意境)在其最深层次蕴含了理念,这种蕴含是否含蓄、深刻、巧妙,成为品评艺术作品价值的重要标准。而这里的理念,不是纯粹抽象的道理,而是人对天地万物、人生社会诸关系理解的一种概括,是"道",是建立在个体感性体验基础上的集体无意识。中国古典文学艺术十分个性化,人们对这些作品评价的标准,是看它对于集体无意识、普遍情感表现的程度。那些千古绝唱的特点不是对于某种事物描写的逼真和表现的形象,而是触及了普遍的情感体验。作品的艺术魅力在于,其所揭示的心理情境与不同的历史条件下人的心理情感的对应,成功的作品正是在揭示人的心理结构、心理体验的深广度上达到了别人不可企及的境界。说得通俗一点就是,作品能否透过具体的表现对象触及人类的

---

① 宗白华:《美学散步》,上海人民出版社1981年版,第78页。

普遍心理原型，表现人情绪的记忆。读者看到（领悟到）意象而触及心理深处的情感体验，这种情感产生的原因可能是不同的，但是体验的模式是一致的或相似的。所谓欣赏者参与作品的再创造，不是说对作品所表现的意象和形象进行改造，而是由此及彼，由眼前的作品而想到自己的人生体验和情绪。从这个意义上说，文学艺术作品确有其相对永恒的价值，这种永恒不是题材，也不是主题，而是人类经过千百年的实践、积淀所形成的美感需要、美感体验和心理模式的具象化，是集体无意识的揭示。

叙事与抒情

中国叙事文学最鲜明的特质恰恰是释放激情，通过真真假假的"事"和虚虚实实的"人"来倾诉情感。作者的创作也罢，读者的欣赏也罢，都惯于把自己的情感寄托在所叙之事中。它主要不是表现沉思的结果而是现实的感受，是基于现实的事象所激发的情绪，不是通过对自然物象的感悟所产生的对于邈远的回忆和未来的遐想。通过社会事象这种与人的现实生活密切相关的艺术符号来直接显现人的现实情感，是叙事文学具有世俗特质的重要原因。

中国叙事文学表达激情，有两种情况，一是表现大众的俗情、世情，一是表现作者的痴情、奇情。

所谓大众的俗情、世情，是说读者、听众、观众借小说戏曲中的故事人物，来表达和释放自己在现实生活中所淤积的情感。对于接受群体来说，看小说、听"说话"、看戏曲，都习惯于将所叙之事与自己的切身感受联系起来，进行情感的交流和抒发。这种情感，一般来说是民众的世俗的情感，是伦理道德和人情世故的交织。中国叙事文学最重要的特点，一是故事情节的丰富多彩和生动感人，二是人物性格的突出和富于道德色彩。这两点是中国古典小说具有极大吸引力的重要原因。自然，小说的娱乐功能是重要的，满足读者好奇心也是重要的，然而，如果再深入一步就会发现，这种娱乐和好奇在潜意识中有着人在现实中不能实现的情感的寄托，有着满足某些心理欲望的效用。更重要的是，对于叙事文学中的人物，人们有着浓厚的伦理的情感和道德态度。

中国叙事文学人物性格的突出，与他们行为举动的超越常人有密切关系。这些人物都有其鲜明的性格，有着出人意料的能力和情态，更重要的是，那些著名的人物形象几乎都是某种人格、情感的象征和代表，比如武松、李逵、关公、张飞、曹操、诸葛亮等等家喻户晓的人物形象，一人一种性格，同时一人代表一种人格、一种情感类型。从这个意义上说，人物性格又是情感模式的显现。人物的性格越不同于常人，就越有表达不同情感的张力。中国叙事文学没有静止环境描写和心理刻画，多是极富个性化和动作性的过程叙述，这个过程的描写和展开极为生动，极大地满足了大众情感需要，也是对集体无意识的释放过程。同时，传统中国叙事文学中，好人往往绝对的好，坏人绝对的坏，智者绝对的智慧，勇者异常的勇敢，这不但是作者的情感态度，也是读者的情感需要。借故事来抒发现实情感，化解和疏导心理情结，是中国叙事文学的一个重要功能，也使它具有世俗化的倾向。这一点和西方叙事文学有很大的不同。西方小说、戏剧是把对于历史、现实的思考融进对人物性格的刻画和心理的分析，而中国是把千奇百怪的故事纳入伦理情感的模式，这在小说中，特别是与市民阶层关系密切的戏曲中，就表现为，一面是生动的故事情节、鲜明的人物形象，一面是伦理的说教和潜意识的发泄。这种现象，恰恰反映了具有世俗色彩的中国叙事文学，作为与典雅的正宗文学相对而言的独立系统，它的内涵和功能的两个方面。它游离于故事之外的说教，实为"发乎情"而"止乎礼义"的需要，或者说是将"情"置于"礼义"的框架中，是为了显得合理而不至于一任俗情泛滥和潜意识暴露无遗。如果对抒情文学和叙事文学的抒情做比较的话，或可说，诗词中的抒情带有形而上的意味，而叙事文学中的抒情则具有形而下的色彩。

中国叙事文学的表现世情，还有另一种情况，就是作者抒发自己的痴情、奇情。这也许是中国叙事文学的一个独特之处，尤其是在笔记小说等纯粹文人的作品中，如《聊斋志异》，对情的重视尤显突出。这种情况不同于西方现实主义文学把作者的感情隐藏起来，让主题自然而然地流露出来。现实主义的这种要求是为了使作品符合历史真实和艺术真实，不让作者的说教代替作品的客观再现，以成功塑造典型环境中的典型性格。中国叙事文学中的"情"，是作者借作品中的人物或故事之"酒杯"浇自己之"块垒"。作者通过故事的演绎来使自己的心理原型和情感体验与之对应，最终目的并不是让读者忘记自己，而是让读者体会自己的心迹。有学者以"从自我的抒解到人间的关怀"为线索，把中国小说归类为"神怪与异灵""侠义与公案""爱情与世态"的言情系统，又把"讲史小说"看作一个独立的系统。他在对这几类小说分析后指出："唐传奇配合着载道论文的步调，致力于种种生存现象的解释以及观念倾向的抉择，而这些都是着重适应于自我的需要，较少顾及人间的普及效用。再如才子佳人小说，才学小说与邪狭小说，本质上也逗留在文人雅士风流自赏的形态里。……企求在想象里抒解现实的积郁，并得到变态的满足。也许他们着笔写小说的动机，正可以解释作苦闷的宣泄，是急切地要求表现个人内在的情思与冲动。但是他们又不敢逾越理性的范围，以至于显得笨拙与矛盾，最后甚至拥抱传统文化以自重，而沉溺于有限的自慰里……中国大部分的小说，其内容所关注的，几乎从一开始就是广大的人世活动，包括神怪小说的寓意象征、侠义小说的锄强扶弱、公案小说的平反冤情、世情小说的社会写真、讽刺小说的揭发愚行，以及讲史小说的通俗教育等。……作品的来源与对象都是普遍存在的经验和知识，易于被民众了解和接受，而作者的情志总是隐藏的、含蓄的，或者代表着一般性共同认可的伦理道德与宗教信仰的观念。"[①]所以，中国叙事文学中"情"与"理"在深层共同左右着作品，光怪陆离的故事中有着心理原型的制约。

叙事系统原型多为现实人生与社会事象的模式，与此相联系的集体无意识，是被压抑的人的欲望或精神需求，具有与现实相通的"后天"的色彩。它曲折地表达欲望和由现实所凝聚的激情，呈现个体面对社会的复杂心理。从根本上说，诗词等抒情系统文艺都是浪漫的，小说等叙事系统文艺都是现实的。

---

① 张火庆：《从自我的抒解到人间的关怀》，见刘岱主编：《意象的流变》，生活·读书·新知三联书店1992年版，第525页。

第四节　原型范式：造境与演绎

原型体裁

中国文学在其漫长的历史中形成了独特的原型体裁。这就是诗词的格律和叙事文学中的程式化（如小说的章回体）。与其他民族文学相比，这些特别的格式作为独特艺术模式，不仅是外在表现手法的规范或者套路，而且也是作家创作和读者欣赏的一种心理原型模式，具有独到的呈现心理图式、情感模式的功能。"自从有了人类社会以后，人类企图用固定格式来表达隐藏在他内心的感受的遗迹到处可见。"[①]诗词格律和叙事程式，说到底就是试图用固定格式表达隐藏在内心的感受。作为原型体裁，诗词格律和小说的章回等形式，既是一种限制、规范，又是一种与欣赏习惯和审美心理相关的原型结构。特殊的体裁样式反映了中国人表达情感心理的特殊需要和它满足这种需要的独特功能。

弗莱说："文学毕竟不是许多书本堆在一起，不是好些诗歌和剧本加在一起，文学乃是一种辞章的体系。我们全部的文学经验，在任何时候都不是读过的作品给我们一系列片断的记忆或印象，而是在想象力上凝聚成一团的经验的整体。""在整个文学系统的内部，某些结构和文体的原理、某些叙述及形象的组合，以及某些传统手法及惯用语，都一而再、再而三地反复出现。"[②]弗莱在这里主要强调的是神话在文学中作为结构原理的功能，但同时引发我们对文学创作中的那些反复出现的另外的"辞章的体系"的注意。我认为中国文

[①] [瑞士]荣格：《探索心灵奥秘的现代人》，黄奇铭译，社会科学文献出版社1987年版，第156页。

[②] [加]弗莱：《文学即整体关系——析弥尔顿诗〈黎西达斯〉》，见吴持哲编：《诺恩洛普·弗莱文论选集》，中国社会社科科学出版社1997年版，第350页。

学的体裁特点，特别是格律诗词与章回小说的模式，就是这种特殊的辞章的体系。其中包含的结构和文体的原理，值得从原型的角度探讨。

中国古代诗词以不断反复的意象表现着既往的与现时的情感经验，这构成中国抒情文学的重要特征。是什么把这种富于想象的经验连贯成一种经验的整体，激起一代代人的深层心理情感呢？人们马上会想到中国诗词独具的格律。诗词格律在中国文学中，从它的产生变化到定型，已经成为一种原型体裁。中国诗讲究跳跃性，一个个意象或互不关联的事物，却能被作者和读者联成一个完形，这不仅与语言有关系，更有原型心理在起作用。

某种体裁或具体文体成为一种原型模式，又与文化模式和文化心理结构有关。由潜在的文化模式所制约，并与特定民族的精神历程和情感体验相关的先在的心理结构，影响着人们对文学艺术倾向和表达方式的选择。因为文学原型其实不过是文化的产物，是共同的认识前提和习俗的结果，只是这种结果的形成是漫长的，经过了由生理性向心理性的转换、积淀。

从文学活动中作者和读者的关系来说，总有某种相似性的因素在根本上制约着创作和接受，在看似"任意"的背后是"有意"的选择。作者可以"任意"取舍而不至于造成混乱或不被理解，这本身就意味着一定有一个在作品中看不到的无形之"型"在发挥着作用，它确定不同的具体意象在"境"中的位置，使不同意象相互之间构成特定的关系，使作品产生整体的意蕴而又能被理解。这个"型"起着特殊的、结构的作用，它就是心理原型，是积淀了特定文化因素的心理结构。作家与作家之间，作家与读者之间，尽管有许多不同的具体的情感体验和心理感受，但是，其集体无意识是相同的，亦即心灵深处有着相通、相似的方面。正是这种相通、相似性，决定了不同作品某些本质因素的相似性。这就是文学作品一方面似乎千篇一律，另一方面又新意迭出的重要原因。

形式意识

中国古典抒情文学是表现的艺术，而对于形式的重视则与这种特点相关。

宗白华在《常人欣赏文艺的形式》一文中引用歌德的话说:"内容人人看得见,涵义只有有心人得之,形式对于大多数人是一秘密。"这里的内容、含义、形式实际上是艺术作品的三个层次。中国文艺的特质不表现在一眼就能看到的内容上,而在它的含义和形式上。对于一般人来说,内容深处的含义和虽能眼观却不易理解的形式是一个秘密。这个秘密与中国文艺所追求的终极意蕴目标相关,它要通过作家个人的情结而触及集体无意识,通向心理深处,通向"道"。如何通向"道"?中国文学不重视对事物的客观再现,而是通过打破物象的类属界限,重新构成与心理原型对应的意象,这就不能不特别依赖于形式的运用了。要做到这一点必须在构成"境"的时候有联想物、意象或象征物,并把这些联想物构筑为能触动人深层心理的艺术图式,以与原型对应。这种图式的构成需要借助于一定的模式,每一种具体的文艺作品,都离不开这种模式的规范,读者对它的阅读欣赏也是带着这种预先的模式。从这个意义上说,形式也是一种特殊的原型。中国文学创作和文学理论对于形式的重视与这种艺术目的有关系,形式的意识与重形式的理论便应运而生。

重视理念与重视形式,既是中国艺术的两极,又是一对对立统一的矛盾。如果以与诗相通的中国画来说明,就更为清楚了。"中国画之所以在十三世纪以后走向最纯化的文人画形式,观念的前导与掌握这些观念的人——艺术家们的审美定向是一个最根本的理由。……我们足以称中国画为'观念化了的形式'。"[①]"绘画的真实动机,是为了把看不见但应该看见的东西变为可以感觉的东西。因为形式确定却又易逝,意义无形却又永恒,而确定的形式又是无形的意义的显示,故形式便由感觉的被动性变为意识的主动性,再现为了表现,表现在于意义,意义的发现,又积淀为心理意识结构的形式化功能。这种意义与形式的关系,实际上就是感觉与表现的关系。""创作者把自己的感觉凝铸成绘画之时,也就是固定、物化基因之时;欣赏者从绘画里追寻、启动自

---

① 陈振濂:《中国画形式美探究》,上海书画出版社1991年版,第13—14页。

己的感觉，又同时将凝结、僵死在绘画中的基因复活了。"①诗中有画，画中有诗，曾是中国以山水自然为对象的艺术所追求的境界。中国画和中国诗词中那些反复表现的意象，能不断生发出新意的奥妙，不在于题材，而在于对存在形式的变换，意象的创造性重组，以营造出新的心理图式，并不断触动原型心理。谁的作品能最大限度地包容和触及人的原型心理和无意识领域，谁的作品能透过历史的长河揭示和表现人类普遍的心理结构和文化积淀，谁的作品就具有相对的真理和永恒的价值。所谓百读不厌、"超越"意识，实际就是作品在触动人的原型心理方面仍有作用，所揭示的人的心理结构和特殊的心理体验模式仍存在着，还能满足人的欣赏需要并从中观照自己。

程式的意义

中国叙事文学，包括小说和戏曲，在形式上最重要的特点，首先是程式化，其次是演义性，而对小说来说还有章回体。这些形式特点，与叙事文学的原型有什么关系呢？或者说，这种创作中的外在模式对于原型的形成有无内在的作用呢？

从其根源来看，叙事文学原型的程式化与心理原型有关。中国叙事文学明显地具有"型"的功能的叙事模式，这与中国传统观念、中国传统文化有着深层的联系。殷、周之际，《易经》八卦卦象所标识的"阴阳""八卦""五行"观念的确立，就是某种程式的出现。"阴阳"总括生化之道，"八卦"统摄万物秩序，"五行"涵盖万物性能，这一切都在一定程度上既具有程式化之特色，又有演义性之功能。《易经》在这方面的特色，或许可以说明中国文化就有这种把森罗万象的世界置于某种"型"中推演的特性，中国人就有以特殊模式掌握世界的心理需求和能力。叙事文学原型可能就包含了这种文化因子和心理倾向的积淀。

原型作为模子的规范作用在于它实际上是一种内在的结构。小说的章回

---

① 卢辅圣：《"式微"论——〈历史的"象限"〉之二》，见《朵云》（12），上海书画出版社1987年版，第49、57页。

体叙事模式、戏剧的程式化表演，是一种原型体裁。章回小说中的每一章，就是一个单位，是满足读者或听众"圆"型心理的一个相对完整的环节，而这种套路，也适应了"俗情喜同不喜异"欣赏的需要。更深一层说，戏曲的程式化表演，以鞭代马、以桨代船等，是约定俗成的模式，具有原型体裁的特点。

叙事文学中的原型母题、叙事模式，实际上是文化心理模式的一种"造型"。一些较集中出现的原型模式，正反映了人们共同认定的文化准则。叙事模式的形成，一方面是表现形式的需要，是观众、听众和读者欣赏心理的需要，是欣赏趣味和习惯的定型化；另一方面，从原型的角度说，它的实质是伦理标准、审美趣味等心理的、情感的内容积淀、演化为原型模式。欣赏习惯也是一种文化。而且，创作模式的反复本身就是一种心理情感需要的反复。

叙事文学中的演义，就是通过故事演述义理。义理始终是中国小说、故事背后所要揭示的意蕴。中国叙事文学对义理演义的重视最早可以从诸子散文中找到踪迹，在两汉时期大体得以确立，唐代的文言小说承继了这一传统，明清章回小说的这种特点非常突出。章回是在小说由短篇演化为长篇过程中，受评话和杂剧艺术、明传奇结构的影响而形成的一种结构模式。它能长期被延续和反复，表明它是一种文化因素的承传和因袭，它维持的既是一种欣赏习惯、趣味，也是一种文化心理和价值观念，是群体意识的连续性或个体之间的同一感。中国叙事文学故事本身的生动性，情节的丰富性，人物形象的鲜明性（善恶对比鲜明性），以及关键之处的"且听下回分解"，构成中国叙事文学创作的特点。这些特点是在长期积累的集体心理基础上形成的，而当创作中把这些特点有意地体现出来时，作者就有一个先在模式，这种模式就是一种原型心理系统。中国叙事文学故事有头有尾、有始有终，情节连贯，人物一定有肯定的结局，是要给人以心理上的"圆"、完整的满足。不管故事多么复杂曲折，都在这个无形的"圆"中演变。作者把握叙事的特点和利用读者的好奇心理，于是就有"欲知后事如何，且听下回分解"，因中止而产生悬念，因悬念而对结果和"下场"更感兴趣。对人物命运的关注都围绕"结果"这个中心、圆心。喜好喜剧、偏重伦理和相信善恶必报的读者喜欢大团圆的结局，所以鲁迅把它视为中国国民性表现之一。

中国文学,如同普罗普对于神话现象的描述一样,具有二重性:一方面,它千奇百怪,五彩缤纷;另一方面,它如出一辙,千篇一律。在观念层万变不离其宗,在意象层千姿百态。它形成了一套特殊的意象符号,这决定了中国文艺既世俗而又神圣、似浅而又深邃的特点。在形式中充实进无意识的具体内容,把反复表现过的对象再组合,使其形成新的原型意象或图景,从而触及新的集体无意识,是中国文艺表现对象古老而艺术精神不竭的原因。

第三章 中国抒情文学原型论

第一节 自然物象与抒情意象

自然物象作为原始意象

中国抒情文学,特别是诗词创作中的一个重要现象,是有大量的自然物象作为审美意象不断反复重现。这种现象表明中国抒情文学的创作具有与表现社会事象的叙事文学不同的出发点和目的,形成了特殊的文学原型体系。

关于中国古典诗词的意象,研究者从不同的角度进行过归纳。有学者认为:"意象可分为五大类:自然界的,如天文、地理、动物、植物等;社会生活的,如战争、游宦、渔猎、婚丧等;人类自身的,如四肢、五官、脏腑、心理等;人的创造物,如建筑、器物、服饰、城市等;人的虚构物,如神仙、鬼怪、圣灵、冥界等。"[1] 这种宏观的把握有很强的概括性,包含自然、社会、艺术创造几方面的意象现象。有学者仅就唐宋诗词的意象进行分类,分为"绘景状物""场景记叙""人物摹写""情感抒写"和"喻理警世"五大类。单在"绘景状物"类中就有"日月星辰"、"风云雨雾"(风云、雨前、暴雨、细雨、梅雨、雨后、雨雾)、"冰雪霰露"、"季节时辰"(春夏、秋冬、早晨、黄昏、夜晚、秋夜)、"山峰岩谷"(峰峦、山径、岩石、石壁、悬崖、峡谷、山岭)、"江河湖海"、"溪瀑泉潭"、"名山胜水"、"塞外大漠"、"花草树木"、"鸟兽鱼虫"、"街市村坊"、"城台楼阁"、"庙塔墓苑"、"器物杂类"、"音乐舞蹈"等十六类。这里绝大多数都是由自然物象构成的意象,其中仅花草树木类就达四十二种之多。这说明,抒情意象的载体是丰富多彩的,其中自然物象格外醒目,这正是原型批评所应充分注意的

---

[1] 曾德昌主编:《中国传统文化指要》,巴蜀书社2001年版,第167页。

现象。

原型批评将文艺现象与人类心理经验相联系,特别是将其和人与自然的关系联系起来研究,探讨其中的深层关联性。弗莱认为:"艺术节奏之中重复出现的原则看来是从大自然的循环往复中派生而来的,后者使我们知觉到时间的流程。围绕着太阳、月亮、季节和人类生活的循环运行,产生了多种多样的仪式。经验中每一种重要的周期性,如黎明与黄昏、月亮的圆缺、播种时节与收获时节、春分秋分与夏至冬至、诞生、入社、婚配和死亡都产生了与之相应的仪式。仪式的影响力直接导致了纯粹的循环叙述,如果确实存在这类叙述的话,那会是一种自动的和无意识的重复。"[1]弗莱所说的这些现象,从一个很重要的角度说明了诗歌创作与自然的关系,这种关系建立在人类长期对自然的感受、体悟的基础之上,也包含了人类适应自然规律以更好地生存发展的意识。所以,文学作品中的物象,是自然现象被人化后在人的心理中形成的模式,也是蕴含了天人关系的原始意象。

中国抒情文学中有许多原型意象,如大地母亲原型意象,四季变化原型意象(四季节律,"春生、夏长、秋收、冬藏"),水的原型意象,山的原型意象,月、花的原型意象,等等,可以说都是源自自然物象的原始意象,并在文学中不断重现。

以春的意象为例。笔者就《唐诗鉴赏大典》中部分与春相关的意象做了整理,发现这一意象比比皆是。在大约不到三分之一的作品里,就有130余处写到春。

骆宾王:"春朝桂尊尊百味,秋夜兰灯灯九微","春去春来苦自驰,争名争利徒尔为"(《上吏部侍郎帝京篇》)。"忽见严冬尽,方知列宿春"(《于西京守岁》)。

卢照邻:"专权意气本豪雄,青虬紫燕坐春风"(《长安古意》)。"顾步三春晚,田园四望通"(《春晚山庄率题》)。"春景春风花似雪,香

---

[1] [加]弗莱:《作为原型的象征》,见叶舒宪选编:《神话-原型批评》,陕西师范大学出版社1987年版,第159—160页。

车玉舆恒阗咽","黄莺一向花娇春,两两三三将子戏"(《行路难》)。

刘希夷:"天津桥下阳春水,天津桥上繁华子"(《公子行》)。"寒尽鸳鸯被,春生玳瑁床","寄语同心伴,迎春且薄妆"(《晚春》)。"一朝卧病无相识,三春行乐在谁边?"(《代悲白头翁》)。

沈佺期:"少妇今春意,良人昨夜情"(《杂诗三首(其三)》)。"去岁投荒客,今春肆眚归"(《喜赦》)。肝肠余几寸,拭泪坐春风"(《驩州南亭夜望》)。"芳春平仲绿,清夜子规啼"(《夜宿七盘岭》)。"解缆春风后,鸣榔晓涨前(《早发昌平岛》)。

韦承庆:"万里人南去,三春雁北飞"(《南中咏雁》)。

宋之问:"春去闻鸟山,秋来见海槎"(《经梧州》)。"伊川桃李正芳新,寒食山中酒复春"(《寒食还陆浑别业》)。"吴洲春草兰杜芳,感物思归怀故乡"(《寒食江州满塘驿》)。"桂林风景异,秋似洛阳春"(《始安秋日》)。"岭外音书断,经冬复历春"(《渡汉江》)。"候晓逾闽嶂,乘春望越台"(《早发始兴江口至虚氏村作》)。

杜审言:"云霞出海曙,梅柳渡江春"(《和晋陵陆丞早春游望》)。"自怜春色罢,团扇复迎秋"(《赋得妾薄命》)。"今年游寓独游秦,愁思看春不当春","寄语洛城风日道,明年春色倍还人"(《春日京中有怀》)。"迟日园林悲昔游,今春花鸟作边愁"(《渡湘江》)。"北地春光晚,边城气候寒"(《经行岚州》)。

贺知章:"不知细叶谁裁出?二月春风似剪刀"(《咏柳》)。

张若虚:"春江潮水连海平","何处春江无月明?","可怜春半不还家","江水流春去欲尽"(《春江花月夜》)。

陈子昂:"兰若生春夏,芊蔚何青青!"(《感遇三十八首(其二)》)。"春风正淡荡,白露已清泠。""岂不厌凝冽,羞比春木荣。春木有荣歇,此节无凋零"(《修竹篇》)。"晚风吹画角,春色耀飞旌"(《和陆明府赠将军重出塞》)。

苏颋:"东望望春春可怜,更逢晴日柳含烟"(《奉和春日幸望春宫应制》)。

张九龄："兰叶春葳蕤,桂华秋皎洁"(《感遇(其一)》)。"海燕虽微眇,乘春亦暂来"(《归燕诗》)。

王之涣："羌笛何须怨杨柳,春风不度玉门关"(《凉州词》)。

孟浩然："荆吴相接水为乡,君去春江正淼茫"(《送杜十四之江南》)。"春眠不觉晓,处处闻啼鸟"(《春晓》)。

崔国辅："为舞春风多,秋来不堪著"(《怨词二首(其一)》)。

张旭："山光物态弄春辉,莫为轻阴便拟归"(《山行留客》)。

王昌龄："闺中少妇不知愁,春日凝妆上翠楼"(《闺怨》)。"平阳歌舞新承宠,帘外春寒赐锦袍"(《春宫曲》)。"西宫夜静百花香,欲卷珠帘春恨长"(《西宫春怨》)。

祖咏："寥寥人境外,闲坐听春禽"(《苏氏别业》)。

王维："红豆生南国,春来发几枝?"(《相思》)。"人闲桂花落,夜静春山空"(《鸟鸣涧》)。"随意春芳歇,王孙自可留"(《山居秋暝》)。"屋上春鸠鸣,村边杏花白"(《春中田园作》)。"云里帝城双凤阙,雨中春树万人家"(《奉和圣制从蓬莱向兴庆阁道中留春雨中春望之作应制》)。"渔舟逐水爱山春,两岸桃花夹去津"(《桃源行》)。"春来遍是桃花水,不辨仙源何处寻"(《桃源行》)。"春窗曙灭九微火,九微片片飞花琐"(《洛阳女儿行》)。"惟有相思似春色,江南江北送君归"(《送沈子福之江东》)。"春草明年绿,王孙归不归?"(《山中送别》)。"且共登山复临水,莫问春风动杨柳"(《不遇咏》)。"三春时有雁,万里少行人"(《送刘司直赴安西》)。"怜君不得意,况复柳条春"(《送丘为落第归江东》)。"草色全经细雨湿,花枝欲动春风寒"(《酌酒与裴迪》)。"萋萋芳草春绿,落落长松夏寒"(《田园乐》)。

丘为："湖上春既早,田家日不闲"(《题农庐舍》)。

李白："此曲有意无人传,愿随春风寄燕然"(《长相思》)。"溧阳酒楼三月春,杨花茫茫愁杀人"(《猛虎行》)。"原尝春陵六国时,开心写意君所知"(《扶风豪士歌》)。"忆昔娇小姿,春心亦自持(《江夏行》)。"旧苑荒台杨柳新,菱歌清唱不胜春"(《苏台览古》)。"借问此何时?春风语流莺"(《春日醉起言志》)。"一叫一回肠一断,三春三月忆三巴"(《宣城见杜鹃花》)。"长啸梁甫吟,何时见阳春?"(《梁甫吟》)。"骅骝拳跼不能食,蹇驴得志鸣春风","巴人谁肯和阳春,楚地犹来贱奇璞"(《答王十二寒夜独酌有怀》)。"我志在删述,垂辉映千春"(《古风(其一)》)。"一往桃花源,千春隔流水"(《古风(其三十一)》)。"云想衣裳花想容,春风拂槛露华浓","解释春风无限恨,沉香亭北倚阑干"(《清平调词三首》)。"春风不相识,何事入罗帏?"(《春思》)。"白兔捣药秋复春,嫦娥孤栖与谁邻?"(《把酒问月》)。"宫女如花满春殿,只今惟有鹧鸪飞"(《越中览古》)。"鸷鹗啄孤凤,千春伤我情"(《望鹦鹉洲悲祢衡》)。"池花春映日,窗竹夜鸣秋"(《谢公亭》)。"白骨寂无言,青松岂知春"(《拟古十二首(其九)》)。"春风知别苦,不遣柳条青"(《劳劳亭》)。"桂殿长愁不记春,黄金四屋起秋尘"(《长门怨二首》)。"愁来饮酒二千石,寒灰重暖生阳春"(《江夏赠韦南陵冰》)。"春风余几日,两鬓各成丝"(《赠钱征君少阳》)。"上有无花之古树,下有伤心之春草"(《灞陵行送别》)。"芳树笼秦栈,春流绕蜀城"(《送友人入蜀》)。"草不谢荣于春风,木不怨落于秋天"(《日出入行》)。"暂伴月将影,行乐须及春"(《月下独酌四首(其一)》)。"笛中闻折柳,春色未曾看"(《塞下曲六首(其一)》)。

高适:"黄鸟翩翩杨柳垂,春风送客使人悲"(《东平别前卫县李宷少府》)。"塞下应多侠少年,关西不见春杨柳"(《送浑将军出塞》)。"一卧东山三十春,岂知书剑老风尘"(《人日寄杜二拾遗》)。

张巡:"接战春来苦,孤城日渐危"(《守睢阳作》)。

王湾:"海日生残夜,江春入旧年"(《次北固山下》)。

刘方平:"今夜偏知春气暖,虫声新透绿窗纱"(《月夜》)。

刘长卿:"老至居人下,春归在客先"(《新年作》)。"白云依静渚,春草闭闲门"(《寻南溪常山道人隐居》)。"江春不肯留行客,草色青青送马蹄"（《送李判官之润州行营》）。"长江一帆远，落日五湖春"（《饯别王十一南游》）。"春风倚棹阖闾城，水国春寒阴复晴"（《送严士元》）。

仅就这些例子足以说明，"春"在诗词中反复出现和不断组合，成为具有"约定性的联想物"，亦即原型意象。以自然物象作为象征原型在中国文学中形成了一个重要的传统，如梧桐、杨柳、松柏、劲草、竹、兰、梅、菊、牡丹、绿叶等，如凤凰、龙、鹰、鲲鹏、鸿雁、杜鹃、鹧鸪、青鸟、沙鸥等，如朝阳、夕阳、明月、圆月、风、云、雨、电等，各种自然物象在诗词中反复出现。其象征意义早在《楚辞》中就有突出表现："善鸟香草以配忠贞，恶禽臭物以比谗佞；灵修美人以媲于君，宓妃佚女以譬贤臣；虬龙鸾凤以托君子，飘风云霓以为小人。"诗词中的物象由于历代诗人的承续相因，不断被赋予越来越广泛而特殊的象征意义，使之具有原型特质，如以松柏表坚贞，以蝉表高洁，以猿鸣表乡愁，以春草表怀念离人，杨柳表示惜别，大雁隐喻远方亲人的音信，流水象征时光，燕归暗指重返故园，古道西风、夕阳西下则与人的漂泊和寻求精神家园相关，等等。这是中国文学原型的最重要特征之一。

从自然物象到文学意象

自然物象构成的意象在中国古典诗词中的重要意义不仅在其数量之多，更重要的是表明了中国抒情文学的重心在于表现人与宇宙自然的一种独特的关系，一种天人合一、天人感应的精神特质，一种借助于自然宇宙表达情思，或把人置于自然之中以表明心迹的艺术观念。以诗性智慧显示出对于宇宙万物和自身独特理解的中国先民，把大自然作为精神象征和心理原型，把江河大地作为自己的精神家园，也作为建构自己文学大厦的基石：

> 他们的生命与大地结缘，成了真正的"大地人物"，生活在大地上，劳动于大地间，所有生活几乎全按着大地自然的脉搏跃动而作息。春夏秋冬四时的递嬗、风霜雨露的变化、日月山川的焕发以及田野瓜棚的收成，这一切均如是自然地与人的性情相交融。先民陶融在这广大和平的世界中，也感染了大地博厚笃实的性情，真情

实意也毫无掩饰地流露……他们以性情感通了宇宙自然的和谐，也由草木万物的生长，体会到宇宙的流转生机，酝酿了中华民族深彻渊涵的智慧，创发天人合一的哲学，而自然——象征天地永恒与和谐，乃成为文学、哲学的最高境界。①

上述论述，充分说明中国文学意象生成的深层原因，也说明了中国抒情文学原型体系产生的哲学基础和心理动能。这与弗莱关于意象和文学原型生成机制的论述是一致的。

那么，自然物象或原始意象如何成为文学的意象呢？

关于意象，韦勒克、沃伦有过独到的看法：

> 意象是一个既属于心理学，又属于文学研究的题目。在心理学中，"意象"一词表示有关过去的感受上、知觉上的经验在心中的重现或回忆……庞德（E.Pound）对"意象"做了如下的界定："意象"不是一种图象式的重现，而是"一种在瞬间呈现的理智与感情的复杂经验"，是一种"各种根本不同的观念的联合"……一个"意象"可以被转换成一个隐喻一次，但如果它作为呈现与再现不断重复，那就变成了一个象征，甚至是一个象征（或者神话）系统的一部分。②

上述关于意象的观点有两点值得重视：其一，意象是"有关过去的感受上、知觉上的经验在心中的重现和回忆"，是"一种在瞬间呈现的理智与感情的复杂经验"。就是说，意象与人生经历、记忆相关，意象只能是一种与人的后天经验有联系的精神现象的重现；反过来说，意象的重现，必须是象与人的某种人生经历、特定情感相契合。这个过程，只能发生在现实的、人的后天实践的过程中，所以，意象来源于人类生存发展的历史中，也重现于人类具体的精神实践过程中。其二，意象的重现，不是一种图像式的重现，而是复杂经验

---

① 杨宿珍：《素朴的与激情的——诗经与楚辞》，见蔡英俊主编：《中国文学巅峰之境》，黄山书社2012年版，第11页。

② [美]韦勒克、沃伦：《文学理论》，刘象愚、邢培明、陈圣生等译，生活·读书·新知三联书店1984年版，第201—204页。

的瞬间呈现。就是说，意象不是脱离人的心理情境的被动重现，而是反映着一个复杂的心理过程，是作为主体的"意"与作为客体的"象"的又一次重新契合、生成，通过意象来重现心理情感。自然物象则是在这一过程中逐渐生成文学意象的。

在原型批评视域内，有一个与意象相关的概念，就是原始意象。荣格解释说，原始意象与意象的区别，在于前者的古老性质，在于原始意象承载着远古祖先的精神遗存，同时，原始意象是集体的。他用远古时期的社会生活经验来解释人类心理结构的形成和原始意象的起源。"原始意象是一种记忆的沉淀，一种铭刻，它由无数类似的过程凝聚而成。它主要是一种凝结或沉淀，因而是某种不断发生的心理经验的典型的基本形式。因此，作为一种神话主题，它是永恒有效的，持续不断地或是为某种心理经验所唤醒，或是恰当地为某种心理经验所程式化的表现。这样，原始意象是一种决定于解剖学与心理学的沉淀的心理表达。"[1]原始意象作为一种记忆的凝结和沉淀，它最早的载体和表达方式借助于大量的自然物象，因为人类最古老的记忆是人与自然关系的情感记忆。

以李世民《经破薛举战地》为例来看自然物象与诗歌意象的关系。这首诗表现的是李世民十八岁时，即617年夏天跟随父亲李渊，与敌对割据势力薛举大战于长安西路要塞扶风的情景和重经战地的心情。诗人重经殊死决战之地，抚今追昔发出无限感慨："昔年怀壮气，提戈初仗节。心随朗日高，志与秋霜洁。移锋惊电起，转战长河决。营碎落星沉，阵卷横云裂。一挥氛沴静，再举鲸鲵灭。"诗中用"朗日高""秋霜洁"的意象表达豪情壮志，用"惊电起""长河决""落星沉""横云裂"的意象渲染战斗氛围，气势磅礴，力如千钧。朗日、秋霜、惊电、长河、落星、横云，无不是人们熟悉的、具有约定性象征含义的自然意象，其高远、辽阔的视觉意象和具有剧烈动势的象征原型，将抒情与叙事自然地结合起来，既表达了诗人无法抑制的丰沛情感、意绪，又艺术地表现了昔日激烈的战事场景。在全诗营造的整体

---

[1] [瑞士]荣格：《心理类型学》，吴康、丁传林、赵善华译，华岳文艺出版社1989年版，第533页。

的意境中,具体的自然意象被赋予了特定的象征意蕴,不需要任何的解释、阐述就能使读者理解并引起共鸣,而这背后就是物象所具有的原型含义在发挥作用。日、霜、电、河、星、云等自然物象,是人类世世代代普遍遇到的典型情景,是负载集体无意识的原始意象,也是古典诗词中常用的意象,具有约定性。当这些原始意象被李世民创造性地激活和艺术创化,与带有强烈感情色彩的形容词组合,生成"朗日""秋霜""惊电""长河""落星""横云"这些新颖的意象时,自然物象已经不再是一般的传达信息和客观描述物象特征的符号,而成为典型的文学意象和艺术符号。当这些意象再与"高""洁""起""决""沉""裂"等表达意志的形容词和具有剧烈动势的动词组合起来,用以释放个人的心理情结时,"朗日高""秋霜洁""惊电起""长河决""落星沉""横云裂"等就有了诗人鲜明的个人色彩。这种个人色彩非但没有让读者迷惑不解,反而触发了人们的心理共通感。人们领悟了诗人的真情实感并被感染,进一步被激活了集体无意识,获得了愉悦,激发了豪情。这或许就是荣格所说:诗人好像在代表千百万人说话。再看李百药《秋晚登古城》的意象组合:"日落征途远,怅然临古城。颓墉寒雀集,荒堞晚乌惊。萧森灌木上,迢递孤烟生。霞景焕余照,露气澄晚清。秋风转摇落,此志安可平!"这是一首登临怀古之作,十句诗中就有"日落""征途""古城""颓墉""寒雀""荒堞""晚乌""灌木""孤烟""余照""露气""晚清""秋风""摇落"等十分密集的意象,似乎不用太多的连缀就自然地组合成一种特殊的意境。

把自然物象作为表现对象,是诗人同自然对话,抒发个人情思,试图把个体的情感从社会和群体中独立出来的精神活动。中国诗歌的主体是在表现自然中抒情,自然在这里提供的参照信息或象征意味,既与现实有关系又超越了一般的现实关系和情感,更多的是一种人与宇宙的关系,表达的是人在宇宙自然面前对自己生命价值、存在意义的感悟。这种"思"比纯粹、抽象的思考来得直接、感性和深邃。

诗人面对自然宇宙沉思时,自然是人的参照物,也是人的精神家园。人类从生机无限的自然中，有了对自身独特的感悟和意识。而在人人都具有诗性智慧的远古时期，用自然物象表达情思是一种普遍的思维方式，这时，自然物象既是情感载体也是言说的语言。自然物象入诗，不是随着文明的进步和社会事象的日益纷杂趋向衰微，而是越显重要，或者说自然物象越来越成为人心理情感的寄托和象征，其变化越来越朝着"物我同一"的向度发展。这种现象出现的内在原因也许就在于，人越远离自然，就越向往自然，越需要将自然作为自己的精神家园，向自然诉说，借自然抒情。钟嵘在《诗品序》中云："若乃春风春鸟，秋月秋蝉，夏云暑雨，冬月祁寒，斯四候之感诸诗者也。嘉会寄诗以亲，离群托诗以怨。……凡斯种种，感荡心灵，非陈诗何以展其义，非长歌何以骋其情？"自然物象逐步被作为精神的复归之所甚至人本身来表现，山水诗与山水画的出现，把这一趋向推向高峰。大量的自然物象入诗，是中国抒情文学的突出现象。自然物象在诗中的出现，已不是物象的描摹和再现，而是作为意象具有了特殊的意味。

第二节　意象与抒情文学原型

试从原型视角界定意象与意境

中国古代文学中的意象与意境是有联系的重要概念。意象概念出现在前，意境概念在后，但是，意象概念实际包含了"境"，意境概念也离不开"象"。传统理论对这两个概念的区分，只是对各自内涵在程度上的描述，而没有实质的界定。因为说到底，这两个概念讲的都是"象"与"意"、"情"与"境"、"物"与"我"之间的关系问题，所以要真正区分两者实属不易。

笔者在这里试图从原型的角度对这两个概念加以界定。以它们与原型的关系来说，意象与意境中都有"意"，"象"和"境"都是一种对"意"的呈现。但是，意象中的"象"，是具有象征性、约定性和联想功能的特殊艺术符号，它的一个重要特点是以其相对稳定的意蕴可以反复被创化和组合；意境则偏重于"境"，具有融汇多个意象构成较大图景和深邃情境的功能，形成情感意绪的浓郁氤氲。相对而言，意象可以理解为"诗词素"，也是"原型素"，它本身有具体的象征隐喻意义，同时是意境的结构单位；而意境则是整体意蕴，是与心理图式和情感模式直接对应的意象之间的结构整体，直接呈现"道"和集体无意识心理原型。

意象反复和意象复合

中国古典诗词一个重要的现象就是许多意象被反复运用。同一时代和不同时代的诗人往往对同一个自然物象重复利用和创化，意象作为原型在特殊情境下不断重现。比如单以鸟原型意象来说，就有以凤凰、鸾鸟象征志高洁，以大鹏、黄鹄象征抱负远大，以鸣鸠、燕雀象征凡庸卑俗。同时，一个意象还可以有多种象征意义，在不同的情境中生发不同的含义，而且，一个基本的自然物象可以与另一意象组合构成复合意象，表达更加丰富细微的情感。这与钱钟书所谓"万物各有二柄""比喻有两柄而复多边"颇为相似。"一事物之象可以孑立应多，守常处变"①。一个物象可以构成意趣各不相同的意象。比如，由"云"所构成的意象，孤云象征贫士、幽人的孤高，暖云象征春天的感觉，停云象征对亲人的思念……再以《杜诗引得》对杜甫诗歌用词及其构成的意象统计为例，"日"的意象有350余处，"春"的意象有130多处，"生"的意象有240多处，"水"的意象有170多处，"风"的意象有200多处。以单词（自然物象）组合的意象和景物也非常可观，如以"水"组成的意象就有：白水、大水、井水、小水、巴水、八水、远水、逝水、春水、寒水、塞水、晋水、急水、泉水、兰水、旧水、苍水、楚水、赤岸水、去水、碧水、黑水、流水、漳水、深水、谲水、泾水、冰水、溪水、湖水、湘水、汉水、沙水、河水、江

---

① 钱钟书：《管锥编》（第一册），中华书局1986年版，第37页。

水、泸水、浊水、渭水、涧水、源水、渥水、泗水、海水、沧浪水、弱水、川水、乱水、积水、秋水、桃花水、桂水、恨水、绿水、绛水、颖水、瑶水、裥水、陇水、野水、暗水、锦水等。这些与水有关的景物有些是河流水系名，但大多数是带有一定感情色彩和意蕴的复合意象，或者说是水的意象群。又如，与"风"相关的意象有：山风、土风、大风、东风、中风、天风、西风、追风、迥风、春风、炎风、阑风、国风、回风、高风、寒风、岸风、南风、古风、薰风、惊风、尧风、烈风、悲风、霜风、恶风、长风、严风、疾风、凉风、溪风、秋风、和风、峡风、微风、林风、松风、猛风、轻风、竹风、细风、北风、飘风、阴风、野风、晚风等。这种由一个具有象征意味的单词衍生的复合词，不只是语法修辞的需要，还与原型意象有关。中国艺术往往"用一个自然客体表示另一个自然客体，以及某一自然客体的一部分，或者把一个自然客体转化为多种自然客体，使实在的客体形象隐藏在佯谬的客体形象之后，构成'象外之象'"。"审美主体在对这种艺术形象的感知过程中，不仅能从理性和下意识的层次上，由A值移动到B值上，还能在头脑中形成AB值复合的审美意象，并通过A值向B值、及AB复合值的移动，造成审美机制和审美感受的延伸，在头脑中构建出新的艺术映象——'象外之象'，作出不同的理解。"[①]上述现象就是这种艺术特点的表现。如把视线扩大到整个艺术领域，则有更多类似现象。比如史前彩陶中的"人面鱼纹"和"鹳鱼石斧"，就是把并不存在的事物或有一定联系的不同事物组合在一起，生成一种新的物象。通过组合或重组进行创造性的表现是中国原始文化的特征，这种特征对于中国文学艺术影响深远。由此可以推论，中国诗歌意象的丰富及其任意组合，当与原始艺术思维方式的保留有关。

中国古典诗词中同一象征意象的细微变化，与揭示更为深入的微妙心理体验相关，或者说，是为了在自然物象中找到更符合心灵情感的对应物。比如："花间词意象组接的突出倾向是大量转借移置传统诗歌中富于情爱生活象

[①] 金登才：《中国动态的艺术哲学》，上海社会科学院出版社1991年版，第87、119页。

征或意味的意象组接入词。如春花、秋月、柳絮、杏花、云鬓、眉黛、珠泪、纤腰、帘幕、帷屏、山枕、锦衾、魂梦、别恨、惆怅等。词人们不求意象营造的标新立异，超凡脱俗，而刻意于精细的变化、脱化、重组，特别是同类意象的小变化。""从词本身的传播功能看，也需要意象的重复性与通俗性。"[1]这种细微的变化，以意象的细微区别为表征。

中国古典诗词中意象能反复运用而无雷同感，在很大程度上依赖于意象的不断重新组合，其深层原因是表达集体无意识心理原型的需要。意象不断置换变形的过程就是心理原型被不断激活的过程。只要深层的需要不断出现，如羁旅思乡、悲秋思归等情感不断重现，那么，这种借助于意象的表达、创化的过程就会继续。无数具体的、不同的意象及其细微的差别，表现着深藏于心理深处的细微体验和情感，因其细微，故难以言传。这一点特别重要：它不是重复一个主题，而是借助于意象的组合，反复表现微妙的心理、感受、体验、无意识，所以没有重复感。

原型心理统摄下的意象组合

中国古典诗词中的意境，是靠具体的意象的特殊"结构"来实现的。如前所说，所谓的意象是构成意境的因素。当然，意象能构成意境，一是意象本身有约定性和象征意味；二是意境不是意象的机械组合，而是人的心理图式的复现和心理情境的再现。

皮亚杰认为，世界是由各种关系而不是事物构成的，在任何既定情境里，一种因素的本质仅就其本身而言是没有意义的，它的意义事实上由既定情境中的其他因素之间的关系所决定。虽然这种说法有绝对化之嫌，但是，"关系"功能是值得重视的。中国古典诗词中的意象能被反复地运用，即在特定条件下瞬间再现，就是具体意象被置于一种特定的情境里，处于一种关系中。同样的意象在不同意境中的意义可能是不同的。如蝉这一意象，有学者指出，在不同的情境中有

---

[1] 王世达、陶亚舒：《花间词意象运用特点的社会文化学分析》，载《成都大学学报》（社科版）1991年第2期。

不同的意蕴："初唐时，骆宾王《在狱咏蝉》诗，即为脍炙人口之佳作。此诗以蝉之高洁，抒发自己不肯同流合污而身遭困蹇之伤怨之情。晚唐李义山《蝉》诗之意亦同，闻蝉声而自警惕，与蝉同遭漂泊之遇，亦与蝉同具高洁之操。至宋朝，陈与义《牡丹》诗，写见牡丹而起战乱乡愁之思；洪咨夔之《狐鼠》、《促织》二诗，皆为讥刺贪官污吏横征暴敛之情形。至如宋代朱熹《宿筼簹铺》的咏蝉诗，则以理学家洞察事理之澄澈心怀，悟出蝉声并非凄厉，而能解忧，复能生道心。"[1]这种情况表明，一个意象除了它的基本特性，它与他物的类似性之外，它在具体语境中的意蕴，要根据它在特定关系中的位置和功能来确定。

中国诗词中意象的组合存在任意性与相似性的现象，并以自身的特殊形态而存在。所谓任意性，在中国诗词中表现为不同的自然物象可以在没有介词、连词的情况下，甚至在不受逻辑限制的情况下，随意组合而构成特殊的意境和图式。"神与物游"，"以情会境"，"联类不穷"，"随物宛转"，作家在极为广阔的心理空间展开联想，超越时空范围和类属界限。这种情况在中国画中也有突出的表现，"观古今于须臾，抚四海于一瞬"，"笼天地于形内，挫万物于笔端"，随心所欲，任意取舍。显然，作者试图通过不同意象的任意组合，表现自己独特的情感体验和心理意绪。但是，在这种独特性的追求之中，总有某种相似性的因素在根本上制约着创作，在作者"任意"的背后是"有意"的选择，只是这种过程不被读者发现，过程被最后的结果即作品掩盖罢了。这里包含两个因素：第一，表面的任意性实际是以具体意象作为"可交际"的象征单位；第二，作者可以"任意"取舍而不至于造成混乱或不被理解，这本身就意味着一定有一个在作品中看不到的无形之"型"在发挥着作用，它确定不同的具体意象在"境"中的位置，使不同意象相互之间构成特定的关系，使作品产生整体的意蕴。

中国古典诗词的意象，就具有这种经过组合而产生新意的功能。新意的获得并不是任意的，而是要使意象置于一种特定的情境、关系中。意境的构成

---

[1] 杨宿珍：《观物思想的具现——咏物词》，见蔡英俊主编：《中国文学巅峰之境》，黄山书社2012年版，第259页。

就是这种特定关系的形成。同时，意象可以提供与象征意蕴近似的"一束束关系"，亦即由具有相同或相近含义的物象构成较单个意象更大的单位，构成意象系列或"意象束"。中国古典诗词因不同意境的需要而形成较为稳定的"意象束"。比如宋词，有学者总结："以天象论，斜风细雨，淡月疏星，词境也；以地理论，幽壑清溪，平湖曲岸，词境也；以人心论，锐感灵思，深怀幽怨，词境也。"①意象能被不断重新组合又不断生发新意，一方面取决于人类精神的共通性、心理情感的相似性，另一方面取决于意象的约定性与联想功能。从这个角度说，意境就是由意象之间的特定关系所构成的心理图式或情感模式，也就是一种心理原型。

诗词具有"象外之象""韵外之致""言外之意""不可言传性"等特点，其原因在于，诗词的整体思维、模糊性增加了符号的负载信息量，而符号的简化因诗人"丧我"，使得读者可以与物象直接接触而"不隔"，而物象以其对事物的分析性、逻辑性的超脱让情感直接表现。然而，这一切的前提是共同认知、约定俗成。

原型意象与诗歌主题

中国古代抒情文学形成了一些被反复歌吟的立意和主题，反映了不同的人在相似的典型情境中的共同心理感受，诸如崇天恋土、爱国忧民、羁旅思乡、思乡怀远、感时义愤、怨恨悲愁、宫怨闺怨、惆怅叹惋、孤独冷落等等。这些主题的表达和意蕴的呈现，往往都借助于传统的具体景物或意象，所要表达的意蕴总是与特定的意象构成相应的关系。这些意象具有原型的特点和功能。特定的意象对应着特定的心理情感，并指向要表达的主题。如："白日"，有一种光芒万丈的气象，用白形容太阳的光亮，给人以灿烂辉煌的联想；"绿窗"，有一种家庭气氛、闺阁气氛；"拾翠"，常常和年轻貌美的女子联系在一起，和水边绮丽的风景联系在一起，和美好的回忆联系在一起；

---

① 缪钺：《论词》，见缪元朗编：《冰茧庵文史丛稿》，商务印书馆2019年版，第149页。

"凭栏""倚栏"是依靠着栏杆，但是诗词中"凭栏""倚栏"是一种寄予感情的方式，有多种意味，或表示怀远，或表示吊古，或表抑郁多感，或表悲愤慷慨，等等。"写昂扬之情，物象则常见高山大河、雄关远漠之类；表哀愁之心，物象则多为秋风落叶、夕阳残月之属。至于春风丽日、白云芳草即绝少与愤慨联系；寒烟暮霭、细雨残红亦罕见与欢快结缘。"①再如雄浑壮美的盛唐边塞诗多用天山、云海、长风、大漠、长城、碣石、万仞、孤烟直、落日圆、平沙、雪海、碎石等意象。中国诗词中的比兴，实际并不只是所谓手法，而是物我合一、天人合一的契合过程，如"迢迢牵牛星"表面咏物，实际抒发男女离别之情，表达可望而不可即，情人见隔之悲苦；《青青河畔草》以青草园柳起兴，引出闺妇独宿之伤感；《回车驾言迈》以"东风摇百草"起盛衰有时之慨；《青青陵上柏》以陵柏涧石起人生短暂之思；《冉冉孤生竹》以"伤彼蕙兰花，含英扬光辉。过时而不采，将随秋草萎"，抒发思妇红颜易逝之感慨……

另外，选择同类集中表现某种心境和主题，也是中国古代抒情文学的一个重要的特点。比如写闺阁生活的花间词的意象就有其独特的领域。据研究者对《花间集》十八家词人的500首词的意象分析，"其500余类意象中，人物情态类（包括闺阁氛围意象）约200类，共出现约3040次，其它各类意象约300类，出现约2460次"。同时，研究发现，"花间词人意象运用极大的一致性或共趋性。这种共趋性最集中的表现在天候上是春、风、月、雨、烟、云等意象；表现在人物情态上是梦、情、思、眉黛、恨、泪、心、魂、面等意象；表现在植物与动物意象上是花、柳、莺；表现在闺阁氛围上是帘、屏、枕等意象。"天候意象是"中国人最常用的大陆性色彩的'比兴定式'式的隐喻对象"；人物情态意象同样是"有民族特性的惯常用于表现诗中的人生（生与死、爱与恨、情与命运）的'情感定式'式的情感指向意象"；花、柳、莺、帘、屏等则是"中国人以小景小氛围言情写意的惯常的隐喻指向"。②原

---

① 李晖：《论唐诗意境的新开拓》，载《文学遗产》1992年第3期。
② 王世达、陶亚舒：《花间词意象运用特点的社会文化学分析》，载《成都大学学报》（社科版）1991年第2期。

型意象与原型主题的关系，还表现为它可以由一个意象生发开去，衍化出新的或更为广阔的意象世界，表现新的意蕴和主题。比如关于海的意象，就属于这种情况。有研究者很有见地地分析道："中国古代游仙文学重要题材与意象是海"，"中国古代文人笔下的海往往是孤寂心境的慰藉"。"海在中国古典文学中出现时，还常常因文人的精神超越习性而出现一些飞翔在海空上的大鸟。……由鸟的超越体重联想到人的超越空间，由鸟在现世空间中的自由推及人对生命永恒的企慕。而对海的可远观不可近玩的超脱态度，也正是中国文人力图超越现文化阶段、务实尚用精神的变形体现。"中国文学中，叙事原型中的仙话和抒情文学中的仙境是常见的现象，而"仙境母题作为海意象系统的一个派生物，还广泛渗透到后世的叙事文学中"。"海意象就不仅仅是文学中的符号原型，而日益内化为主体心中之象。这些意象不断在抒情文学中浓缩扩散着理想化了的仙游故事，又成为新殖生的故事情节的基础、起点，掀动着中国古人的情绪和梦幻，沟通着理想和现实，并使之在文学创作中融和凝结，物化为动人的篇章。"①总之，不是神话主题的变奏，不是神的从生到死的循环反复，而是借助于约定俗成的意象的重组、变换，表达心理情境和集体无意识，这是以抒情为主的中国文学原型的特质。

第三节　意境与抒情文学原型

意境、心境、原型

意象是重要的，但是通过意象的创新获得新意只是诗词创作的一个方面，更为重要的是意象的重新组接，创造出新的更大、更深邃的整体意象，即意境。中国诗词的意境，从根本上说就是一种心境的表现，也是一种精神境界

---

① 王立：《烟涛微茫信难求——中国古代文学中的海意象》，载《吕梁学刊》1991年第1期。

的艺术显现。王国维《人间词语》云:"境非独谓景物也,喜怒哀乐,亦人心中之一境界。"意境本身的意义取决于它对原型心理触及的深广度,它所能引发的思绪的可能性。

宗白华说:

> 什么是意境?人与世界接触,因关系的层次不同,可有五种境界:(1)为满足生理的物质的需要,而有功利境界;(2)因人群共存互爱的关系,而有伦理境界;(3)因人群组合互制的关系,而有政治境界;(4)因穷研物理,追求智慧,而有学术境界;(5)因欲返本归真,冥合天人,而有宗教境界。功利境界主于利,伦理境界主于爱,政治境界主于权,学术境界主于真,宗教境界主于神。但介乎后二者的中间,以宇宙人生的具体为对象,赏玩它的色相、秩序、节奏、和谐,借以窥见自我的最深心灵的反映;化实景而为虚境,创形象以为象征,使人类最高的心灵具体化、肉身化,这就是"艺术境界"。艺术境界主于美。

> 在一个艺术表现里情与景交融互渗,因而发掘出最深的情,一层比一层更深的情,同时也透入了最深的景,一层比一层更晶莹的景;景中全是情,情具象而为景,因而涌现出了一个独特的宇宙,崭新的意象,为人类增加了丰富的想象,替世界开辟了新境……这是我的所谓"意境"。①

宗白华对"境界"的理解超越了文学艺术的范围,而在讲意境的时候,特别突出了意境与人的心境的关系、情与景的关系。

郑敏则认为:

> "意境"二字如果解释为情景交融的境界,就似乎浅显了。诗格之高低与诗中诗人的精神境界有很大的关系。中国诗与书、画

---

① 宗白华:《中国艺术意境之诞生》,见《美学散步》,上海人民出版社1981年版,第59、61页。

确实以境界为其灵魂。不论诗中之具体内容是否有诗人自己的情，也即是否"有我"，其境界必须是超我的，在抒情写物之外又有一重天，这重天是超我，超人世间的，其超脱、自由、潇洒的程度愈大，也就是境界愈高，这种精神境界的追求是中国儒、道、释共同的修行，它比西方的宗教修行要更虚、更空阔。……境界本身是非具象的，是一种无形的力量，一种能量，影响着诗篇。……境界是一种无形无声充满了变的活力的精神状态和心态。它并不"在场"于每首诗中，而是时时存在于诗人的心灵中，因此只是隐现于作品中。①

抛开这些精辟见解的区别不说，它们的一个共同点是强调意境与人的精神境界的深层联系。从这个角度说，意境的功能在于激活人的心理原型，进而触动集体无意识情感。

中国诗词中许多并不复杂的意境却有着奇异的原型象征意义，境与意的联系深邃得几近神秘，如"在水一方""登高怀远""暝色起愁""子规啼血""清猿悲啼""转蓬飘摇""逝水""悲秋""伤春"，以及"岁寒三友""断鸿""碧血""孤帆""落红"等等，都是触发特定心理原型的典型意境。比如，"在水一方"表现的是一种企慕情境，一种可望而不可即的心理体验。这一意境最早见于《诗经·蒹葭》："蒹葭苍苍，白露为霜。所谓伊人，在水一方。溯洄从之，道阻且长。溯游从之，宛在水中央。"它揭示了一种普遍的心理体验，一种永远向往而难以企及的境界。之后，这种意境在《古诗十九首》中再次得到生发："迢迢牵牛星，皎皎河汉女。……盈盈一水间，脉脉不得语。"这首诗借河汉之阻表现了企慕心境，因为距离更为遥远这种心境表现得益发深切。再如钱钟书在《管锥书》中所说："盖死别生离，伤逝怀远，皆于黄昏时分，触绪纷来，所谓最难消遣"。暝色起愁是另一种心理体验，也是诗人常表现的对象。"花前洒泪临寒食，醉里回头问夕阳。不管相思

---

① 郑敏：《试论汉诗的传统艺术特点——新诗能向古典诗歌学些什么？》，载《文艺研究》1998年第4期。

人老尽,朝朝容易下西墙!"(韩偓《夕阳》),"愁因薄暮起"(孟浩然《秋登兰山寄张五》),"暝色赴春愁"(皇甫冉《归渡洛水》)。那么,见薄暮何以起愁?何以"皆于昏黄时分,触绪纷来"?这里的关键就是这种意境最易触发特定情境中人的心理深处的原型,激活集体无意识。登高生悲、登高怀远这一意境,也是积淀在中国人文化心理结构中的特殊情境体验,先有宋玉《招魂》中的"目极千里兮伤春心"开其先河,后有陈子昂的《登幽州台歌》把它推向极致:"前不见古人,后不见来者。念天地之悠悠,独怆然而涕下!"它超越了时间和空间的局限,把一种特殊的心境升华为宇宙生命意识,揭示的是心灵深处那无所依托的孤独感、惆怅感。

登高何以会有怀远的情绪?在水一方何以会产生企慕情境?用原型理论解释就是,"人生中有多少典型情境就有多少原型,这些经验由于不断重复而被深深地镂刻在我们的心理结构之中"。"人的心理经由其物质载体——大脑而继承了某些特性,这些特性决定了个人将以什么方式对生活经验作出反应,甚至也决定了他可能具有什么类型的经验。人的心理是通过进化而预先确定了的,个人因而是同往昔联结在一起的,不仅与自己童年的往昔,更重要的是与种族的往昔相联结"。①

意境的原型模式特性

中国古典诗重视格律、形式,这和中国画讲究手法是相似的;同时,中国古典诗词把意境作为最高境界,与其所涵盖和揭示的原型意义有关系。意象是象征,是已知的、约定的联想;而意境是心理情境,直接与原型对应,有意境的诗词可以"无我",无叙述、无议论、无暗示,甚至无比兴,仅凭一幅图景、一种特定情境就可以引发无穷的情思遐想,激活原型。"千山鸟飞绝,万径人踪灭。孤舟蓑立翁,独钓寒江雪。"这种"寒江独钓"图,引发过多少文人、画家的诗情意绪,成为历久不衰的心理原型。

---

① [美]霍尔、诺德贝:《荣格心理学入门》,冯川译,生活·读书·新知三联书店1987年版,第44、40页。

意境是一种和特殊的心理体验、心理图式相对应的艺术图景，是可以激活集体无意识的原型模式，它通过一些似乎不相关的具体物象的结构关系，创化出引发原型心理的艺术境界。"枯藤老树昏鸦，小桥流水人家。古道西风瘦马。夕阳西下，断肠人在天涯。"这些一个一个的物象按一种特定的心理图式组合在一起，便具有了超越物象本身的整体意蕴。它的高致是诗中"无我"，不露面的这个"我"一定从这些物象中看到了一种内在的关系。"我"首先是一个"断肠人"，"我"与这些物象交互渗透、混同一体，超自然、超物类，它们之间的关联过程就是"我"的心境与之对应、"我"的心理图式纳入这些意象的过程。"中国艺术符号亦彼亦此，多功能模糊化的特性，打破了物体在形式上的区别，同时又能够在事物的联系中显示出事物的性质。"[①]这里就有互渗律的思维方式，这种带有原始思维特点的思维方式并不等于是落后的思维方式，而是人类思维方式之一种，或者说是人类早期居于主导地位的思维方式的一种遗存，正是在这种思维方式中还较多地体现着人类对于自我与宇宙关系的深切感触，体现为一种物我不分的亲情关系，一种对于自然的感性的、真切的理解。"艺术家以心灵映射万象，代山川而立言，他所表现的是主观的生命情调与客观的自然景象交融互渗，成就一个鸢飞鱼跃，活泼玲珑，渊然而深的灵境；这灵境就是构成艺术之所以为艺术的'意境'。""山川大地是宇宙诗心的影现；画家诗人的心灵活跃，本身就是宇宙的创化，它的卷舒取舍，好似太虚片云，寒塘雁迹，空灵而自然！"[②]这种思维方式不同于抽象的、逻辑的思维方式。借助于这种"不同"和"超常"的特点，诗词创作才能把不同类属但有相同特性的物象联结在一起，完成心理原型支配下的"造境"。同时，这里反映出"我"对自己、对人类与宇宙关系的体悟。它表现了自己，同时表现了人类普遍的一种心理体验和心理原型，因此，只要有这种心理情景，就会引起共鸣。人类的

---

① 金登才：《中国动态的艺术哲学》，上海社会科学院出版社1991年版，第106页。
② 宗白华：《中国艺术意境之诞生》，见《美学散步》，上海人民出版社1981年版，第60、60页。

文学艺术不能再回到其童年时代的原因之一，就是这种感悟方式和思维方式的丧失。中国古典诗词较多地保留了这种特性。

抒情文学原型与情结

一种原型意象或原型意境可以与许多心理情结相联系，同时，一种心理情结可以由不同的原型意象和原型意境来表达。

荣格说："或多或少属于表层的无意识无疑含有个人特性，我把它称为'个人无意识'"，无意识之于个人，称为"情结"。荣格研究专家霍尔曾对此有过描述："个人无意识有一种重要而又有趣的特性，那就是，一组一组的心理内容可以聚集在一起，形成一簇心理丛，荣格称之为'情结'（complexes）。"①当我们说某人具有某种情结的时候，我们的意思是说他执意地沉溺于某种东西而不能自拔。用流行的话来说，他有一种"瘾"。荣格早期倾向于相信情结起源于童年时期的创伤性经验，后来意识到情结必定起源于人性中比童年时期的经验更为深邃的东西。这种更为深邃的东西究竟是什么？在这样一种好奇心的鼓舞下，荣格发现了精神中的另一层次，他把它叫作"集体无意识"。情结与集体无意识不仅在人的心灵结构中所处的位置不同，而且它们获得的途径也是不同的。

中国抒情文学中有一个重要现象，就是一些文学家特别是诗人，常常有一种挥之不去的心理情结在作品中反复被表现，它们与诗歌主题相关又不同于主题，我认为这就是原型理论中的"情结"。通过个人情结表达民族的集体无意识，正是其重要特点。这些萦绕在不同时代作家心中的"情结"，如崇天恋土、爱国忧民、言志述怀、颂赞欢谕、情恋母爱、感时义愤、怨恨悲愁、宫怨闺怨、羁旅思乡、家人怀远、离别愁绪、惆怅叹惋、孤零冷落、送别怀友、伤逝悼亡等类型。"四顾何茫茫，东风摇百草。所遇无故物，焉得不速老"（《回车驾言迈》）；"回风动地起，秋草萋已绿。四时更变化，岁

---

① [美]霍尔、诺德贝：《荣格心理学入门》，冯川译，生活·读书·新知三联书店1987年版，第35页。

暮一何速！"（《东城高且长》）；"人生天地间，忽如远行客"（《青青陵上柏》）；"浩浩阴阳移，年命如朝露。人生忽如寄，寿无金石固。万岁更相送，贤圣莫能度"（《驱车上东门》）。这些诗词在表达生命短促、人生无常的感伤主题时，又生发出闺怨、友情、相思、怀乡、游宦、行役、劝慰、愿望等各种具体情结。

情结的生成有各种原因，既有内在心理创伤性经验的凝聚，也有外在事物的刺激，它表现的是个人情思或者无意识，却又常常触及集体无意识。比如，由四时变化、自然节律生发的悲秋情结和循环轮回的原型心理就是典型的例子。德国汉学家顾彬在他的《中国文人的自然观》一书中，研究了《诗经》《楚辞》和建安诗歌中秋的意象，认为"《诗经》中的不少诗篇不仅表现了秋天充满喜悦的特性，而且也描写了时序的更替，树叶的飘零，但并不象后世的作品那样总与直接的忧伤相关联，因为在当时还谈不上对时令的现实感受"[①]。随着时间的推移和诗人感受的变化，"建安诗人在对秋季及昼夜时间的揭示中强烈地表达了自己的激情。在当时，秋天已成为忧伤的代名词，诗与歌也几乎无例外地带有伤感的色彩"[②]。他还认为，中国诗人把"自然当作历史进程"，隋唐时期的文学家将历史与自然直接联系在一起，这是一个令人惊异的难以解释的现象。他举唐代诗人孟浩然的五律《与诸子登岘山》中"人事有代谢，往来成古今"等诗句为例指出，从孟浩然的这首诗可以归纳出唐代怀古诗六点固定标记：1.登高；2.望远并追忆过去；3.江山依旧而人生易老；4.历史人物及过去时代的遗迹；5.眼前的真实自然；6.涕泪。顾彬在解释诗人对历史与自然关系的理解时认为，历史被看作一种无可挽回的衰亡过程，从繁荣的昨天直到空虚的现在。而大自然既保持着它的短暂性，又循环往复，具有衰败又永恒的双重性。顾彬的论述将中国文人的历

---

① ［德］顾彬：《中国文人的自然观》，马树德译，上海人民出版社1990年版，第71页。

② ［德］顾彬：《中国文人的自然观》，马树德译，上海人民出版社1990年版，第66页。

史观与自然观相联系，进而与自然意象相联系。他还提出了把"自然当作危险"，把"自然当作精神复归之所"，把"自然当作象征"，把"自然当作客观关联物"，把"自然当作心灵的宁静"，把"远游作为一种隐喻"等中国人在诗中体现的自然观。这也从一个侧面可以看出，对人与自然关系的特殊理解和表现，确是中国古典诗词的重要特质之一。同时，这在一定程度上说明了原型心理与社会生活、文化积淀的关系，个人情结与原型的关系，以及其通过自然物象得以显现的特点。再比如，对土地的眷恋作为中华民族一种特有的传统原型心理，通过个体的情结表现出来成为普遍的现象，如客子思乡、家人怀远、生命漂泊，都从一个侧面与故土相联系。恋土情结也许与中国神话中女娲抟黄土做人的原型故事有关，也许与《易经》中关于天地交媾的观念有关，它是一种民族的集体无意识。

另外，神话与诗歌的关系，也值得充分注意。"神话学的中心思路每个时代都由诗人进行了再创造。"①但尼采认为神话是诗歌的故国，在《悲剧的诞生》中讲到希腊悲剧的产生、奥林匹斯山诸神的产生与人对于人生的认识等等。神话与诗歌的这种关系，首先是一种神话思维方式（互渗律等）的运用；其次是一种神话语言的表达方式，表明了先民与自然宇宙的一种关系，从而表明了一种民族特性。中国神话由诗人再创造的现象十分突出。

从神话与诗歌的直接关系来说，中国诗歌，首先是《诗经》、楚辞与神话有密切的关系。比如《诗经》的一些内容与早期宗教信仰有关系，楚辞中奇思异想具有神话色彩，《离骚》中直接包含了神话内容。又如《九歌》中的大多数诗篇都包含有神与神或人与神相恋的情结。《湘夫人》"帝子降兮北渚，目眇眇兮愁予。袅袅兮秋风，洞庭波兮木叶下"，在清秋候人的画面上，表达的是难以言说的凄迷、惆怅之情，其中渗透着未曾消退的、相信人与神共处的巫文化的影响。从间接关系来说，中国诗歌的浪漫主义与神话思维有关，诗歌的意象创造，奇特的想象、夸张的比喻，就有神话的影响因素。神话与诗歌的

---

① [加]诺思洛普·弗莱：《伟大的代码——圣经与文学》，郝振益、樊振帼、何成洲译，北京大学出版社1998年版，第61页。

关系从另一角度说明了中国文学中抒情原型源于自然物象；这种自然物象既是神话的原型也是诗歌的原型，它产生于同一心理基础，为了同样的目的。因此可以这样说，神话对于自然物象的运用要早于诗歌对它的运用，先有神话，后有诗歌对它的借鉴。

第四节 艺术思维、格律与原型

整体、直观的艺术思维方式与原型

中国古典诗歌意象的丰富和任意组合，与中国古代原始思维方式的保留有关。

中国文艺的特质产生在对天人关系的深刻感悟、对生命意识的独特理解上，而独特的艺术思维特征是中国人的文艺观念得以体现、艺术目标得以实现的重要保证。直观、顿悟、整体把握、注重关系、"瞬间中隐藏着性质"就是这种艺术思维的具体表现。

荣格在《分析心理学的理论与实践》第二讲中说过：

> 亚洲的那些居民具有一种神奇的洞察力。为了理解无意识的某些事实，我不得不研究研究东方。我不得不追溯一下东方的象征主义。……
> ………
>
> 你终于明白："道"可以是任何东西。我用另外一个词去指称它，但仍嫌这个词不够味。我把"道"叫做"共时性"（synchronicity）。当东方人察看由很多事实组成的集合体时，他们是将其作为一个整体来接受的，而西方人的思维却将其分解为很多实体与微小的部分。[①]

[①] ［瑞士］荣格：《分析心理学的理论与实践》，成穷、王作虹译，生活·读书·新知三联书店1991年版，第71—73页。

荣格在这里和别处都讲到这样一个问题，就是在东方特别是中国人的"道"，注重的是许多东西"在一起"的意义，并认为这与原型有关。这涉及中国的整体思维、直观把握、顿悟直觉的艺术思维特点。实际上，原型意象及其意义有一个在一定的模式中使其重新组合而后生发新的意义的问题，换句话说，当许许多多人类的记忆碎片在特定的情势下进入某种原型模式中时，这些碎片就不再是零星的、无意义的，或者不再是原来的意义，而是构成了一种新的可以引发人的心理原型的图景。比如，同样是反复描绘过的竹、兰、梅、菊，但在不同画家的笔下和不同的情景中，经过画家的重新组合，形成新的图式，它就可能激发新的、特殊的原型心理，引起新的共鸣。因为同样的东西"在一起"之后的组合和存在方式不同，它通向人的心灵深处的途径向度也就不同。中国艺术"以数言而统万形，元气浑成，其浩无涯矣"（谢榛《四溟诗话》）。这种气势、这种艺术效果的取得，一个重要原因是中国的艺术家注重在不同的事物中寻求共同的联系，打破事物的表层界限而打通深层的关系，诗词中意象的任意组合、思绪的跳跃并不影响深层意蕴的表达和人们的理解，而"中国画中的气与势的真正的内涵，就是一种人的感受的内涵。没有人会从画面上发现哪一块墨是气、哪一笔是势，一切只是一种关系的内涵而不是实际存在的内涵"①。"中国艺术常常通过对与人周围存在物进行打破类属边界性态区别的处理，使人与物之间分离对立的状态转变为物我混一——'天地与我并生，而万物与我为一'的状态。……通过自然物类属边界性态——形象值的变化，表现人的精神和形体活动。"②那么，是什么保证这种看似互不相关的事物之间产生联系、不同的意象组合成有意蕴的作品而又能为读者所意会呢？这就是不同的事物"在一起"之后所产生的特殊的意境（画的空白和诗的跳跃也是构成意境的成分）与人的心境的自然契合，是原型的作用，是以集体无意识作为共同心理基础的物我同一。正因为如此，"造境"，或者说创造意境，就成为中国抒情文学更具原型特征的一个重要表现。

---

① 陈振濂：《中国画形式美探究》，上海书画出版社1991年版，第166页。
② 金登才：《中国动态的艺术哲学》，上海社会科学院出版社1991年版，第74页。

格律的原型功能

弗莱认为，在高度程式化的文学中最容易观察到原型。中国古典抒情文学，特别是诗词的创作原则，在一定意义上说是一种高度程式化的文学，有许多"造境"的具体手法，有一些特殊的规律和规定，从中可以观察到原型的特点。譬如，"赋"和"比"是中国古典诗歌中最基本的表现手法，而"兴"则是《诗经》中比较独特的手法。"兴"字的本意是"起"。"兴"又兼有比喻、象征、烘托等较有实在意义的用法。诗词创作的特殊手法被反复运用，本身就具有模式和原型的功能，"一门充分程式化的艺术中，原型也即可供交流的单位基本上构成了一套奥妙难解的符号"①。更重要的是，它们成为一种特殊的艺术创作的思维方式。诗词的格律一方面限制了自由；另一方面又便于造成特定的意境，描绘一幅精致而又深邃的画面，一种不是分散而是凝聚人的思绪的原型情感模式。诗词的最高境界是意境，要求气韵生动、虚实相生、言有尽而意无穷等，其落脚点实际是激活心理原型。它不是纯粹的象、形，也不是纯粹的理、意，而是一种集体无意识的载体，是一种通过形、象才能触动的心理情感。其妙处在于，从表面上看它是自然形态的物象、景物，实际上却在深层通向观念。叶维廉先生曾指出，中国诗歌的特点之一是因诗人"丧我"，读者可以与物象直接接触而不隔，它超脱分析性、演绎性，而使事物"直接具体的演出"②。要做到这一点，必须在构成"境"的时候有联想物、意象或象征物，同时把这些联想物构筑为能引发人情感的心理图式，与原型对应。这种图式的构成需要借助于一定的模式。每一种具体的文学作品，都离不开这种模式的规范，读者对它的阅读欣赏也是带着这种预先的模式去解读的。从这个意义上说，格式也是一种特殊的原型，因此，在这里就有重要作用。

诗词的跳跃、意象的组接，不仅使容量增加，而且造成一种特定的意境

---

① [加]诺思罗普·弗莱：《批评的解剖》，陈慧、袁宪军、吴伟仁译，百花文艺出版社2006年版，第147页。

② 叶维廉：《中国诗学》（增订版），黄山书社2016年版，第276页。

和氛围。闻一多在《律诗底研究》中对中国古典诗歌的一些艺术特性做了极为精到的分析。关于"短练底作用",他说:"抒情之作,宜短练也。比事兴物,侧托旁烘,'不着一字,尽得风流',斯为上品。盖热烈之情感,不能持久,久则未有不变冷者。形之文词其理亦然。……盖情则如是之多,铺延之以增其长度则密度减,缩之以损其长度则密度增。抒情之诗旨在言情,非为眩耀边幅,故宁略其词以浓其情。"①从原型的角度说,闻一多这种看法正好解释了中国诗词格律的独特意义,即通过简短的句式承载密集的意象"以浓其情",它呈现出的是精致深邃的意境,是与心理图式对应的情感模式,而不是铺呈的长幅。从这个角度说,中国古典诗词是最便于表现原型的。他在谈到"紧凑底作用"时说:"边幅有限,则不容不字字精华,榛芜尽芟。繁词则易肤泛,肤泛则气势平缓,平缓之作,徒引人入睡,焉足以言感人哉?艺术之所以异于非艺术,只在其能以最经济的方便,表现最多量的情感。"②这就是说,诗词的短练不仅是篇幅的需要和格律的规范,而且有其表达情感的特殊需要。中国古典诗词能在简短的篇幅里表达无尽的情感,而且易于流传,实在有着更为深层的心理方面的原因,同时有一套便于达到这种艺术目的的手段和形式规则。所以闻一多自豪地说:"律诗底体格是最艺术的体格。……他是纯粹的中国艺术的代表。因为首首律诗里有个中国式的人格在。"③对此,宗白华有一段相似的论述:

  诗人艾里略说:"一个造出新节奏的人,就是一个拓展了我们的感情并使它更为高明的人。"又说:"创造一种形式并不是仅仅发明一种格式、一种韵律或节奏,而且也是这种韵律或节奏的整个合式的内容的发觉。莎士比亚的十四行诗并不仅是如此这般的一种格式或图形,而是一种恰是如此思想感情的方式",而具有着理想的形式的诗是"如此这般的诗,以致我们看不见所谓诗,而但注意

---

① 闻一多:《神话与诗》,江西教育出版社2018年版,第183—184页。
② 闻一多:《神话与诗》,江西教育出版社2018年版,第184页。
③ 闻一多:《诗经讲义》,吉林出版集团股份有限公司2017年版,第203页。

着诗所指示的东西"(《诗的作用和批评的作用》)。①

关于诗歌形式整齐的原因,闻一多也从更深的层次做了解释:"原来人类底种种意象——观念——盖即自然底种种现象中所悟出来的。我们的先民观察了整齐的现象,于是影响到他们的意象里去,也染上整齐的色彩了。这个意象底符号便是《易经》里的八卦。他表现于智、情、意三个方面的生活,便成我们现有的哲学、艺术、道德等理想;我们的真美善底观念之共同的原素(即其所以发育之细胞核)乃是均齐。"②这就是说,整齐的格式不是一种纯粹形式的需要,而是反映了人对世界的一种感受。

诗的句式由短到长再到自由,仅仅是容量的增大吗?诗的格律只是对于艺术的要求吗?它们还有无心理原型方面的意义?有学者认为:"'词'比起'诗'来,似乎是一种抒情程度更'纯粹'、更'狭深'、更细腻的文体。它抒写的感情,不妨称之为'情绪'、'心绪'、'心态'或'心曲'更来得适宜。"③这些特点,对于构成触动人的心理情感的原型意象具有独特的作用。格律诗与自由体诗相比,确有不便于自由表达思想和日常情感的局限,但是,格律诗的长处也在于格律,格律使景物集中、"境深"延伸,省却了许多与表现原型心理和情感式无关紧要的东西,在有限的篇幅里表现无限的情思。

或许可以这样说,中国诗词形式的变化,循着负载和激活原型的容量和深度的需要而变化。格律的作用之一恰恰就是把人的思绪和情感体验引向深处而不致太分散。

与格律相似,对偶作为中国诗词创作的规则之一,也具有原型体裁的功能。郑敏说:"对偶作为一种诗歌艺术,在美学上反映了中华哲学中的阴阳相反相成的原则。令人惊叹的是,几千年前中国哲学就能够既认识到宇宙间有矛盾的力量存在,而又不陷入二元对抗的狭窄思维。……从美学上讲,西方美学

---

① 宗白华:《美从何处寻?》,见《美学散步》,上海人民出版社1981年版,第15页。
② 闻一多:《诗经讲义》,吉林出版集团股份有限公司2017年版,第203—204页。
③ 孙立:《近十年唐宋词宏观研究述评》,载《学术界》1991年第5期。

在对称方面是有所应用的，可见于教堂的建筑和园林设计方面。但如何将相反的两种力量作为宇宙两极，结合在一个整体中既保持其歧异的本质又使它们能纳入一个整体，组成一个整体，那只有中国的太极图了。阴阳两极如此相抱而又相逆于一个整体中。在诗歌美学中这阴阳两极的相异相亲的原则就体现为'对偶'。"①这一见解极为精到深刻。她进而对对偶在诗里的作用做了论述："它对于诗人起着打开思路，对于诗作起着扩大空间的作用，且不说它所带来的不和谐中的和谐的对称美、异而同，其给人的惊讶感远超过以同补同的满足感。反衬是最强烈的一种审美刺激，对偶就是一种以反衬来增强两种相反力量相成效果的艺术。在对偶中时间、空间中两种相异力量必须有一个近乎对等的质量，才不致失去平衡，破坏了整体的完美。""因此可以说对偶用在文学上是助诗人打开一条仰观天地，俯察人间的道路，大大丰富了诗歌的内容。这对诗人的智性、感性和艺术性都是极大的调动和挑战，因此律诗能在有限的上下联八句中浓缩人生百味，天地玄冥，给读者深奥、强烈的震动和启迪、无穷的审美享受。"②这些论述说明，中国古典诗词的格律，也许是最便于表达人类深邃情感的形式，它是特定文体的艺术法则，也是一种独具特色的艺术思维方式，是最具原型功能的艺术格式。

言、意、象之辨与原型

中国诗歌发展史上一个重要线索，是在理论上对言、意、象关系的提出及对其探讨的日益深入。中国的先哲们似乎比西方人更早意识到语言的特质，意识到语言对传达意蕴具有至关重要的作用，他们从很早就探讨言与意之间的复杂关系。这种探讨从原型理论和符号理论来看，实际涉及艺术符号的生成问题，以及原始符号、现实符号向艺术符号的转化问题。

---

① 郑敏：《试论汉诗的传统艺术特点——新诗能向古典诗歌学些什么？》，载《文艺研究》1998年第4期。
② 郑敏：《试论汉诗的传统艺术特点——新诗能向古典诗歌学些什么？》，载《文艺研究》1998年第4期。

那么，言、意、象之间的关系反映的是一个什么问题呢？它和原型又有什么关系呢？王弼《周易略例·明象篇》云：

> 夫象者，出意者也。言者，明象者也。尽意莫若象，尽象莫若言。言生于象，故可寻言以观象。象生于意，故可寻象以观意。意以象尽，象以言著。故言者所以明象，得象而忘言。象者所以存意，得意而忘象。

在这里，一个值得注意的问题是，"象生于意"，象出自意，而不是意出自象，就是说，先有意后有象，那么，意从何而来？如何理解意象的生成和它们的关系呢？"意"可以理解为意蕴、意义，是思的结果，需要用语言来表达但言又不能尽意，于是要借助于象。这里的"言"是用于抒情表意的艺术符号；这里的"象"，已经不同于一般的物象，而是有了一定的约定性、象征性和联想功能的特殊的"象"，是由"言"（艺术符号）所描绘的艺术形象；这里的"意"，则是蕴蓄于"象"中的情感意绪。从言到象，再到意，是一个创作者运用特殊符号表达意绪情感的过程。文学理论对言、意、象的重视，其真正原因并不在于这些概念本身，而在于它们之间的深层关系。因为意识到在特定情况下，尤其在要表达细微、深层的情感时，往往言不尽意，所以才有对象的需要，要借助于象来达意，也才有了对意象的创化和意境的营造。可以说，对言、意、象关系问题的提出和探讨，源于对"言不尽意"的发现。言与意、意与象关系的发现，可以说是文学"意境"理论的最早萌芽和酝酿。儒家和道家，从不同方面、不同程度论及言、意、象的关系问题。孔子的言意观，在《论语》中可以看出，其基本倾向是相信和肯定语言能充分表达人的思想和意见，肯定言意之间的一致性，表现了一种"言尽意"论的倾向。但另一方面，孔子又感到在某些场合，有着"言不尽意"的情况，特别是涉及一些形而上的问题时，他认识到了语言的局限性。道家思想中，《老子》开篇说："道可道，非常道。"第一个"道"是名词，这里指宇宙的本源，它是从道路引申出来的概念；第二个"道"是动词，是"说"的意思。这句话的大意是说，一个很浅显的道理可以用语言来解释，至于那些包含宇宙万物之理的大道，没有形状，没有声音，没有实体，看不到，听不到，也摸不着，并且恒久不变，那就是语言所不能解释的了。接下来说"名可名，非常名"。第一个"名"是名词，指"道"的真相；第二个"名"是动词，就是可以加上一个名称来称谓。至于那些包含万物之理的大道的真相，恒久而不变，是没有办法给它加上一个名称来称谓的。这就是说，老子在"非常道"范围内，承认言能尽意；而在"常道"范围内，则主"言不尽意"。老子是"言不尽意"论的首创者。庄子继承和发展了老子的言意观，他的重大发展主要体现在"得意忘言"论。他认为"言"为"得意"之器具，一旦得"意"（形上体道之意），便可"忘言"。庄子与老子的不同之处，是他又提出了相当于"不言""不道"的"大言""至言""高言"等概念，突出以直觉状态直接体道、明道。这是一种"不言之言"。

大致来说，先秦时期，围绕言与意、意与象的关系，儒家和道家在不同的观点中有着相同或近似的看法。在形下经验（日常生活）领域内，肯定"言""意"的一致性，主张"言尽意"论；在形上超验（如"道"的层次）领域内，意识到"言"与"意"有不尽符合的一面，语言有其局限性，所以就有"言不尽意"论的萌芽，也就有了言与意、意与象关系的问题。文学是语言的艺术，文学的特质，特别是抒情文学的特质，恰恰就在于要表达人类不能用日常语言表达之情之意。于是，我国先秦时期的言意之争，实际上就关联到文学的语言与意蕴关系问题，因此它也就成为意与象、意与境关系问题的一个开端。

"言不尽意"，从一定意义上说，就有了以事物的原型意象表达某种"意"的必要。如果说先秦"诗言志"的观念表明当时特别看重对"志"的表达的话，那么，六朝"形似之言"概念的提出，则以对"形似"的重视而在客观上强调了"象"的特殊作用。随着山水诗、田园诗、咏物诗（及后起的咏物词）的出现，似乎诗人对情感的抒发和意绪的表达越来越不能离开自然物象，越来越不能绕过对言、象和意之间关系的正确处理。

反向回溯这个过程，就是先有要表达的"意"，然而有对于负载"意"的相宜的"象"的寻求对应，最后通过适当的"言"，即艺术符号把它结构为承载"意"的"象"。这就是"寻象以观意"。显然，对于"象"的"寻"，有一个先在的条件，就是认定或假定某种"象"可以"存意"，"象"有着对应于"意"的特质和表达"意"的功能。这里的"象"已经"人化"而区别于一般自然物象，变成了可以用来代表某种情感、意志的特殊的符号。而且不同的"象"有着不同的所指，这就是弗莱所说的"具有约定性的联想物"，也类似于弗雷泽把神话的原型同自然节律、植物枯荣现象相联系。关于这种物我关系，中国古人早有发现：

人心之动，物使之然也。（《礼记·乐记》）

人秉七情，应物斯感，感物吟志，莫非自然。（《文心雕龙·明诗》）

春秋代序，阴阳惨舒，物色之动，心亦摇焉。盖阳气萌而玄驹步，微虫犹或入感。四时之动物深矣！（《文心雕龙·物色》）

文贵形似，窥情风景之上，钻貌草木之中，吟咏所发，志为深远，体物为妙，功在密附。（《文心雕龙·物色》）

若乃登高目极，临水送归，风动春朝，月明秋夜，早雁初莺，开花落叶，有来斯应，每不能已也。（《梁书·萧子显传》）

那么，这种"象"、这种特殊的"物"又是如何具有了约定性和引起联想的功能呢？这里首先是人有以"物""象"达意的内在需求，这种需求是人希望与自然宇宙沟通并力图艺术地把握世界的曲折反映，也是人需要袒露自己胸怀的本能表现。有了这种需求，才有对"象"的寻求。这是从人的主观方面来看"象"被寓以"意"的深层动因。另一方面，自然物象被赋予特殊的意义，成为特殊的符号，并与人的心理情感（意）相对应，这又与原始先民总体的生存状态和思维方式相联系，即所谓"集体表象"与"互渗律"沟通了物我关系，使"物"成为特殊的"象"，使"象"可以表"意"，也使"意"可以与"象"相对应。"象"被"存"入"意"，就是自然物象被约定、被赋予联想功能的开端，就是"原型意象"的开始生成。从这个意义上说，所有意象都有原始色彩，都有它最初的"意"与"象"的契合。"言""意""象"的关系可以说在一定程度上将原型的理性模式还原为具体感性体验的过程,"象"具有原型之"型"的功能,"意"则是原型的内容,带有集体无意识的特点,即共同的情感体验和心理模式,"言"的"明象"过程是对"象"的具体象征特性的呈现,使之与诗人或读者的心理体验和情感相对应、相交融,即原型的"瞬间再现"。

中国古典诗词重"象""意",在创作过程中很早就注重"比""兴",由《易经》而来的"象"和在《诗经》中充分发挥的"兴",是中国抒情文学中具有特殊意义的原型系统。诗词的"象外之象""韵外之致""言外之意""不可言传性"等,包含着整体思维的模糊性和意象意蕴的丰富性,增加了符号的负载信息量。这些现象在本质上是将人的心灵深层内容,特别是集体无意识以独特的表现方式予以呈现;它特别突出了人的感悟、直觉、体验、无意识等非理性的方面,并将不可言说的内容不断地以独特的方式言说。

这里潜在一个心理情感和意象原型的关系问题。是先有情感原型,还是先有意象原型?即是先有要表达的情感,之后寻找相关的象征意象,还是先从自然意象中领悟到情感原型,直抒胸臆,再有了以自然为载体的抒情文学?这似乎难说清楚。但是从中国诗歌发展的过程看,越是到后来,越是表现出先有某种情感,然后通过相应的意象、意境来抒发情感的趋势。在远古时代,情况可能正好相反,即人类在对自己和世界不理解的情况下,从自身与自然的对应关系中,在以己度物的过程中,产生了特殊的情感。这时,自然宇宙是人的对照物,它构成了与人最现实、最亲近的关系。"友"也自然,"敌"也自然,"善"也自然,"恶"也自然。人在与自然的关系中发展和认识自己,产生情感。这样说来,人的情感原型产生于人类与自然的关系中。所以,情感原型必然有"存在"与"意识"、"自然"与"自我"这样的关系作为产生的条件,后世对同样情感的表达,必然也存在着这种关系,有对这种关系的复现过程,有与之相应的"意"与"象"的契合。

第四章 中国叙事文学原型论

第一节　中国叙事文学原型的多元始点

关于叙事文学原型研究的方法和思路

西方原型批评，特别是弗莱的原型研究，对叙事文学原型的研究主要有这样几种路径：

第一，人物类型模式——虚构性作品的叙事模式研究。弗莱在《批评的解剖》的"历史批评：模式的理论"中，在研究了西方文学史后，认为西方文学作品主要分为两大类型，即以叙述人物和故事为主的虚构型，和以作者向读者传达某种寓意为主的主题型。其中，虚构性作品是他研究的重点。他以作品主人公的品格与环境的关系为标准，"按照主人公的行动力量超过我们、不及我们或是与我们大致相同"①划分出五类基本人物原型模式。第一类，如果主人公在性质上超过凡人及凡人的环境，他便是个神祇。关于他的故事叫作神话，即通常意义上关于神的故事。第二类，如果主人公在程度上超过其他人和其他人所处的环境，那么他便是传奇中的典型人物。他的行动虽然出类拔萃，但他仍被视为人类的一员。在传奇的主人公出没的天地中，一般的自然规律要暂时让点路。第三类，如果主人公在程度上虽比其他人优越，但并不超越他所处的自然环境，那么他便是人间的首领。这便是大多数史诗和悲剧中那种"高模仿"类型的主人公。第四类，如果主人公既不优于他人，又不超越他所处的环境，这样的主人公便是我们中间的一员。这样便产生"低模仿"类型的主人公，常见于多数喜剧和现实主义小说。第五类，如果主人公体力和智力都比我们低劣，使我们感到可以睥睨他们受奴役、遭挫折或行为荒唐可笑的情况，他

---

① [加]诺思罗普·弗莱：《批评的解剖》，陈慧、袁宪军、吴伟仁译，百花文艺出版社2006年版，第45页。

们便属于"讽刺"类型的人物。弗莱认为,一千五百年来,欧洲虚构文学的重心不断按上面的顺序往下移动。弗莱总结的这种叙事模式,有相当的文学史依据,同时对于中国叙事文学原型研究有一定的适用性。

第二,神话移位模式——用神话的移位与春夏秋冬季节的转换来对应叙事结构。文学通过各种具体内容和方式在重复着神从诞生到死亡的过程,不同文学体裁的渊源都可以追溯到四季更迭,并将喜剧、传奇、悲剧及讽刺分别与春夏秋冬和神的经历联系起来,给以整体的把握。春天的象征模式,对应于"喜剧",是神的诞生复活与恋爱原型;夏天的象征,对应于"传奇",是神的成长、历险与胜利原型;秋天的象征,对应于"悲剧",是神的受难、末路与死亡原型;冬天的象征,对应于"反讽和嘲弄",是神死后的世界和复活前混乱状态的原型。这种观点对于从整体上把握文学艺术史的某些发展规律有很大的启发意义,但是这种概括是否准确并有普遍性却受到质疑。

第三,原始程式重现模式——回溯寻绎文化元典中的原型"代码"。弗莱认为:"文学的全部历史使我们隐约地感觉到,可以把文学看成是由一系列比较有限的简单程式构成的复合体,而这些程式在原始文化中都可以观察到。随后我们又了解到,后来的文学与这些原始程式的关系决不是仅仅趋于复杂化,一如我们所见,原始的程式在最伟大的经典作品中一再重现;事实上,就伟大的经典作品而言,它们似乎本来就存在一种回归到原始程式的普遍倾向。……我们开始设想,莫非不能将文学看成不仅随着时间的推移日趋复杂化,而且是由观念空间中某个中心向外辐射的,文学批评便可定位在这个中心。"①"原始程式"也就是原型。弗莱概括出三种神话结构和原型象征:第一种是未经置换变形的神话,是以欲望为限度的模仿,一般描写神明与恶魔,他们出现在两个对立的整体隐喻性的世界,一个是理想世界,另一个是非理想世界。这两种隐喻的结构分别成为启示的结构和魔幻的结构。第二种是传奇,是从虚构到写实阶段。第三种倾向是现实主义,改为明喻。弗莱

---

① [加]诺思罗普·弗莱:《批评的解剖》,陈慧、袁宪军、吴伟仁译,百花文艺出版社2006年版,第23—24页。

的《伟大的代码——圣经与文学》就是对《圣经》作为文学原型"代码"的研究。

弗莱以原型批评的特有"远观"视角，宏观地把握了西方虚构文学中的原型模式，从具体文学作品与作品之间暗含的联系中概括出原型，进而挖掘潜伏在文学现象背后的深层精神力量和共同情感，揭示人类审美反应的共同心理程序，探讨原型现象背后的共同原则、人性模式、无意识现象。这对我们有重要的启迪①。当然，研究中国叙事文学原型主要依据的不是某种理论，而是中国文学的实际，理论的意义在于促成对文学现象新的发现。

中国叙事文学的多种源头

中国叙事文学有自己的形成过程和特点。中国叙事文学源远流长，除了神话之外，先秦时期的历史散文也具有出色的叙事文学的特点。但是，作为叙事文学主体的小说、戏剧，却在很长时期一直处于文学格局中的次要地位，从萌芽、雏形，到发展、成熟，走过了一个漫长的里程。叙事文学的原型是在这个过程中不断生成、变化的，而不是"先在"的。

中国叙事文学的原型生成过程颇为纷杂，神话、民间传说、人物轶事、寓言、史传都对叙事原型的形成发生过作用。同时，文化元典、宗教思想等对叙事文学原型的形成也产生过重要影响。也就是说，中国叙事文学不是简单的神话的移位，叙事原型主要积淀的并不是人类处于原始蒙昧状态时期的意识情感和心理模式，而主要是进入文明时代以来的精神、观念和情感模式。由此，必须依照中国文学的实际来构筑中国叙事文学原型架构及其与神话的关系，形成中国原型研究的方法和思路。

中国小说逐步发展的过程，就是稗官野史、街谈巷议逐步争得地位并发达的过程，也是史传文学影响、神话色彩、怪异成分被改造的过程，是叙事文学神圣性减弱和世俗化加强的过程。除《三国演义》等一些演绎历史的作品

---

① 关于中国学者对原型理论的探讨和在研究中的运用，拙著《原型批判与重释》已有所介绍，不再赘述。

外,中国叙事文学不管题材和表现手法如何,表达伦理观念和世俗情感是其重要特点,叙事与说理密不可分。野史、街谈巷议、说话和笔记的内容与叙事方式就充分说明了这一特点。与此相联系,叙事文学原型是随着叙事文学在文学史上位置的变化,特别是小说地位的提高逐步生成和定型的。当小说地位提高,被视为"补史""劝诫"、辅翼教化、整肃人心的工具时,小说与社会思潮、文化特点、心理倾向的关系就显得突出,叙事文学的原型母题、叙事模式就相对集中地出现。明清小说是中国叙事文学发展的重要时期,中国叙事文学特别是小说的原型在这一时期有重要的发展和置换。其中,对小说社会作用的重新确认影响了小说原型模式的特点。

作为具有鲜明叙事功能的戏剧艺术,其源头是人类最早的生产活动和祭祀、巫术仪式,可以追溯至远古人类在狩猎之后进行的狩猎仪式的复现式表演,这在岩画中有所反映。西方古希腊的戏剧就起源于对酒神狄俄尼索斯的祭祀仪式,中国古代著名的祭神仪式、驱疫鬼的"傩"、求雨的"雩"也是戏剧的源头之一,祭祀活动中潜藏着戏剧的萌芽,"后世戏剧,当自巫、优二者出"[①]。但是中国古代没有产生如古希腊悲剧那样的戏剧现象。中国戏曲虽然源远流长,与原始歌舞相关,然而,戏曲真正发展繁荣有更多的现实动因,这又与西方戏剧艺术很不相同。我们从一般戏曲中很少能看到原始仪式的直接继承,更多的是社会事象和人生典型情景的艺术显现,乃至文化典籍、宗教故事的影响、渗透及置换变形。与此相联系,中国戏剧研究还有一个重要的老问题:中国为什么没有严格意义上的悲剧?中国戏剧为什么喜欢大团圆?对于这样的问题我们当然可以从诸如中国民族性、中国审美习惯等方面得到解释,但是,如果以西方悲剧的诞生为参照,从原始歌舞仪式的角度去看或许会有新的启发。如同神话没有在中国文学中充分发展起来并走向历史化一样,原始歌舞、原始仪式在中国文学中也没有得到应有的发展,而过早地被现实的"礼乐"文化取代,带有原始色彩的、原始宗教意味的仪式也被取代,而这些原始

[①] 王国维:《宋元戏曲史》,华东师范大学出版社1995年版,第4页。

性实际上代表了人对自身与宇宙自然关系的最初的理解，其中包含着人类面对强大的、无法理解的宇宙的各种恐惧心理，有着意识到自己无法逾越而产生的深沉的悲剧感。西方文学中的这种悲剧感没有在中国文学中产生相应的形式，而是被现实化、伦理化了。

这些现象说明，中国叙事文学的原型生成过程有自己的路径，负载着中华民族的集体无意识和精神实践历程，其世俗性和实践理性因素十分突出。可以说，中国的叙事文学原型，是在社会事象的基础上、在人生经验的反复过程中形成的模式。如果要用"移位"这个词来把握中国叙事文学规律的话，那就是人的情感模式或"世情"的"移位"，而不仅仅是神话的"移位"。

概而言之，中国叙事文学原型的生成，大致有这样一些要素，或者说始点：第一，神话系统，特别是神话的意态结构对叙事文学的影响，在置换变形过程中对神话中地理博物成分的自然扬弃而偏向社会人事方面；第二，仙话和民间传说系统，包括志异志怪系统，主要表达对于生死等问题的思考和愿望，通过说书、讲话演绎情理；第三，史传系统，主要在人格范型、历史意识、伦理标准和叙事方式方面成为文学的原型始点；第四，文化元典、原始巫术、宗教思想作为"意义原型"对叙事文学主题和叙事结构的影响。

第二节　神话与叙事文学原型

中国神话的特点与叙事文学原型的关系

关于神话，现当代人文学者有多种解释。有学者认为："许多人试图通过神话来回答的较大问题是世界和人的起源，可见的天体运动，季节有规律的更迭，植物盛衰，天空落雨，雷鸣电闪的景象，日月食和地震，火的发现，实用技艺的发明，社会的出现，以及死亡的神秘。简言之，神话的范围与自然本身一样宽阔，与人类的好奇心和无知一样广大。""神话源于理性，传说来自记忆，而民间故事来自想象；与人类心灵这些幼稚的产物相关而又比它们更成熟的是科学、历史和长篇小说。"[1]在众多的关于神话的解释中，卡西尔的见解极具概括性，也极有启发性："神话从一开始就是潜在的宗教。"[2]"神话仿佛具有一副双重面目。一方面它向我们展示一个概念的结构，另一方面则又展示一个感性的结构。它并不只是一大团无组织的混乱概念，而是依赖于一定的感知方式。如果神话不以一种不同的方式感知世界，那它就不可能以其独特的方式对之作出判断或解释。我们必须追溯到这种更深的感知层，以便理解神话思想的特性。在经验思维中引起我们注意的是我们感觉经验的不变特征。""神话最初所感知的并不是客观的特征而是观相学的特征。"[3]在这里，卡西尔关于神话具有概念的结构和感性的结构的论点是很有见地的。对于神话，一方面要看到它作为观相学的特征，它的感性的方面——建立在对宇宙感知的基础上，反映了"我们感觉经验的不变特征"——如神话的故事母题和叙事模式等等。另一方面，则要注意到神话作为概念的结构的功能。这概念的结构就是神话作为远古时期的百科全书对万物的追问及其包含的哲理，它所蕴含的一些终极问题。这是我们从神话中抽象出的"理念"。一个神话故事后面总是包含着某种与人的本性或宇宙本原相关的道理的原型，如亚当和夏娃与原罪、俄狄浦斯与命运、西西弗斯与人生意义的虚无等等。

关于人类神话的异同现象，列维-斯特劳斯做过这样的描述："一方面，在一个神话的进程中，似乎无事不可发生。它没有逻辑，没有连续性。任何特点可归因于任何原因；每一种可想象的关系都可以找到。对于神话，一切都变得可能了。然而，另一方面，从不同区域里广泛收集来的神话之间存在着惊人的相似，这就显示出：神话表面上的随意性是虚假的。因此，问题在于：如果神话的内容是偶然的，那么我们将怎样解释遍及世界各地的神话具有如此多的

---

[1] [美]阿兰·邓迪斯编：《西方神话学论文选》，朝戈金、尹伊、金泽等译，上海文艺出版社1994年版，第34—35页。
[2] [德]恩斯特·卡西尔：《人论》，甘阳译，西苑出版社2003年版，第139页。
[3] [德]恩斯特·卡西尔：《卡西尔论人是符号的动物》，石磊编译，中国商业出版社2016年版，第87—89页。

相似点这一事实呢？"①列维-斯特劳斯针对这种任意性与相似性的现象，提出了关于神话的两个基本命题：一，神话的意义不可能存在于构成神话的各种孤立的要素之中，它天生就存在于那些孤立要素的组合方式中，而且必须考虑到这些组合所具有的转换潜力。二，神话的语言显示出特殊的性质，它高于一般语言水平。这可以理解为神话语言包含更丰富的象征功能和普遍意义。列维-斯特劳斯把大量神话分割成尽可能小的单位，所以他发现，尽管每一单位是一种"关系"，某种功能和一个特定的主题相联系（例如俄狄浦斯杀死父亲），但神话真正的"组合单位"不是孤立的关系本身，而是一束束的这种关系。只有作为成束的关系，这些关系才可能发生作用并组合起来产生意义。简言之，正如语言中的音素一样，"一束关系"是具有同等功能特征的一套要素。

这里进一步说明结构在神话中的重要功能。概而言之，我认为神话感性结构、神话理性结构、神话思维方式，是影响文学原型生成的几个重要维度。神话与叙事文学的关系应该从这几个维度切入探讨。

西方原型批评理论认为，文学通过各种具体内容和方式在重复着神从诞生到死亡的过程。但是，中国神话对文学的影响与西方有别，神话对文学原型的生成所发挥的作用和意义也不一样。这里的原因之一，是中国的神话本身与西方神话不同，文学原型与神话的关系及其生成的过程也与西方不同。

与西方神话相比，中国原始神话：一是没有完整的体系，只有一些零星的记载，"自古以来，终不闻有荟萃融铸为巨制，如希腊史诗者，第用为诗文藻饰，而于小说中常见其迹象而已"②；二是原始神话没有丰富的故事情节和细节的描绘，叙事性不充分；三是原始神话与地理博物密切联系；四是原始神话被过度历史化。这不是说神话没有影响中国文学的发展，或者说神话与文学原型无关，而是说，与其他民族一样，神话作为人类原始时期的一种精神现象的结果，对中国文学产生了影响，只是这种影响与中国文学的格局构成特殊关

---

① 叶舒宪编选：《结构主义神话学》，陕西师范大学出版社1988年版，第15页。
② 鲁迅：《中国小说史略》，煤炭工业出版社2018年版，第12页。

系，影响的向度和力度不同于西方，具有自己的特点。因此，对于中国文学包括叙事文学原型，就不能用西方的神话模式，即"神的主题的变奏"来概括，或者说中国叙事文学的原型，并不是中国原始神话这种单一因素。

与中国原始神话这种特点相关联的一个现象，是中国在后来形成了另外一种比较系统的神话体系，这种神话体系是与各种文化精神、宗教信仰，甚至巫术意识等因素交织而生成的神话现象，这就是所谓"传统诸神"。据詹鄞鑫研究，传统诸神主要有：天地神祇，如日月神，星辰诸神，五方神，昊天上帝，气象诸神，土地五谷神，山川神，五祀神，火神，灵物崇拜；生物生灵，如动物神灵，四灵（龙，凤与朱鸟，白虎与麒麟，龟与玄武），十二生肖，植物神灵，图腾，生殖神灵；人鬼，如祖宗崇拜，功臣圣贤崇拜，创始人崇拜；人神，如伏羲与女娲，盘古，黄帝与炎帝，太皞与少皞，颛顼与帝喾，蚩尤、共工和鲧，五帝与五臣①。显然，这种神话体系生成的过程和包含因素是复杂的，既有原始神话、原始巫术，也有各种宗教思想、崇拜观念，它与产生在原始文化背景下的真正意义上的原始神话是有别的。正是这种传统诸神对中国叙事文学原型的生成产生了重要影响，形成了某些反复出现的原型模式。

那么，中国这种神话体系的感性结构、理性结构、神话思维方式对叙事文学原型的生成产生了哪些影响呢？我们试做探讨。

神话感性结构与叙事文学原型

关于中国神话及其演变，鲁迅论述道："昔者初民，见天地万物，变异不常，其诸现象，又出于人力所能以上，则自造众说以解释之：凡所解释，今谓之神话。神话大抵以一'神格'为中枢，又推演为叙说，而于所叙说之神，之事，又从而信仰敬畏之，于是歌颂其威灵，致美于坛庙，久而愈进，文物遂繁。"②从最基本的故事形态来看，中国神话与西方神话有很大的不同。中国的神话材料较多地保留在《山海经》《楚辞》《淮南子》等不同著作中，此

---

① 詹鄞鑫：《神灵与祭祀——中国传统宗教综论》，江苏古籍出版社1992年版。
② 鲁迅：《中国小说史略》，煤炭工业出版社2018年版，第8页。

外,在《穆天子传》《庄子》《国语》《吕氏春秋》等书中也有部分记载。从内容来看,中国神话也有创世、创生神话等等人类神话中的普遍主题,如盘古开天地、女娲补天、女娲抟黄土做人、伏羲女娲成婚、葫芦生人、蛋生人等关于宇宙来源、人的来源的探索。但是中国神话传说的叙事,不同于西方的体系神话,不是神的完整的故事,没有神从诞生、成长、受难、死亡到复活的全过程的细节叙述,没有具体神的死亡与复活、消失与回返、隐退与重现的曲折,而表现为或一个概括的事件,如颛顼与共工争帝,女娲炼五色石补天;或一种使命的完成,如精卫填海、大羿射日;或一种奇特的形象,如"其状如人,豹尾虎齿而善啸,蓬发戴盛"的西王母;等等。

弗莱说"神话学是人类存在的事实陈述而不是资料"①。然而,这种存在的事实陈述在中国神话中非常简单。"古老的原始神话,一部分被改造成虚拟的古史和上古帝王谱系,其它部分仍然在口头流传,最终零零散散地被载入各种书籍。也就是说,原始神话材料既未经过系统整理,也未经过文学化的过程。很明显,在先秦的著作里,不存在以神话为素材的大规模作品。因此,那些古老的神祇,无法获得丰富的人类情感,无法转化为丰满的文学形象。"②中国神话失去了原始神话本来具有的丰富含义和原始形态。"中国神话的叙事性显得相当薄弱。与希腊神话相比较,中国神话中完整故事寥寥无几。如果我们肯定神话具有保留'前文字记载时代'的传说的功能;那么,西方神话注重保留的是这些传说中的具体细节,而中国神话注重保留的却只是它的骨架和神韵,而缺乏对于人物个性和事件细节的描绘。"③不必讳言,中国神话难以为中国叙事文学的原型直接提供较为成型的母题和叙事模式。有专家认为,中国神话叙事比较简单、没有丰富故事情节是因为"希腊神话以时间为轴心,故重

---

① [加]诺思洛普·弗莱:《伟大的代码——圣经与文学》,郝振益、樊振帼、何成洲译,北京大学出版社1998年版,第59页。

② 章培恒、骆玉明主编:《中国文学史》(上),复旦大学出版社1996年版,第74页。

③ [美]安浦迪讲演:《中国叙事学》,北京大学出版社1996年版,第41页。

过程而善于讲述故事；中国神话以空间为宗旨，故重本体而善于画图案"。①鲁迅对此分析道：

> 中国神话之所以仅存零星者，说者谓有二故：一者华土之民，先居黄河流域，颇乏天惠，其生也勤，固重实际而黜玄想，不更能集古传以成大文。二者孔子出，以修身齐家治国平天下等实用为教，不欲言鬼神，太古荒唐之说，俱为儒者所不道，固其后不特无所光大，而文有散亡。

> 然详案之，其故殆尤在神鬼之不别。天地神祇人鬼，古者虽若有辨，而人鬼亦得为神祇。人神淆杂，则原始信仰无由蜕尽；原始信仰存则类于传说之言日出而不已，而旧有者于是僵死，新出者亦更无光焰也。②

人神混杂，神鬼不别，神话失去本应有的原始色彩而被"人话"（人化），缺乏神话本应有的作为远古时期哲学的内涵和丰满感性的显现，不能从神话中推论出更多的终极问题。比如，中国神话没有对于原罪的意识，甚至没有乐园，所以也就没有西方式的负罪感和失乐园的痛苦。中国神话因此缺少那种对人类终极问题进行真理式思考的特性，这些也许是中国神话对文学的影响不如西方影响大的原因之一。

如果进一步按照神话研究理论分类，则会发现中国神话中神的一些特殊性。神话学中的神祇有不同的分类。从神的属性来分类，有自然神和社会神。自然神是人类将自然事物和自然力本身直接视作具有生命和意志的崇拜对象，并希望与自然力相沟通的产物；社会神是将社会现象和社会力量人格化形成的神，它产生的原因是人们对社会现象背后的各种社会力量和对自然力量一样感到不可理解和不能驾驭，认为这种力量是由操纵人类命运之神所主宰（如命运神、爱情神、战神等）。社会神和自然神，最初是各司其职的单一神祇，然后又有了联合神祇。从神的形态来分类，有兽形神、物形神、图腾、拟人神、抽

---

① [美]浦安迪讲演：《中国叙事学》，北京大学出版社1996年版，第43页。
② 鲁迅：《中国小说史略》，煤炭工业出版社2018年版，第12页。

象神。物形神是以活物论为思想基础产生的神，是拜物教的崇拜对象。拟人神是按照人类形象和本性而设想的神，这是人类主体意识产生的标志。抽象神，是人类不能看见（或不易看见）其形象的神祇，或不具有可见形象的神。从发展角度来说，分为单独神、联合神、神祇系统的主神与属神。从神格来分类，分为至高神、高位神、主神、属神、逊位神。

中国神话中那些在后来产生较大影响的神祇多带有社会神的特点，如蚩尤、共工、黄帝等；而《山海经》中的地理博物神话可以说基本是自然神，但是，它们的特性没有得到特别的重视和发挥，其神祇功能是有限的。中国神话中，有一小部分大致可以看作是未经置换变形的远古神话，如女娲的原始形象为人面蛇身，女娲抟黄土做人；西王母的"其状如人，豹尾虎齿而善啸，蓬发带胜"，介于人兽之间；刑天、西王母、黄帝与蚩尤之战可能是较纯正的神话。这些神话人物的作为都大大高于普通人，神话整体表现的是隐喻的世界。

中国神话中神的形态比西方的更加超常、怪异，更有个性，但是在行为意义方面却缺乏相应的风格，有着更多的现实的、世俗的色彩。这些神不代表个人，不突出显示个体超群的威力，而是为某种势力和群体在行事。大羿、女娲、盘古、精卫、夸父、大禹等等，他们并不是要做宇宙的主宰，而是或作为为民除害的象征，或作为征服某种势力的精神代表。不同于西方神话中个体雄霸一切、随心所欲、叱咤风云，中国神话传说以"多神"为特点，人根据现实需要创造神、改造神、利用神，也就失去了对神深入魂魄的敬畏。神往往各司其职，分工明确，他们的出现总与对某种特殊力量的需要相联系。换句话说，它的任务较为单纯，"精卫衔微木，将以填沧海"，表达的是战胜自然的欲望和决心；"夸父追日"表现一种死而无悔、遗物永存人间的精神；"刑天舞干戚"显示的是"猛志固常在"的不屈不挠的意志力。同时，他们多是善的化身，从他们简短的经历中难以窥见其较为丰富的情感世界。

中国神话还有一种特殊的现象，就是神话故事与地理、博物的特殊关系。地理博物知识被披上了一层神秘的色彩而虚诞化了，成为地理博物传说。《穆天子传》《山海经》等叙述了远国异民、神山灵水、奇花异木、珍奇怪兽等奇谲诡幻、新鲜怪诞的现象，构成中国神话的特殊内容。就动物来说，有一角兽、一足鸟、人鱼、三足鸟、九凤、九尾狐、九头蛇等等；就自然现象来说，有十日、人石、九天等等；就人物来说，有三头人、三身民、小人国等等。这或许说明，中国人在很早的时候就有关于另一个怪异世界的假想和认识。这些物象与人同在一个世界，并不像西方神话一样凌驾于人世之上而带有浓厚的宗教和半宗教色彩，这对后来的志怪小说产生了重要影响。

中国神话（特别是《山海经》）中有许多关于动物、植物及地理博物等的描述，到底是反映了中国远古时期人与自然的特殊关系呢，还是应该做另外的解释？或许，它表明人对超凡的兴趣，对事物奇异特征的重视和关注；或许，它体现突破生理局限，表现克服匮乏感的意识；或许，它表明先民对于能力的重视，故而强化"化""生"之能力。凡此种种感性结构，都构成中国神话与西方神话不同的形态和含义。

神话理性结构与叙事文学原型

现代神话学将神话理解为远古时期人类的百科全书，包含着那个时代人类对于世界和自我及其关系的全部理解。"神话以一种富于哲理的方式看待事物，起着一种对周围现实或非现实事物的解释作用。""神话不是一种与逻辑相对立的先逻辑的心理结构，而是对世界的另一种见解，一种最初使万物有内在联系的手段，一种对逻辑行为起补充作用的看法。"[①]所有这一切，都说明神话虽然在感性结构上是非理性的，但是，它的内核则与人类理性的思考有关系，它源于人类对当时遇到的一些根本问题的思考，其中一些是永恒的终极问题。正是这种内在结构和永恒的终极问题，成为后来在文学中反复表现的主题模式。

中国神话虽然没有西方神话的系统体系和故事系列，但神话起源的内在原因是相通的。也就是说，中国神话也有其特殊的理性结构。中国神话虽然对

---

① ［美］阿兰·邓迪斯编：《西方神话学论文选》，朝戈金、尹伊、金泽等译，上海文艺出版社1994年版，第302页。

文学产生了重要影响，同样是文学的源头，但是却没能为叙事文学提供如西方那样的原型模式，而只是提供了包含特定含义的精神象征。这是与中国神话过早历史化、理性化和"人化"、世俗化相联系的。中国神话传说的历史化和世俗化，又和中国人的宗教观、宇宙观有联系。"中国自周代以后，以'礼'、'德'为中心的国家意识形态，对整个社会文化具有强烈的控制作用。所以，中国古代神话对中国文学的影响，远不同于古希腊、罗马神话对欧洲文学的影响。也正是如此，中国古代文学才形成了不同于欧洲文学的特点。""早在文化由官方掌握的时代，其中心就是巫文化和史文化。"[①]神话作为远古时期的精神产物，有自己产生、生长的环境，如同自然界的恐龙一样，它只在那个环境生长繁衍，带有原始性、本原性。人类精神的发展过程，是否也经过类似自然界的"冰川时代"，由于不可抗拒的原因而导致"精神物种"的灭绝，只留下一些化石或少量的活化石？我们不得而知。然而，在中国文化中，神话是在理性成熟和发达的后世被记载、传承的，原始神话的理性结构与进入文明社会之后的理性思维交织在一起，使得我们现在所了解的神话包含着复杂的意蕴，神话历史化是其中最重要的现象之一。

中国神话的历史化倾向决定着神话对后世叙事文学影响的向度。欧洲神话向文学方向演变，中国神话则主要向历史学方向演变，这就是中国神话的历史化倾向。神话本身随历史变形是普遍的现象，但是中国神话的变形中历史化的现象格外醒目。历史化的实质也是一种"人化"，是人用历史意识解释神话，反过来神化了历史，"神话对于宇宙和自然现象给予认可，也对世俗和宗教的文化制度给予认可"[②]。神话的历史化、世俗化，使得中国叙事文学原型的生成中现实伦理道德、历史意识等成分日益突出，甚至大于原始神话的影响。中国文化中虽有天堂、人间、地狱的观念，但这都是与现世人的

---

① 章培恒、骆玉明主编：《中国文学史》（上），复旦大学出版社1996年版，第76页。

② [美]阿兰·邓迪斯编：《西方神话学论文选》，朝戈金、尹伊、金泽等译，上海文艺出版社1994年版，第207页。

"来""去"相关的。中国文学中的罪不同于原罪,它是现实中的罪恶,是社会性的,这也不同于西方。中国叙事文学中没有静止的心灵辩证法的展开,没有过分对上天的忏悔,没有对人的本性进行灵魂的拷问和原罪的剖示,而是对于罪恶的社会学的分析和谴责。中国叙事文学中缺少类似西方那种对掌握人命运的上帝的虔诚,缺少类似对于为民受难的基督的敬仰,但是,中国人敬佩现实生活中的英雄,相信为民替天行道的豪杰,期望于侠骨铮铮、侠胆凛然的侠客。所以,中国通俗文艺对于武侠的热衷并不只是一个题材问题。这是一种集体无意识的反映,同时是一种伦理道德观念和文化意识积淀的心理模式。

中国神话对叙事文学原型的影响,主要在于神话所积淀的那种世世代代的人格力量的蒸腾,那种企图超越自然束缚、超越自身局限的精神的影响,那种对恐惧的抗争和对超人力量的不断呼唤,以及这些精神作为一种情感模式在叙事文学中的置换变形。《三国演义》中诸葛亮"知其不可为而为之"对天命的抗违,《水浒传》和武侠小说中"替天行道"者的身怀绝技、剪除邪恶,《聊斋志异》中神鬼幻化和人妖变形,等等,无不充满着神话的色彩。虽然难以寻找到它们和远古神话故事的直接对应关系,却可以感悟到它们与神话精神的对应和相通。我们从孙悟空的七十二变和如意金箍棒的挥舞中似乎看到了"刑天舞干戚"的勇敢和潇洒,在诸葛亮的呼风唤雨、料事如神而又终归鞠躬尽瘁、无力回天中,似乎看到了夸父日行万里、追赶太阳而终渴死化为桃林的面影……后世叙事文学体现着我们与远古祖先精神的相通,袒露着集体无意识心理。这就是神话理性结构对叙事文学原型的影响。

神话思维方式与叙事文学原型

神话思维方式对叙事文学立意产生深远影响,在中国,则具体表现为神话的意态结构对叙事文学构思的影响。

中国叙事文学特别是武侠小说和历史小说,人物的超凡入圣,从一定意义上说都带有神话精神。他们或者料事如神、智谋超众,或者英勇善战、变化无穷,或者见义勇为、能力超凡。这些现象用弗莱关于虚构文学的分类来说,都是"在性质上超过我们凡人"的主人公，只有这样的人物才能担当起不同于常人的重任，才能替天行道。这既表现了人们寄希望于天的意识，一种把自然法则运用于社会领域的意识，也表现了它同中国远古神话思维特点深层的一致性。不仅仅是对故事内容的重述，而且是对神话思维方式和意态结构的承续，这是探讨中国神话与文学原型生成关系应该充分注意到的问题。

把神话所表达的命意转化为与欲望和理想相联系的现实情怀，或者将神的功能与人的愿望结合，需要借助神话思维方式。如前所述，中国神话多讲述个体的怪异现象，而少有整体的场景及其故事情节。越是不可能的事和现象，越在神话传说中有位置。但其叙事方式却几乎是全知的，给人以真有其事之感。同时，它不是体现着万物有灵的观念，而是对万物之"能"的观察，即更重视怪异事物的能力或功能。它可以使人的匮乏感得到克服，使人的生理局限得到弥补，就是突出奇物的超强能力，潜藏着把神奇的向往建立在可能基础上的意识。这种现象表明中国神话思维的一些复杂特点。比如，有学者考察了中国变形神话的状况，探讨神话的"人化异类"后得出结论：先秦神话中的变形，主要是死后化为异类的神话人物，他们共同的特性是不幸的受害者或是斗争中的失败者；在神话思维中，是以变形代替死亡，属"死生变形"类。到了汉代，神话中的"死生变形"类被"趁境变形"代替。六朝小说中"人化异类"故事受当时思想中的气乱变形、神仙道术、因果轮回等观念之影响，有承继神话的素朴幻想所形成的化身故事，一些"人化异类"现象主要是作者意识的变形。唐代传奇"人化异类"的变形原因，有命定、伥鬼、野性的冲动，以及大量作者意识的变形。"此一现象在不同时代中的表现，发现时代思想环境和作品风貌扣合得很紧密。"①中国神话传说，其外在形态异常神奇，而内在精神则相当现实；或者说，在极其浪漫和怪异的表象中，有着极为现实的目的性，即使在对超越性的追求中，也是以关注超越的可能性为其特点。神话的这

---

① 变形代替死亡就是一种置换变形，也是中国文学多有人鬼、人神变形的原型，是精神转变的原型根源。参见徐志平：《"人化异类"故事从先秦神话到唐代传奇之间的流转》，载《台大中文学报》1994年第6期。

种内在精神，不管它是如何生成的，实际上都影响到中国文学包括叙事文学的精神特质，也影响到叙事文学原型的特点。这个特点就是中国叙事文学原型的情理色彩、道德伦理意识，即其现实性。

中国神话、中国远古精神的另一个重要特点是把并不存在的事物或有一定依据的不同事物组合在一起，生成新的物象，这一特征对于中国文学艺术影响深远。具体来说，就是取其命意，把神话表达的意念转化到对社会事象的描写中，塑造半人半神的形象，或者超凡的形象。这种把意念转化为形象的现象与西方不同。从这个意义上说，中国的人与神、人间世界与神鬼世界的距离和界限并不十分清楚，想象的神界事物被移植到人类世界，远古神话和传说中的希望被逐渐拉向人类现实世界。这种世俗化的过程，改变着神话本身的特质。"故神话不特为宗教之萌芽，美术所由起，且实为文章之渊源。唯神话虽生文章，而诗人则为神话之仇敌，盖当歌颂记叙之际，每不免有所粉饰，失其本来，是以神话虽托诗歌以光大，以存留，然亦因之而改易，而销歇也。如天地开辟之说，在中国所遗留者，已设想较高，而初民之本色不可见，即其例矣"①。比如人与鬼神相通、相恋的原型，在中国文学中不断出现，其中值得注意的是实践理性精神与神话思维方式的特殊结合。如果说《异闻记》中的异闻、传奇包含着"万物有灵论"或迷信观念的话，那么《聊斋志异》中人与鬼狐的相处相通，其中的缘由恐怕主要不再是万物有灵的直接反应，而是对现实一种变形的表现，是作家自由意识和想象能力的体现。从这种现象中能看到神话思维的重大影响，而不是神话原型本身的变形。中国小说一直存在着神话怪异的特色，如化生变形、狐妖鬼魂、神鬼相恋、动植物人格化等等，都以幻写真，通过梦幻、神鬼、妖狐表达现实情感可以说是一种持续不断的传统。对于奇异、超凡的追求，以及在奇特的想象中去表达某种情感、排遣义愤、求得心理平衡是中国叙事文学从创作到欣赏的心理原型之一。

神话对于中国叙事文学的影响，还表现为意态结构在构思方面的深层模

---

① 鲁迅：《中国小说史略》，煤炭工业出版社2018年版，第8页。

式功能。石昌渝先生在对中国小说源流的研究中提出，对于小说而言，神话的影响主要表现在意态结构方面。"意态结构，是指小说情节构思间架。比如黄帝与蚩尤之战的神话……黄帝是贤君代表正义，蚩尤是叛逆代表邪恶，在这场正义和邪恶的冲突中，黄帝命应龙出战，蚩尤请风伯雨师迎战，正不压邪，后来天女下来助战，才反败为胜。这个情节定型为一种意态结构模式，为后世小说反复采用。"①这里的"意态结构"一词我以为用得十分准确，"意"而有"态"，就是强调意作为一种特殊的构思间架模式或模型在后来反复重现。这种模式的深层是正义与邪恶的伦理道德模式，是一种"意义的原型"，这在中国叙事文学中特别重要。那么中国叙事文学原型，到底主要是一种故事或母题的置换变形，还是主要是一种意态结构和情理原型的置换变形？我以为，前者是表，后者是里。

第三节　史传传统与叙事文学原型

中国叙事文学受到史传的深刻影响，形成特有的中国叙事文学观念和价值尺度。"欧洲小说起源于神话，它的发展有分明的轨迹：神话—史诗—传奇—小说。中国小说在它与神话之间缺少一个文学的中介，中国没有产生像欧洲那样的史诗和传奇，但中国却有叙事水平很高的史传，史传生育了小说。"②从文学史的意义上来看，作为中国最早的书面记载的甲骨卜辞，亦可视为中国散文的雏形。从口语到长篇的书面记载，促进了文字的表达能力。以后的《左传》《国语》《战国策》等，所包含的安排情节、描绘人物、渲染气氛，乃至某种程度上的虚构等都具有显著的文学性。这种情况到《史记》臻于顶点，构成中国古代文史结合的传统，并对中国古代小说的形成与发展带来重

---

① 石昌渝：《中国小说源流论》，生活·读书·新知三联书店1994年版，第55页。
② 石昌渝：《中国小说源流论》，生活·读书·新知三联书店1994年版，第53页。

大影响，又为戏剧提供了许多精彩的素材。①

中国小说直接受到作为历史散文总称的"史传"的影响。从先秦历史散文到司马迁的《史记》，中国文学很早就形成了自己的叙事传统，也形成了自己的叙事观念和叙事模式，这对叙事文学原型的生成产生了重要影响。这种影响最直接的表现，是中国古代小说中历史题材占有极为重要的部分，如：讲史话本《新编五代史平话》《梁公九谏》《宣和遗事》，元代讲史话本《全相平话五种》（《三国志平话》是其中之一），讲史小说《残唐五代史演义》、《开辟衍绎通俗志传》（起于盘古开天辟地，终于武王伐纣），历史小说《前后七国志》（春秋战国故事）、《西汉通俗演义》（明代甄伟作）、《东汉通俗演义》（明代谢诏作）、《东西晋演义》（明代无名氏作）、《两宋志传》（明代熊大木作）、《杨家府演义》（明代五名氏作）、《英烈传》（作者不详）、《隋唐演义》（清代褚人获作）、《说唐》（清代无名氏作）、《说岳全传》（清代钱彩、金丰作）、《痛史》（清代吴沃尧作）、《洪秀全演义》（清末黄小配作），等等。另外还有大量的文言小说和笔记，也程度不同地涉及历史。如《穆天子传》写周穆王北征犬戎，西会西王母于瑶池，然后东归洛阳等事；《说苑》（刘向）辑录先秦至汉代的历史故事；《新序》（刘向）采集春秋时事；《吴越春秋》《越绝书》写吴越传闻异说。《汉武故事》（汉代班固撰）、《西京杂记》（西汉刘歆撰）、《朝野佥载》（唐代张鷟撰）、《长恨歌传》（唐代陈鸿撰）等也多涉历史。仅元杂剧中，就有十六种取材于《史记》。这构成中国叙事文学源流中的重要一脉，就是文学与历史的特殊关系。更重要的是，史传传统影响到叙事文学观念和叙事模式。

史传首先对中国叙事文学观念产生影响，这表现在关于历史与虚构、纪实与模仿的关系上。"西人重'模仿'，等于假定所讲述的一切都是出于虚构。中国人重'传述'，等于宣称所述的一切都出于真实。这就说明'传'和'传述'的观念始终是中国叙事传统的两大分支——诗文和小说的共同源

---

① 参见章培恒、骆玉明主编：《中国文学史》（上），复旦大学出版社1996年版。

泉"。①中国叙事文学,即使对充满奇谲怪诞的志怪志异小说,也不从模仿和艺术创造的角度理解,而认为是对街谈巷议的真事的辑录。如何处理历史真实、生活真实与艺术真实的问题一直困扰着中国叙事文学,这有很深的观念上的渊源。

《史记》作为中国叙事文学的重要源头,首创以"纪传"为主的史学体裁,以人为本位来记载历史,表现出对人在历史中的地位与作用的高度重视。这种影响一方面强化了叙事文学叙述真人真事的观念,另一方面又为把叙事作为抒发作者个人情感的倾向提供了基础。在中国叙事文学系统中,史传对于文学原型的生成起到了独特的作用。志怪小说就受到了史传的影响。"志怪小说的起源和产生……一是它与宗教的密切关系,上古神话传说是原始宗教的产物,先秦宗教迷信故事是巫教和阴阳五行学的产物,地理博物传说也带有浓厚的宗教和半宗教色彩。……另一方面,志怪小说从孕育到产生都与史籍有着密切的关系。志怪小说由口耳相传的志怪故事到被零星分散地载入史书,再从史书中分化出来,以书面的形式独自记异语怪,这一形成过程清楚地表明志怪小说是史传的支流。特别是早期的志怪小说,刚从史书脱胎,在内容和形式上都有着明显的历史特征。所以历来有小说为'史之余'之说,志怪也长期隶于史部,直到《新唐书·艺文志》才退出为子部小说家类。"②史传传统影响下的中国小说,除作为正史的补阙之外,还有一个重要的目的,就是以"史"的笔法和"传"的技巧来演义事理。以历史小说来说,作为正史的补阙,它以虚构的成分掺入历史,一方面使历史人物形象更加丰满,故事更加动人;另一方面在这个过程中演义情理,把历史人物和事件嵌进一定的伦理道德、历史意识、爱憎感情的模式中,用三分虚构将七分真实糅成一个不露破绽的完整故事,一个不缺环节的"心理历史"的大"圆"。人们似乎是在娱乐中读历史,实际上是在领会其中的情理,抒发自我的情绪。《三国演义》对《三国志传》的演义,历史上的曹操到文学中的曹操的演变,所循的就是这种心理原型和创作规

---

① [美]浦安迪讲演:《中国叙事学》,北京大学出版社1996年版,第31页。
② 齐裕焜主编:《中国古代小说演变史》,敦煌文艺出版社1990年版,第7页。

律。有人指出，《三国演义》中的英雄与《水浒传》中的强徒相对应。"英雄与强徒只是表面的分际，其实却拥有不少相近的气质。前人已常提及《三国演义》和《水浒传》中的英雄好汉有类似的特征，譬如：刘备和宋江，关羽和关胜，张飞和李逵，诸葛亮与吴用、公孙胜，而这些人也正好形成重要的三类人物：领袖、武将、谋士，串演出一场风云际会的好戏，只是一在历史舞台，一在草莽世界而已。"①

那么，是什么原因使得历史上的英雄与民间传说中的强徒有了类似的特征和相近的气质呢？这显然不是事实本身，而是某种内在的模式使然。我以为，最重要的原因就是以情理和共同心理为内蕴的原型的深层制约作用。这种现象，不是罗贯中一人的心理，它是一种集体心理。三国故事的演变和《三国演义》成书的过程，也可以看作一种心理原型的形成过程，是集体无意识的积淀过程。中国叙事文学，特别是由话本演义而来的章回小说，最大限度地凝聚了民众（包括不同时代的说书人和听众、作者和读者）的共同情感，体现着集体无意识。每一部成功的作品，都是一个原型系统，满足某种特定情境下的心理需求，对应着特定的原型心理模式。俗话说"老不读《三国》，少不读《水浒》"（一说"少不读《西厢》"），说明不同的作品有它基本的心理模式和功能。史传传统对于文学原型的影响，正在于这种内质方面，在于影响原型的形成。叙事文学的原型中，有故事模式、叙述模式，这些模式虽然必须有具体的故事才能充实其内容，表现不同的主题，但是，在根本上，发挥主要作用的就是与社会情理相关的原型模式，是共同的心理图式左右着人物的面目和性格轨迹。

史传对于叙事文学模式的影响，还体现在构思的整体感、时空的完整性、叙事时间的次序性等方面，而这些与对历史真实感的追求有关。中国传统小说中许多作品以"传"为名，以人物传记的形式展开，以人物生平始终为脉络，严格按时间顺序展开情节，并往往有作者评论，这一切重要特征主要是渊源于《史记》。

---

① 吴壁雍：《从民俗趣味到文人意识的参与》，见蔡英俊主编：《中国文学巅峰之境》，黄山书社2012年版，第291页。

史传所开创的人物评判模式，对后世影响深远。史传最突出的特点之一是寓褒贬于记事的"春秋笔法"。《史记》为中国文学提供了一批体现人格范型和伦理道德标准的重要人物原型。在后代的小说、戏剧中，所写的帝王、英雄、侠客、官吏等各种人物形象，有不少是从《史记》的人物形象演变出来的。中国古代的通俗文艺，"寓褒贬于叙事之中"，对于"正"与"邪"的分辨大抵是截然分明的。《三国演义》从一开始写刘、关、张桃园三结义，就用市井道德与封建正统道德相结合来解释历史与政治。总之，史传培养了中国文学的叙事技巧和叙事模式，对叙事文学原型的形成产生了直接影响。

第四节 仙话、志异志怪与叙事文学原型

仙话及其催生的文学意象

仙话是中国文化中的特殊现象，是神仙信仰在文学艺术中的反映，是叙事文学原型的重要来源之一。

仙话源于神仙信仰，这是中国特有的信仰现象，其核心是认为人只要通过一定的修炼，或辟谷食气，或炼丹吃药，便可长生不死、升入仙班。神仙不死思想主要是巫觋的发明创造。不死药的出现是神仙说产生的核心。关于神仙说的起源，一般认为在春秋战国时期。"神话产生于原始社会和阶级社会初期……仙话却是产生于阶级社会，而且是中国民间故事中独特的一个品种。春秋战国是列国兼并剧烈的时期，战争频繁，杀人盈野，民不聊生。在上者欲求长生，永享荣华富贵；在下者困苦颠沛，也想避世偷生。前者是对长生的幻想，后者是对死亡的抗拒。"[①]如果说，神话是原始时期先民对世界的一种解释，那么，仙话就是进入文明社会之后，人们面对死亡为了求永生对来世的一

---

① 罗永麟：《中国仙话研究》，上海文艺出版社1993年版，第57—58页。

种期盼。在殷商时代，人们就相信灵魂不死而祭祀鬼神。神仙思想的产生和阴阳家、道家、道教甚至儒家思想都有关系，是人面对生死问题而产生的补偿性想象。神仙信仰的哲学基础是灵魂肉体一元论，相信灵魂肉体皆可长生不灭。如果对仙话归类，大致有帝王将相仙话、方士道士仙话、庶民仙话。其内容有求长生不死之术（《广成子》），用导引辟谷、炼丹服药保身（彭祖服丹长寿的故事）之法，幻想白日飞升、永享富贵（《列仙传·萧史》《太平广记·神仙传·白石先生》），等等。荣格曾经把中国的炼丹与集体无意识联系起来，这种联系的焦点在于炼丹从外丹到内丹的变化，这涉及从外物到内心精神的变化，也在一定程度上说明集体无意识、原型与仙话的联系。

神话和仙话是有区别的。仙话是在现实的人的基础上通过修炼成仙的，是在承认灵魂与肉体是一体的观念下对长生不老、超越现实的想象和向往。神仙思想以中国人对长生不老的精神需要体系为基础，表现的是人欲，与道教关系密切又不同于道家思想。道家是以先秦老子、庄子关于"道"的学说为中心的学术派别，道教则是中国土生土长的宗教。"神仙并不是道士的发明创造，而是中华民族重实际、重现实观念的直接表现，是中国上古时祈祷的思潮影响下的幻想化产物；神仙信仰并不产生于道教，恰恰相反，秦汉时期的神仙信仰促使了道教的建立，道教是以神仙信仰为核心而创建的。"① 道教是把神仙信仰宗教化了。《山海经》中已出现神仙思想，屈原、宋玉的作品中已有明显的神仙思想，《韩非子》《战国策》中都记载了有人向楚王献不死药的故事。重现实而轻来世是神仙信仰的又一显著特点。这一点正是中国仙话文学大众化、现实化、世俗化的原因之一。它本身就是一个与心理原型有关的想象世界。神话在士大夫正统文学中变形，仙话则更多在民间，所以与民间传说、说话艺术密切相关的章回小说受仙话影响较大。

中国叙事文学中，关于另一世界的想象主要是神仙世界，所谓"洞天福

---

① 章义和：《独辟蹊径，趣味盎然——读〈晓望洞天福地——中国的神仙与神仙信仰〉》，见郑土有：《中国仙话与仙人信仰研究》，上海人民出版社2016年版，第232页。

地""上天""黄泉"等。仙界有天宫、"三十六天"、地上仙界、海中仙岛与洞天福地等等，这些源于人对仙的想象。"受到道教影响的文学家富于想象力，偏重于神奇谲诡、色彩绚丽的意象，充满了浪漫的感情，乃是由于他们接受了道教大量可供想象的神奇意象和道教式的'存想思神'方法，并充满了情感的缘故。"①这种写道教相关的意象包括三类：一是有关神仙与仙境的意象，二是有关鬼魅精怪的意象，三是有关道士与各种法术的意象。神仙故事有其心理原型，即生的欲望和死的抗争，故事的深层结构是生与死对抗的原型意象。

从纵向方面说，中国古代文学史上的楚辞、汉赋、魏晋志怪小说和游仙诗、唐宋传奇、宋元话本、元明戏曲、明清小说，以及民间说唱中的道情、宝卷莫不受神仙信仰的影响，上下达两千多年②。中国叙事文学中，常常隐约有一个与现实不同的美好世界，一个人人可望也似乎可即的神仙世界，一个通过修炼可以达到的仙人的意象。比如，游仙诗以游仙为主要情节，以抒发作者羡慕神仙生活、希望成仙的情感为主要内容。郭璞的游仙诗最为著名。唐宋传奇受神仙信仰的影响也非常明显，张鹭的《游仙窟》中作者自叙奉使河源，途中投宿仙窟，与仙女邂逅交接。这显然与魏晋时期刘晨阮肇、袁根相硕等误入仙境、与仙女交欢的故事一脉相承，是根据民间流传的误入仙境型神话扩展而成的。八仙的故事均有传说或原型，说的实际上是凡人成仙，八仙分别代表了上下层、男女等。八仙传说有一个形成过程，八位神仙也是逐步组合在一起的，其中何仙姑至明代嘉靖年间才有。另有暗八仙之说，是指八仙的用具，也有象征意义。

志人志怪与叙事文学原型

唐以前的文言小说，通常称为古小说，主要包括志人小说和志怪小说。

---

① 葛兆光：《看澜集》，复旦大学出版社2010年版，第72页。
② 章义和：《独辟蹊径，趣味盎然——读〈晓望洞天福地——中国的神仙与神仙信仰〉》，见郑士有：《中国仙话与仙人信仰研究》，上海人民出版社2016年版，第234页。

志人小说记载人物琐闻遗事，志怪小说则以记载神鬼怪异故事及人的异行和幻梦为主要内容。"志怪"一词最早见于《庄子·逍遥游》，是记述奇闻怪事的意思。"志怪小说"的提法始见于唐代段成式《酉阳杂俎》序言①。先秦的寓言故事对志怪小说的产生和发展有重要的影响。鲁迅《中国小说史略》云：

> 志怪之作，庄子谓有齐谐，列子则称夷坚，然皆寓言，不足征信。《汉志》乃云出于稗官，然稗官者，职为采集而非创作。"街谈巷议"自生于民间，固非一谁某之所独造也，探其本根，则亦犹他民族然，在于神话与传说。②

志怪小说在中国文学史中一直存在着，先秦两汉是志怪小说的萌芽和形成期，魏晋南北朝是志怪小说的鼎盛时期，唐代是志怪小说的演变期，宋元时代是志怪传奇小说的萧条期，明清两代是志怪传奇小说复兴和终结期。③志怪后来虽进化为传奇，但自身并未消失，而是以更为完善的形态继续发展，自成一系，唐、宋、元、明、清均有志怪佳作。志怪作为独立的一支，它满足了人们"独立"的心理需要，自身形成了原型的生成和置换变形的轨迹。

志怪小说为白话长短篇小说、戏剧提供了丰富的神怪故事素材。宋人平话如《死生交范张鸡黍》《西湖三塔记》出自《搜神记》相同题材的故事；明长篇小说中的《封神演义》《三国演义》和冯梦龙的"三言"都吸收了《搜神记》中的若干材料；关汉卿的《窦娥冤》，郑光祖的《倩女离魂》，汤显祖的《牡丹亭》《邯郸记》是《东海孝妇》《庞阿》《焦湖庙祝》的进一步发展；黄梅戏《天仙配》亦改自《董永》。④《谈生》叙一书生与一美丽女鬼为婚，因不能遵守三年不得以火照观的禁约，终于分离，留下一子。这篇作品将常见的禁忌母题寓于一个优美的喜剧故事中，表现了人的某种复杂心理。《东海孝妇》叙一孝妇被官府枉杀，精诚感天，死时颈血依其誓言缘旗杆而上，死

---

① 齐裕焜主编：《中国古代小说演变史》，敦煌文艺出版社1990年版，第1页。
② 鲁迅：《中国小说史略》，煤炭工业出版社2018年版，第7页。
③ 参见齐裕焜主编：《中国古代小说演变史》，敦煌文艺出版社1990年版。
④ 齐裕焜主编：《中国古代小说演变史》，敦煌文艺出版社1990年版，第23页。

后郡中三年不雨。关汉卿的名作《窦娥冤》即以此为蓝本。《韩凭夫妇》写宋康王见韩凭妻何氏美丽,欲夺为己有,韩凭夫妇不甘屈辱,双双自杀,死后二人墓中长出大树,根相交而枝相错,又有一对鸳鸯栖于树上,悲鸣不已。后世"梁山伯与祝英台"的故事可能受其影响。《孔雀东南飞》的情节亦有相似处。

志怪小说中最有价值的是在奇幻的故事中表现社会生活和人生情感的作品,如《刘阮入天台》表现的是人仙结合的故事,《江妃二女》表现人神相恋,《幽明录·卖糊粉女子》《庞阿》是最早的离魂原型,后来的离魂故事有《游仙窟》《青衣赋》《离魂记》等。中国文学中人鬼、人仙结合,表明中国人的观念中人与神鬼并不截然对立,而是神鬼有人性、人有神性与鬼气,这也是一个原型模式。神鬼相恋的故事见于《搜神记》中《紫玉》《汉谈生》《崔少府墓》《弦超与神女》等。鬼神变幻、活人见鬼、人鬼交往原型则在《聊斋志异》中有多种表现。梦的原型,表现沮丧迷惘的心理和逃避现实的愿望。功名事业被比喻为大梦,故事有《枕中记》《邯郸记》《南柯太守传》等。人世男女悲剧的原型故事则有《柳毅传》《莺莺传》《西厢记诸宫调》《西厢记》《李娃传》《霍小玉传》《紫钗记》《谢小娥传》等等。志怪小说包含着中国古人对于小说和文学的理解:一是对娱乐的兴趣,满足消遣的需要;二是对怪异的兴趣,满足好奇心;三是艺术效果上的传奇性色彩,因为传奇才能满足超常的精神享受。这些是形成小说创作经验和理论的重要因素。对非现实性的表现对象的关注,对道听途说、新奇见闻的如实描绘等特点,在中国笔记小说中一直保留着。而对怪异故事的人化处理,则令我们想到小说对所谓意料之外情理之中的艺术追求。这些因素在志怪小说中有了萌芽。

志怪小说的发展,有其内在动力。社会动荡,人们需要精神寄托;清谈之风盛行,便有讲述者和接受者。再从体裁及其功能来说,其消遣娱乐功能突出,不能登大雅之堂,也不被看作教化的工具,又为一般民众所喜欢、接受,所以志人志怪以满足主流文化和意识形态以外的需要的姿态出现。另外一方面,随着社会的发展,人精神需求的变化,表现人在自然宇宙面前情感、情思的诗歌已经不能承担此任,需要小说对于具象的现实世界的展示,以满足人新的心理需求。由之,情理的渗透是其又一特点。

志怪小说影响到唐传奇。传奇文学对"奇"事的兴趣,是当时人某种心灵特点的折射,如逃避现实、追求刺激等。人的心灵需要在现实以外的想象世界中寻求寄托,而传奇小说正是提供了这样一个幻想的世界,可以让人们在其中幻想人生、解释人生。与远古神话和志异志怪产生时期相比,这一时期人生典型情景的具体内容变化了,但是心理情境却是相似的。

弗莱在西方文学中归纳出某些象征物,并构成所谓启示世界、魔幻世界、天真类比世界等等。在中国文学作品中,这种不同的世界是直接被记述的,志怪小说就有这种特点。它不是象征,而是一种存在。在传奇中,人与鬼神是生活在一起的。其意义可能在于:西方的象征世界是为了表达哲理,揭示现象背后的意义;中国的怪异现实,是记述现实之外的存在。这在客观上,一是满足好奇心,二是对于现存世界的某种怀疑和动摇,而最重要的则可能是无意识心理的一种投射,创造一个"启示的世界"。试以神女原型为例来说明。巫山神女与楚怀王的神话故事,在中国文学史上是一个不断置换变形的原型母题。"在这个神话中,美貌的巫山神女主动要求与怀王发生性关系,并因此而向怀王承诺保佑他的子孙后代","这一神话诞生在父权社会产生之后,所以它必然深深地打上了男权意识的烙印"。男性对女性依附的背后,必然深藏着男性的某种匮乏感。"神女的奉献,其实表达的是楚怀王对自己及王国命运的无能为力之感,是想借助外力的这种无意识的心理变形"。[①]这种无意识心理变形及其在文学中的投射现象,构成了中国叙事文学中一道色彩斑斓的风景。一系列具有神女原型色彩的女性形象的塑造和故事的演绎,虽然并不都表现和巫山神女与楚怀王一样的内容,却仍然能看到其中深层的渊源关系和意态结构。正如弗莱所说,"启示的世界"展示了无限的欲望领域:人的情欲和野心或者投射到诸神身上,或者变相地表现在诸神身上,或者干脆与诸神等同。因

---

① 王萌:《神女原型与中国男性的依附心态》,载《中州学刊》2001年第3期。

此"无怨无悔的付出使男性在享有性爱的同时又获得物质满足的女性们,在文学史上比比皆是"①。

第五节　文化元典、原始巫术和宗教思想与叙事文学原型

中国叙事文学有诸多原型主题或叙事模式,背后都有一定的观念意识在起作用。如果归类,则大致可以分为:与伦理意识相关的模式,如忠孝不能两全、忠君意识、正统观念、忠奸冲突、佞臣当道、帝王昏庸、忠臣难有善终等;与循环观念相关的模式,如分久必合、合久必分,天命不可违等;与清官意识相关的模式,如清官与贪官的比照;与官民对立观念相关的模式,如官逼民反、逼上梁山等;与情理、灵肉冲突观念相关的模式,如才子佳人、情变、痴心女子负心汉、棒打鸳鸯两分飞、士人与妓女等;与侠义意识相关的模式,如侠道柔肠、侠士人格等;与"圆"形心理相关的模式,如大团圆、破镜重圆等。这些模式,是文化元典、宗教思想、巫术意识等等综合作用的结果。

文化元典与叙事文学原型

文化元典是历史学家冯天瑜提出的概念,主要是指春秋战国时期定型的《诗》《书》《礼》《易》《春秋》等蕴含着民族原创精神的典籍。他说:

> 元典是距今二三千年前的"轴心时代"的创作物,它包藏着民族文化与民族精神的基元。但是,在某一特定历史时段,这种"全息性文化基元"究竟是哪些部分活跃起来,哪些部分仍继续"沉睡",则取决于某个特定时段的文化氛围和社会需求;同时,元典既然是先民的创造,是古代社会的观念产物,它所蕴藏着的"基

---

① 王萌:《神女原型与中国男性的依附心态》,载《中州学刊》2001年第3期。

元"能够在后世的某一时段苏醒过来,运作起来,并且发挥新的社会作用,必须仰赖后人的创造性转换。①

我在这里借用这一概念,是认为它与原型观点特别是原型的置换变形的观点极为相似。

追溯中国文学原型,先秦诸子的思想观点作为文化元典具有重要意义,或可说是意义原型的最重要源头。在中国古文献经、史、子、集中,既包含丰富的哲学思想,也有大量宗教观念及礼仪,而向来被视为文学作品的集部中,则有不少涉及远古神话传说和原始宗教的内容。其中先秦典籍所包含的思想观念对中国叙事文学原型的形成产生了重要影响。尤其是文化元典精神和伦理观点,对以后叙事文学演绎情理起到原型的制约功能。从叙事文学原型的结构来说,模式的表层是母题,深层则是观念;或者说,模式的表现形态是母题的置换变形,其真正的内涵则是观念的变化。如同诗中的意、道一样,观念既是叙事的内在"模型",也是叙事文学真正的意蕴。叙事文学的原型母题、叙事模式,实际是文化心理模式的一种"型"态。我在这里无法一一对哲学与文学原型的关系进行梳理,但是,有一点是可以肯定的,中国哲学作为中华民族文化心理结构的重要基础,影响到中国叙事文学原型的生成。

中国古代哲学学说与传统宗教乃至原始巫术的特殊关系,对中国叙事文学原型的生成产生重要影响。儒道互补而以儒家思想居于主导地位,是对中国传统哲学现象的基本共识。礼乐传统、孔门仁学的理性精神直接影响到中国叙事系统文学原型的生成。张岱年认为,孔子学说在不语怪力乱神、言生不言死这一点上,与其他宗教不同,但孔子提出了必须遵循的人生之道,使人们有坚定的生活信仰,在这一意义上,孔子学说又具有宗教作用。孔学以人道为主要内容、以人为终极关怀。它不是宗教,却起了比宗教还要大的作用。儒教是教化之教,具有宗教化的品格。这在一定意义上类似于《圣经》在西方文学中的作用,它们是"伟大的代码",也是原型生成的思想基础。中国叙事文学的原

---

① 冯天瑜:《从元典的忧患意识到近代救亡思潮》,载《历史研究》1994年第2期。

型常常以基本的伦理思想或意蕴为内在结构，就有儒家伦理思想规范的重要影响。通过故事演义伦理观念，正邪、忠奸对立是叙事文学的重要模式。王国维在《红楼梦评论》中说，中国戏曲、小说的特质之一是"往往说诗歌的正义，善人必有其终，而恶人必罹其罚"。这种特质也是中国叙事文学原型生成的最重要因素之一。

"礼"在中国文化中的重要意义及其对叙事文学原型的影响，是特别值得注意的另一问题。进入文明社会之后，对神的依赖逐渐减少，人的行为和人际关系的准则逐渐显得重要，这就是"礼"的兴盛。随着儒家对其改造、修饰，"礼"和"德"在中国文化中的地位越来越重要。中国各种复杂的礼仪程式及其神圣性，就是将对神的崇拜转向日常生活后的一种潜意识表现。从"神"到"礼"的转变极为重要，在一定意义上就是仪式生成一种信仰模式并积淀于人的文化心理结构之中。"礼"及其仪式性因此具有原型的性质，影响到包括文学在内的精神文化的各个层面。比如，在中国文学中，就有"天道"观念原型。"天"和"上帝"就其意志性一面来说，近似于宗教神，但在相当程度上，已经被抽象化了，成为道德与公正的化身。同时，天是中国文化中一个代表自然法则、天理的原型，是一种精神的"皇帝"，天是祭祀的最重要的对象，对天的敬畏也体现在日常生活和礼仪中。中国人在处于危机时，总是呼天抢地。善恶报应的观念背后实际就有对天的作用的期待。从《诗经》到《窦娥冤》都有对天和天理的呼唤。美国学者浦迪安说："中国神话'非叙述、重本体、善图案'的原因何在？我个人认为，那是由于它受到先秦根深蒂固的'重礼'的文化原型影响。"[①]

宗教思想、巫术意识与叙事原型模式

关于宗教对文学的影响，许多学者做了卓有成效的研究。宗教对文学，特别是叙事文学原型生成的影响是毋庸置疑的。但是，中华民族是"淡于宗

---

① [美]浦安迪讲演：《中国叙事学》，北京大学出版社1996年版，第43页。

教"的民族，中国宗教中的世俗色彩格外鲜明，宗教主要不是一种信仰而是为了解决现世中的精神问题。儒、道、释从整体上来说都有现实化、世俗化的趋向。而中国本土宗教的不发达，"恰恰由于原始巫术文化过于发达之故"。神话、宗教、巫术在学理上有基本的界定。弗雷泽说："宗教包含理论和实践两大部分，就是：对超人力量的信仰，以及讨其欢心、使其息怒的种种企图。这两者中，显然信仰在先，因为必须相信神的存在才会想要取悦于神。但这种信仰如不导致相应的行动，那它仍然不是宗教而只是神学。""如果某人的立身处事不是出于对神的某种程度的敬畏或爱戴，那他就不是一个宗教信徒。"①宗教相信超自然体的存在，认为它能影响现实世界和人生祸福，信仰者对之崇拜。与之相比，"巫术的思维固然承认外界之神灵力量及其权威的存在，却不承认神灵的绝对权威。人、神'互渗'，在思维之'天人合一'、'天人感应'的模式中，是人犹神、神犹人、人神同在，或者说，原始巫术作为人（巫）的'作法'，借助神灵的力量来显示人（巫）的力量以达到人的目的，因此，原始巫术所体现的是人在神面前并未如宗教里那般人彻底地向神跪下，而是具有一定的主体性与主宰性的。……总是相信人可以借助神灵以把握世界及自己的命运，人（巫）将实际上的悲剧性人生变成了精神上的喜剧性（快乐）人生"②。中国原始巫术中的"神"并不是绝对崇高的，人之信事鬼神常怀二心。"神"几乎与"鬼"同列。中国原始巫术发达而淡于宗教的现象直接影响到中国叙事文学原型和叙事模式的生成。比如不去构筑未来世界，而承认在现实世界中有天上、人间、地狱共时存在，这就有与轮回、因果报应观念联系的主题模式，如前世姻缘、转世轮回、色空观念、人生如梦、死而复生、离魂等；有与寻求自然的伦理法则观念相关的模式，如自有天报、替天行道、善恶必报等；有与善恶观念融合形成相关的模式，如正义与邪恶的斗争、冤魂复仇等。

---

① [英]詹·乔·弗雷泽：《金枝》，徐育新、汪培基、张泽石译，中国民间文艺出版社1987年版，第77页。
② 王振复：《中国美学史教程》，复旦大学出版社2004年版，第8—9页。

第六节　阴阳原型与中国叙事模式

阴阳原型与二项对立图式

人类社会生活及其秩序，在一定意义上是由符号和概念图式构成的，用符号概念来把握世界是人类在历史实践过程中生成的一种精神成果和客观的文化现象。而由对事物的对立统一关系抽象出的二项对立图式，是最基本也是最普遍的概念图式和标识，可以说是一种特殊的原型。

在古代西方，毕达哥拉斯学派在提出"数乃万物之源"的理论时，就由数的奇、偶推演出事物的对立统一现象，其中就包含着二项对立图式的因素。亚里士多德曾指出这种现象：有些思想家认为数就是宇宙万有之物质，其变化其常态皆出于数；而数的要素则为奇、偶，奇、偶的相互变化构成数的系列，进而认为"人事辄不单行，世道时见双致，例如白与黑，甘与苦，善与恶，大与小"。另有一些人说原理有十，分成两个系列："有限"与"无限"，"奇"与"偶"，"一"与"众"，"右"与"左"，"男"与"女"，"静"与"动"，"直"与"曲"，"明"与"暗"，"善"与"恶"，"正"与"邪"等。

列维-斯特劳斯用结构分析的方式，从人类文化现象中抽取出联结各个范畴的结构，包括原始社群的社会结构、历史结构、神话结构和思维结构，从中发现了具有"最广泛的一般性和最极端的抽象性"的一种普遍的概念图式，即二项对立图式。在他看来，二项对立图式是一种"心灵的永恒结构"，是先于社会、心理活动以至有机体的一种无确定存在方式的初始事实——它充当着沟通人与社会、文化与自然的中介。这种二项对立的概念图式，比较接近于原型模式。

在各种文化模式的不同概念图式中，最具有原型性质的概念图式，我以为是中国《易经》中的阴阳符号，即《易经》卦象中的——（阳爻）和— —（阴爻）。"《易》道广大，无所不包"（纪昀《四库全书总目提要》）是说它具有无限的概括力和涵盖面，而作为易道载体的阴阳爻，则具有象征万物的功能。它是一对最典型的二项对立的概念图式，也是最具概括力的概念图式符号。在所有的原型符号中，它虽最为简便、最为抽象，却最具涵盖力和象征性。由此可以说，阴阳符号作为一种可以推演开来，表示万物的特定符号，是一切原型之源的象征符号。它具有把世界万物置于对立模式中去把握其特质的功能。《易经》探究宇宙必变、所变、不变的道理，讨论人类知变、应变、适变的法则，并将其作为人类行为的规范。阴阳符号作为任何事物相反相成、相对相容的原型，在这一象征推演过程中起着特殊的作用。

《易经》阴阳观念的形成，应该有大量的、具体的二项对立事实作为感知基础，就是说，这一概念是对许多具体二项对立的一种最抽象概括，可以推论，它的出现是比较晚的，至少要经过一个长时间的感知、体验过程。那么，阴阳这一可以涵盖一切的抽象模式又是从哪里来的呢？

许多现象说明，人自身的男女现象，可能是最先为人类所感知的二项对立关系。人自身的存在，在二项对立概念的生成中起到了"第一个"模式的作用，男女的区别和合一是人类产生二项对立概念模式的"第一种"感悟。关于阴阳卦象符号与男女两性的关系，《易经》本身已有说明："乾道成男，坤道成女"，"一阴一阳之谓道"，"乾，阳物也；坤，阴物也。阴阳合德，而刚柔有体"，等等。《易经》的"上经"以天地乾坤开头，"下经"以男女开头（咸卦），昭示着男女两性关系的普遍象征意义。

《易经》中的阴阳符号可作为反向回溯原型之源的标本。而它的产生，也与前面所说的原型之源的男女两性有着最为深层的关系。换句话说，阴阳符号，作为涵盖世间万物之象的符号，它的源头与原型的源头是同一的。对此，荣格也有十分相似而明确的论述："原始人最早作出的区分正是男性与女性。他们以这种方式区别事物，正象我们现在偶尔还这样作一样。""当无意识把阴阳男女搅在一起时，事物变得完全不可分辨……这是事物的原始状态，同时也是最理想的状态，因为它是永恒对立元素的统一。……在中国古代哲学里，我们可以看到同样的思想。理想的状态被称作道，它就是天地之间的完美和谐。……阴和阳两极对立统一的原则，正是一种原型意象。这种原始的意象至今存在。"①

正是源于男女而生成的阴阳符号，成为推演形而上的哲学文化课题的基本符号，并被后世人们不断发挥和解释。"阴阳变化，一上一下，合而成章，浑浑沌沌，离则复合，合则复离，是谓天常。天地车轮，终则复始，极则复反，莫不咸当。"（《吕氏春秋》）阴阳符号作为一种典型的原型符号，演化为涵盖万物的二项对立概念图式，如我与物、大与小、高与低、上与下、里与外、男与女、天与地、刚与柔、新与旧、高尚与卑鄙、正义与邪恶等等。只有有了这种二项对立的概念图式，人类才能比较清楚地区分事物的特性；只有在较为清楚地区分事物特性的基础上，才能找到某类事物的共通性和相似性，才有原型模式生成的基础。阴阳原型，反映着中国人的特殊思维方式，对民族文化心理结构的形成有着重要作用。它对中国文学艺术原型系统的生成，对中国文学深层意蕴的生成，同样有着深刻的影响。

阴阳原型与中国叙事文学的特征

阴阳是涵盖万物的概念图式和象征符号，阴阳符号反映的二项对立思维方式，深刻地影响到中国叙事文学原型的特征。

中国叙事文学充满着阴阳对立的创作意识和现象。阴阳对立及其转化的艺术思维方式和叙事模式，支配着文学对社会规律、人事现象的理解和叙述，支配着故事情节的构思和人物心理的塑造，在根本上决定着叙事文学的深层意蕴。

中国叙事文学的特征之一是作品意态结构上的二项对立、阴阳相争，如正义与非正义、善与恶、忠与奸、好人与坏人等。这种对立又侧重于情理性，

---

① [瑞典]荣格：《分析心理学的理论与实践》，成穷、王作虹译，生活·读书·新知三联书店1991年版，第129页。

有着浓重的伦理道德色彩。如《水浒传》中官民对立与官逼民反的主题；《西游记》中人间、天堂的对照，神与人的对立，善与恶的对立；《红楼梦》中真与假、兴与衰、梦幻与现实、金玉与木石、泥（男人）与水（女人）的对立等；《三国演义》中忠与奸、善与恶、正统与非正统，以及人物性格的智与勇、刚与柔的对比等；"三言二拍"等短篇小说中情与理、灵与肉的冲突等；《聊斋志异》中人世与鬼狐世界的反照等。二项对立的思维方式内在地决定着故事的矛盾冲突和情节发展，成为确立作品主题的心理原型，也可以说是一种文化精神的体现。

中国叙事文学在具体的创作中，包括故事的构思，形象的设置，情节的安排，等等，都有二项对立、阴阳对照，在相反相成中生成各种纠葛，如故事情节的起伏、人物关系的复杂、性格冲突的鲜明、情理冲突激烈等。典型的中国叙事文学作品人物性格鲜明，个性特征突出，其重要原因之一是在人物形象的刻画与细节的描写中，渗透进阴阳对立的意识，在对立、反衬中突出人物的特性。当然，当它在走向极端时就出现对于人物的描写或绝对好或绝对坏的现象。

从中国传统文学欣赏心理来说，普通人喜好大团圆的结局而不喜因对立而产生的悲剧结局，这就使得艺术效果上出现"瞒"和"骗"的问题。但实际上，文学作品大团圆的现象中也活跃着阴阳对立的原型意象，而且其对立的程度十分强烈。问题的要害在于读者和观众要通过作品获得一种心理的满足，他们看重的并不是故事本来的逻辑，不追求内在线索结构之圆满，而是心理之圆满，这个圆满就是"阳"战胜"阴"，善战胜恶，其结果是一方压倒一方，是冲突合于伦理和道德要求的结果。不管故事过程经过怎样的对立、斗争、冲突，最终则要求阳盛阴衰、相反相成，画出一个心理上的大圆。中国古人十分懂得，只有冲突变化，万物才能运行，才能"周行不殆"，文学作品中的人物性格有冲突才能发展，情节才能演进。所以，为了追求大团圆结局往往采用"瞒"和"骗"的方式。究其原因，作品所描写的对象本身并不构成善战胜恶、正义战胜非正义的现实可能，只能从一般伦理道德观念出发，以虚幻的希望取代了残酷的现实,从而模糊了悲剧性。换句话说,大团圆中的"瞒"和"骗"正在于未能把阴阳对立的思维方式贯彻到底,在本质上背离了生活的辩证法和现实。而那些成功的经典作品如《红楼梦》《三国演义》《儒林外史》等,就在于按照历史和逻辑的统一原则,真实地反映了阴阳对立及其必然结局,并不以作者的愿望取代真实,因而表现出非同寻常之处。

阴阳转换与时间原型在叙事中的体现

阴阳概念中的一个重要原则是阴阳关系的转换,即世界万物都是变化的。李约瑟说:"中国人的科学或原始科学思想认为:宇宙内有两种基本原理或'力',即阴与阳,此一阴阳的观念,乃是得自于人类本身性交经验上的正负投影;另外,还有构成一切实体及其演变程序的五种元素,即所谓'五行'。"中国人是"关联式的思考"方式,"概念与概念之间并不互相隶属或包含,它们只在一个'图样'(Pattern)中平等并置;至于事物之相互影响,亦非由于机械的因之作用,而是由于一种'感应'(induction)。……在中国思想里的关键词是'秩序'和(尤其是)'图样'。符号间之关联或对应,都是一个大'图样'中的一部分。万物之活动皆以一特殊的方式进行"[①]。这种观念对中国叙事文学的影响,反映为文学叙事中对时间及其规律秩序的意识,如《三国演义》中分久必合、合久必分的循环历史观,其实就有对事物"周行不殆"、阴阳协调运行中时间的规律性意识。这种关于"时间"的原型意识,又涉及对"世俗时间"与"神圣时间"的感悟与把握:

  世俗时间与神圣时间的最大区别在于前者是不可逆的,后者是可逆的或循环的。世俗的时间是一维的和直线的,过去的时间不会再来……可是神圣的时间却不是这样,它具有可逆性,即从一个原点(如A)出发,经过不同的环节(如BCD)又回到出发点(A),并由此重新开始。这种可逆性实际上是一种循环,它的时间长度可

[①] [英]李约瑟:《中国古代科学思想史》,陈立夫主译,江西人民出版社1990年版,第375—376页。

以是一周（从这次圣餐到下次圣餐），可以是一个月（由这一次新月出现到下一次新月出现），也可以是一年（由新年开始经过春夏秋冬到又一个新年到来），还可以是更长的时间周期（如某些苗族支系每12年定期举行一次大型祭典"鼓社祭"）。[1]

中国抒情文学，特别是诗词歌赋，常常在对神圣时间的期待中蕴含着某种丰富情感的表达，如"离离原上草，一岁一枯荣。野火烧不尽，春风吹又生"。而在叙事文学中，其内在结构往往蕴含天人合一的理念，追求空间布局的宏观性、完整性，以及时间的邈远与规律性的循环，暗含神圣时间的因素。有学者认为："西方小说往往从一人一事一景写起，中国小说则一般首先展示一个广阔的超越的时空，如神话小说常从盘古开天辟地、女娲炼石补天写起，历史小说惯从三皇五帝、夏商周三代写起。中国小说家一般以时空整体作为叙事的起点，由天地变化和历史兴衰的苍茫中包举大端，之后才进入具体。"[2]《西游记》第一回"灵根育孕源流出　心性修持大道生"开头写道："诗曰：混沌未分天地乱，茫茫渺渺无人见。自从盘古破鸿蒙，开辟从兹清浊辨。覆载群生仰至仁，发明万物皆成善。欲知造化会元功，须看西游释厄传。"接着讲述："盖闻天地之数，有十二万九千六百岁为一元。将一元分为十二会，乃子、丑、寅、卯、辰、巳、午、未、申、酉、戌、亥之十二支也。每会该一万八百岁。""再去五千四百岁，交亥会之初，则当黑暗，而两间人物俱无矣，故曰混沌。又五千四百岁，亥会将终，贞下起元，近子之会，而复逐渐开明。""再五千四百岁，正当子会，轻清上腾，有日有月有星有辰。""再五千四百岁，正当丑会，重浊下凝，有水有火有山有石有土。""感盘古开辟，三皇治世，五帝定伦，世界之间，遂分为四大部洲"。这里先叙述邈远混沌的时空，之后才讲到孙猴子的出世。《红楼梦》的开头则故意淡化时空，模糊现实世界与想象世界的界限："此开卷第一回也，作者自云：因曾历过一番梦幻之后，故将真事隐去，而借'通灵'之说，撰此《石头记》一书

---

[1] 金泽：《宗教禁忌》，社会科学文献出版社1998年版，第158页。
[2] 居阅时、瞿明安主编：《中国象征文化》，上海人民出版社2001年版，第345页。

也。""原来女娲氏炼石补天之时，于大荒山无稽崖炼成高经十二丈，方经二十四丈顽石三万六千五百零一块。娲皇氏只用了三万六千五百块，只单单剩了一块未用，便弃在此山青埂峰下。谁知此石自经锻炼之后，灵性已通，因见众石俱得补天，独自己无材不堪入选，遂自怨自叹，日夜悲号惭愧。""后来，又不知过了几世几劫，因有个空空道人访道求仙，忽从这大荒山无稽崖青埂峰下经过，忽见一大块石上字迹分明，编述历历。空空道人乃从头一看，原来就是无材补天，幻形入世，蒙茫茫大士、渺渺真人携入红尘，历尽离合悲欢炎凉世态的一段故事。"这种故意淡化时空、亦真亦幻的叙述，目的之一就是追求透过表面事象而表达无限可能的效果，其中潜藏着仰观宇宙之大、俯察万物之微的宏大叙事意识。《三国演义》"古今多少事，都付笑谈中"的题记和"天下大势，分久必合，合久必分"的开头，则显而易见是从辽阔的宇宙自然和面对邈远的社会历史发出感叹，表达"大道"理念。"这是作家对于大宇宙的摹拟，企图在作品里涵盖上下四方、古往今来。与农业文明相关，中国古代特重四季的轮回循环，很多小说即便没有在结构中用到具体的季节，其实也暗蕴了'春生、夏长、秋收、冬藏'的四时变化之理。"①这与弗莱叙事模式、春夏秋冬轮回关系的观点有相通处，却又大大深化了它的含义。美国学者浦安迪将这种现象称为"中国叙事传统的循环往复的时间流向"②。与此相关，中国古典小说、戏曲描写四季变化常用人们对四季最为敏感的热和冷两概念，其用意往往超出天气物候而与人的心理及更加抽象的哲学范畴相关，具有象征人世沉浮的美学意义，由此才进一步有了所谓"热中冷""冷中热"的交错模式出现，"以便表示大千世界及芸芸众生变幻无常、此伏彼起的荣枯盛衰"。③

阴阳转换的叙事原型也体现在人物形象的塑造和性格的描写中。不同于西方严格按照生活的逻辑来反映生活和描写性格，而是在把握人物基本性格前提下的一种变化，是性格的逻辑和阴阳变化观念的结合。这种变化的观念，表

---

① 居阅时、瞿明安主编:《中国象征文化》，上海人民出版社2001年版，第339页。
② [美]浦安迪讲演:《中国叙事学》，北京大学出版社1996年版，第76页。
③ 居阅时、瞿明安主编:《中国象征文化》，上海人民出版社2001年版，第339页。

现在故事的编排上,跌宕起伏,出人意料,充满偶然性和突然的逆转;在写人物和事象时,并不是决然对立的,而是变化的,有时往往出奇制胜;在人物的描写上,性格有其鲜明的规定性,但这种鲜明的规定性往往是通过人物性格的比照来突现的。

第七节　说教与宣泄之间:接受心理原型

原型与"庸常"心理

中国的长篇章回小说是在传说、说书的基础上逐步成型并最终由作家定型的,在这一过程中,民众的集体无意识心理在相当程度上决定着叙事文学的面貌。其中,最重要和明显的是伦理道德的渗透和"庸常"观念的浸入。

鲁迅在《中国小说史略》中曾说:

> 宋市人小说,虽亦间参训喻,然主意则在述市井间事,用以娱心;及明人拟作末流,乃诰诫连篇,喧而夺主,且多艳称荣遇,回护士人,故形式仅存而精神与宋迥异矣。①

从"用以娱心"到"诰诫连篇",这是中国古代小说发展过程中一个重要的线索,一直到明清小说,这种趋势还在继续。比如,以代表明代短篇小说特点的《今古奇观》来说,文学批评家发现,作为"三言""二拍"选本的《今古奇观》,在署名"笑花主人"所作的序中,就发展了原作者伦理道德的意识:

> 署名笑花主人的《今古奇观序》的观点多数也是"三言""二拍"各序的拼凑。它虽然也强调描写"耳闻目见之事",但大大发展了冯梦龙"六经国史之辅"和凌濛初"意存劝戒"的观点,提出

---

① 鲁迅:《中国小说史略》,煤炭工业出版社2018年版,第135页。

了"天下之真奇，在未有不出于庸常者"的论调。他的"庸常"并不是指耳目前的"日用起居"的平常生活，更不是在概括生活的基础上的带有普遍意义真实性，而是偷换成了一整套的封建伦理道德。这就如他说的"仁义礼智，谓之常心；忠孝节烈，谓之常行；善恶果报，谓之常理；圣贤豪杰，谓之常人"。他认为创作小说的目的就是为了"训人以至常"，"共成风化之美"。[①]

笑花主人的这种观点固然充满封建伦理道德色彩，但是，这里也反映出中国小说，特别是一些短篇小说的特点，即不管它具体描写的是什么内容，在作家的意识深处，都有灌输伦理的意识，有"庸常"的模子在制约着，有伦理准则在规范着。这种规范久而久之，就形成了一种无形的原型，积淀为集体无意识，作者也罢、读者也罢，都受其影响。

俗话说："画鬼容易画人难。"写反面人物容易而写正面人物难，直到今天这种现象还存在。这在一定程度上与伦理道德对文艺的深层制约相关，即要求正面人物具有明确的道德伦理的标准和理想人格的模式。这与要求作品人物有充分的个性在某些方面有冲突，或者说二者难以达到统一。从这个角度说，中国叙事文学中正面与反面、戏曲中红脸与白脸观念的形成有深层的集体无意识作为基础，而对于作者来说，塑造这令人敬畏近乎神的人物，实在需要高超的技巧。与此不同，反面人物对于伦理道德的反叛则可能是多种多样、多种角度的，无所顾忌因而无所谓标准。反面人物可能因对禁忌的冲击而释放着集体无意识，反倒显得生动，性格刻画容易成功。

伦理和"庸常"的无形模子，使中国叙事文学的意蕴缺乏更高的情志和丰厚的内涵。杰出的作品正是对这种模式的冲破，对这种原型的冲击和反拨。这种突破，不是简单的题材或主题的突破，而是一种心理原型的突破。《聊斋志异》《红楼梦》《西游记》等作品，就在这方面有着极大的进步，它们的价值与反叛"庸常"心理有极重要的关系。从这个角度来说，文学家不但要发

[①] 王运熙、顾易生主编：《中国文学批评史》（中），上海古籍出版社1981年版，第455页。

现、激活原型，表现集体无意识心理，而且在特定情景下，又要敢于突破原型心理的限制，超越一般民众的集体无意识心理，表现更为博大、深广的人生感受和特殊体验。

中国叙事文学的原型是由日常生活、社会事象、道德伦理等社会性因素积淀的心理模式。中国文学中也有对神话故事的置换，但是原型置换的重心不在叙事模式，而在于母题。金圣叹在《读第五才子书法》中写道："任凭提起一个，都似旧时熟识。""世间妙文，原是天下万世人人心里公共之宝。"表"旧时熟识"，"万世人人心里公共之宝"，叙人之常情、人生常理，正是杰出的中国叙事文学作品的特点。

中国叙事文学中一直存在着一个不同于现实正常生活秩序和规范的世界，生活着一群有人格、人性、人的各种欲望又超越正常人生活的人物；始终存在着以超常的形象反映普通人超常的欲望和心理的情景。对于怪异现象的兴趣，对于有超人智慧和力量的形象的崇拜，对于紧张的情节和矛盾冲突的偏爱，是中国民众对叙事文学的追求。这同发泄人的潜意识心理有极大关系。所以，中国叙事文学从根本上就是与人的娱乐的要求、与人的好奇性、与抒发现实情感和表达"天理"关系极为密切的，但它不是西方文学对于现实的思考，不以情理为主。

《红楼梦》和《儒林外史》之所以具有极高的文学价值，正是因为它们完全不同于前述作品提供的艺术世界，这个世界不再是可望而不可即的，这里的人物不再是超人，而是实实在在的现实生活情景，是活生生的现实中的人。它们要求读者必须具备能够理解"其中味"的心境和能力，特别是《红楼梦》，其中有着看破红尘的清醒，有着对人生、人的意义的深刻反思。当具体个人的命运（贾宝玉们）被放在一个邈远鸿蒙的背景中去精细地展示时，这种对人生的沉思显得更为真切和深切。《三国演义》也有着关于"分久必合，合久必分""三十年河东，三十年河西"的感慨，但是它仍然是书写超常世界和超常人物，仍然给人以超出现实的精神满足。从艺术效果上说，《三国演义》仍然是在满足某种猎奇心理基础上的对历史的一种"冷眼旁观"，而《红楼梦》使你不得不身临其境地陷于沉思，你不能指望从中得到超脱的享受，而是从中实实在在地感受普通人的生命过程和情感历程。至《红楼梦》，中国文学的主导精神得到一次综合，诗歌中的沉思精神得到形象的、现实的表现。《诗经》中的情感世界，楚辞中的浪漫情怀，建安诗的慷慨悲歌情绪，玄言诗的哲理，游仙诗的借游仙抒怀，山水诗的意境，陈子昂对宇宙时空无限的注视，李白的飘逸，杜甫的沉郁……似乎都贯注其中，得以具象表现。

禁忌与宣泄

　　教训与宣泄是中国叙事文学社会功用的两端。过分地教训和恣肆地宣泄，表面上的训诫和实际上的放纵构成一种滑稽、矛盾的现象。而教训与宣泄都与某种禁忌相关。关于禁忌，弗洛伊德有过专门的研究。弗洛伊德注意到禁忌本身就是反映矛盾心理的词，它常与那些受到禁止的和不干净的及神圣的东西联系在一起，所以弗洛伊德提出，一个禁忌就是一个"被禁止的活动，而在潜意识中恰恰存在着一种对这项活动的强烈欲望"。他又接着指出，禁忌和惧怕都来源于"矛盾心理的冲动和倾向"；它们都是一种"感情上的矛盾心理的结果"，这种矛盾和良心一样，都有其潜意识的根源。①

　　中国叙事文学（主要是小说）几乎都要宣传伦理道德，要醒世、明世、警世，而实际上往往赤裸裸地宣泄情欲，一方面宣扬禁忌，另一方面又在大胆地冲击禁忌。这种现象，正是集体无意识的一种曲折的表现，使被压抑的潜意识以合理的面目出现。从志异志怪、传奇到公案、言情、武侠，从神怪魔幻到历史演义，从表现因果报应、轮回转世到描摹人情世态，都有对于心理深处积淀的倾诉。同时，中国的小说、戏曲又始终难以挣脱政治和道德的纠缠，伦理色彩十分浓烈。中国的读者实际上对文学，特别是小说针砭时事、政治有很大的兴趣，习惯于从小说中发现政治因素。这是中国读者对小说的特殊需求，希望借助于小说来阐发伦理道德、评判是非、办案审判、打抱不平等。读者欣赏

---

①[英]布赖恩·莫里斯：《宗教人类学》，周国黎译，今日中国出版社1992年版，第215—216页。

的过程是心理曲衷舒展的过程，是情感投射的过程，是集体无意识激活的过程，个人的所感所思通过这些过程得到表达。中国读者欣赏艺术作品时不是被动的，而是按一种先在的模式观察事态的发展，就是一字不识的文盲，也会有几种模式或母题作为他们听书、看戏的心理模子和评价标准。

中国叙事文学的原型作为特定的模式，提供了一种可以容纳冲突、矛盾的内容框架，使丰富的故事、复杂的意念归于某种符合社会规范和接受模式的类型，使集体无意识、潜意识心理在伦理纲常和道德律令中得到宣泄。

当然，这里说的是它的两端，在这两端之间，还有大量的中间地带，有人情世态、心理意绪，有公正原则、天理法则，有好恶感情、爱憎标准，有悲剧意识、人性追求……

以叙事来发愤抒情，是中国叙事文学的又一特点，从唐宋传奇，到笔记小说甚至长篇小说，如《水浒传》《红楼梦》《西游记》等等，故事之外有着作者复杂的心曲和情感。明清之际，李贽的"不愤不作"，金圣叹的"怨毒著书"，张竹坡的"愤懑著书"，蒲松龄的"孤愤之作"，吴趼人的"愤世疾俗"，刘鹗的"哭泣"等，都是在创作中蕴含着极大的情绪，这固然有社会现实对于作家情感的激发，但也不能不说与中国这个抒情国度文学的特质相关。

"俱乐部"效应与"快乐原则"

有位外国学者说过这样一段有意思的话："人们常对那些泄露他们潜意识生活的不道德梦境大感震惊。然而，男人常常会在亲密的小圈子里剖白他自己的肉欲幻想。人们以很多方式表现出他们精神生活中爱情与性兴趣的重要。有人亲身去看暗示性的戏剧；有人喜欢讲也喜欢听淫荡的笑话、不正经的俏皮话以及放荡的故事。任何人只要听过男人在俱乐部或吸烟室、工厂或办公厅、酒吧间或座谈室里面的谈话，便不会看不出性爱兴趣控制我们的程度远超过我们所愿承认的。"[①]这里说的情况可以姑且称为"俱乐部"效应，即特定

---

① 莫达尔：《爱与文学》，郑秋水译，湖南文艺出版社1987年版，第18页。

场合和特定情境中人的潜意识的宣泄。无独有偶,闻一多先生也说过同样意思的话。闻一多在评论一首叫《出俱乐会场的悲哀》的诗时说:"这首诗底背景里藏着一个重要的社会问题,很有研究底价值。性欲同杀欲这两个冲动虽已被文化征服,但其遗根未断,常时于无意中发泄出来。他们发泄底时候能唤起一种特别的快感,这是天性受勉强的压制底反动底结果,试看我们在俱乐场中所做种种游戏,同所行种种罚令便知道。例如游戏的格斗同比赛,猜谜同引人入阱,令人作难的'恶作剧',又如假示爱情的言语同行动,如接吻、宠媚、拥抱等罚令,我们为什么都认为是极有趣味的事呢?因为我们的原始的冲动得了发泄的机会,换言之,即性欲杀欲发作了。……这是隐状的欲望在一个普通合理的人不会发现,假若发现,我们不说他疯癫,必斥为下流。但是一到大庭广众的俱乐场中,人人的理性驰放了,而伏命于原始的冲动之下,不独不以这种举动为丑,并且以为可乐。……这种现象是文化的仇敌,除极少数人置身于物质世界之上,一大半人不能逃脱他的影响。"[①]

中国古代的通俗小说存在一个较普遍的现象:除过明确的教训、劝诫外,都有这种"俱乐部"效应存在,特别是以"说话"为基础的话本小说。如"三言二拍"中,先讲一个犯禁的故事,而后指出它的不对,进行教训。这其实是典型的压抑与释放、禁忌与放纵的统一。小说或说书以特定的、"合法"的方式提供了一种特殊的情境。通俗小说中道德的松弛,潜意识的放纵,是一个不能否认的事实,"因为暗示着他们情绪的字眼泄露了他们的秘密"。袁枚说:"情所最先,莫如男女"(《答蕺园论诗书》)。冯梦龙在《情史叙》里说:"情始于男女",然后"流注于君臣、父子、兄弟、朋友之间","六经皆以情教也"。《情史》从夏商周至明代,汇集几千年来各种各样的男女之情,分类为"情贞""情缘""情私""情侠""情豪""情爱""情痴""情感""情幻""情灵""情化""情媒""情憾""情仇""情芽""情报""情秽""情累""情鬼""情妖""情外""情通""情迹"

[①] 闻一多:《评本学年〈周刊〉里的新诗》,见《闻一多青少年时代诗文集》,云南人民出版社1983年版,第112—113页。

等类。"借男女之真情,发名教之伪药",是中国叙事文学,尤其是一些短篇小说的特点之一。当然,文学作为精神现象,也有冲破传统礼教束缚,把"情"和"欲"放在"理"和"礼"之上的现象。汤显祖的文学思想是"主情",他所说的"情"是包括性爱之欲在内的人生欲求。袁枚提出"好货好色,人之欲也","圣人"的职责就在于使这种人欲得到应有的满足。洪升将其《长生殿》自比于《牡丹亭》,在歌颂"情"可以超越生死的力量上,《长生殿》与《牡丹亭》一致。把"情"与"欲"联系在一起,并且对女性的情欲多做肯定的描述,这在一定意义上说明文学现象的复杂性。问题在于如何看待这种现象。李泽厚在论述华夏美学的情感与形式时曾说过:

> 由于自觉地、坚决地排斥、抵制种种动物性本能欲求的泛滥,使自然情欲的人化、社会化的特征非常突出:情欲变成人与人之间含蓄的群体性的情感,官能感觉变成充满人际关怀的细致的社会感受。从而情感和感受的细致、细微、含蓄、深远,经常成为所谓"一唱三叹""馀意不尽"的中国艺术的特征。……
>
> 但是,另一方面,这种人化的范围又毕竟狭隘。现实原则对快乐原则的战胜,"超我"的过早的强大出现,使个体的生命力量在长久压抑中不能充分宣泄发扬,甚至在艺术中也如此。奔放的情欲、本能的冲动、强烈的激情、怨而怒、哀而伤、狂暴的欢乐、绝望的痛苦能洗涤人心的苦难、虐杀、毁灭、悲剧,给人以丑、怪、恶等难以接受的情感形式(艺术)便统统被排除了。情感被牢笼在、满足在、锤炼在、建造在相对的平宁和谐的形式中。即使有所谓粗犷、豪放、拙重、潇洒,也仍然脱不出这个"乐从和"的情感形式的大圈子。①

李泽厚的这个看法很深刻地抓住了中国艺术情感与形式的关系及其特点。这个结论用在正宗的以诗词为主的抒情文学系统是特别准确的,但是,中

---

① 李泽厚:《华夏美学》,长江文艺出版社2019年版,第32—33页。

国还有大量的叙事文学，特别是民间文学、通俗文学，如小说、戏曲。在这些数量可观且读者众多、屡禁不止的文学作品中，有着他说的"奔放的情欲、本能的冲动、强烈的激情、怨而怒、哀而伤、狂暴的欢乐、绝望的痛苦"，有着苦难、虐杀、悲剧，"给人以丑、怪、恶等难以接受的情感形式"。这类作品除过被文学史肯定的部分外，相当数量的则走向了畸形。这种情况的形成就是前面所说的人化的局限所致，是这种特点走向了极端。中国叙事文学特别强调道德伦理的说教，但实际上又形成了宣泄和说教的貌合神离、互相冲突的奇异现象。中国叙事文学从志异志怪到传奇，再到后来的演义、小说，在一般程度上表明了对"快乐原则"变形的实践。文人的笔记小说作为补充，反映了另外一些潜意识。这些是普通民众难以理解的，如《聊斋志异》。严格地说，章回小说与笔记小说源于两种心理需求，形成两种模式，一是显文化，一是隐文化，一是俗，一是雅。然而，以演义为特色的章回小说同样具有载道的色彩。

犯禁与越轨

"儒以文乱法，而侠以武犯禁。"（《韩非·五蠹》）伦理道德的禁忌与犯禁、心理情感的压抑与释放的对立统一，是中国叙事文学的功能特点。中国叙事文学以满足世俗心理和冲破原型禁忌为深层发展动因。写犯禁与越轨，是中国叙事文学中通俗小说的重要特点，也是其能流行于民间市井而悖乎正统概念的原因。

"侠以武犯禁"，言情小说以性越轨，前者犯的是社会之禁，后者越的是道德伦理之轨，心理和精神之禁。这两种犯禁都是对于禁忌的冲击，是一种精神越轨、心理发泄。写情，尤其是男女之情，是中国通俗小说的重要内容。但是，在通俗小说盛行之际，将写男女之情变为对性禁忌的冲击也是事实，特别是那些禁毁小说中，有大量的性描写，这些描写一方面是赤裸裸的性过程的描写，另一方面有大量的心理的、潜意识的描写。这些作品的出现，不只有作者个人道德意识的问题，而且有更深刻的原因。这个原因就是，他们借小说来发泄情感，冲破禁忌，释放潜意识。这正是中国小说历来受到贬低和屡遭禁毁的原因。正是通过小说，人们发泄潜意识，表露集体无意识。这种现象在中国叙事文学中是值得注意的，有必要从心理原型的角度展开研究。而武侠小说中故事情节描写的非现实性、夸张性，人物的类型化，好恶的极端化，是非的绝对化，并非描写手法的不成熟，而是心理上的需要，它的目的之一是充分宣泄不满，寄托民众的心理情感，表达难以实现的欲望，使深藏的无意识内容借文艺之道得以释放。

突破原型

更可注意的是，在文人小说和戏曲（这里不仅是指文人创作，而且主要指文人欣赏的叙事作品）中，有着情况不同但更为深刻的犯禁，即对传统伦理道德、观念意识、人格标准和价值取向的反叛，对"庸常"心理的反叛。

如前面已提到的《红楼梦》《西游记》《聊斋志异》等小说，《西厢记》《牡丹亭》《窦娥冤》等戏曲，这些作品或通过描写日常生活细节，或通过演义神魔故事，或通过虚构鬼蜮世界，或通过浪漫的遐想，以奇情奇事表现奇思奇感。在故事之外，有着对社会的冷眼旁观，有着对历史的深沉思索。在他们曲折的心路中，有着不同于常人常情的深刻和卓见。他们这种反叛传统和孤高离群的姿态，实际上最深刻地反映了人的原型情感，表现了博大的人生感悟和情怀。《红楼梦》的那种感伤和悲情，那种对人生意义、超脱尘世的理解，包括那种失落和忧患，唤醒的是读者对自身深深的思索和由衷的感叹，是一种沧桑感。《西游记》以幽默、滑稽、怪异的态度来看世界，以喜剧的风格来揶揄、调侃神圣。那种离开人生世界而居高临下的旁观者的视角，以极大的张力最大限度地发泄了人被日常现实世界遮蔽的无意识世界。如果说，《三国演义》以"惯看春月秋风"的眼光，以"古今多少事，都付笑谈中"的豁达，在"分久必合，合久必分"的循环观念之中，在历史事实与道德理想的冲突中，得出"是非成败转头空"的结论，使人在"青山依旧在，几度夕阳红"的自然规律面前感受历史的短暂和无情的话，那么，《红楼梦》则以绛珠仙草的

"还泪神话"为引子，以"木石前盟"为故事契机，在"太虚幻境"中演出"这悲金悼玉的'红楼梦'"，也演出似梦还真的人生情境。"悲喜千般"终于"古今一梦"，鸿蒙开辟，似水流年，曹雪芹对人生空幻的悲叹，那种愁思、感伤和无可奈何，与一代代读者感情之弦产生共振，激活多少集体无意识。《三国演义》恢宏博大的气度和《红楼梦》深邃邈远的情思，与其作者以宇宙自然作为人生和历史的参照物有极大关系。"山水永恒，人易湮灭"，作者以不变的青山和易逝的流水来象征作品的整体意蕴。在千般悲喜、万种风情的人事现象背后，是自然宇宙的规律，是江河逝水的无情。作品拓展开的是上天下地的空间，是延绵于远古的时间。人们从宝黛爱情中、从三国纷争中看到的是人在天地之间和历史长河中的情态，是人在宇宙中演出的悲喜剧。这种情思，这种感怀，这种遐想，正是对我们久远的、深藏的原型心理和情感模式的触动和激活，又是另一种意义上的对原型的突破。

第五章 中国抒情文学原型的现代置换

第一节　文学原型理论与现代文学研究

把原型概念和原型批评方法引入中国现代文学研究领域，不是出于趋新和立异的嗜好，而是因为这一概念中的一些重要观点和这一批评方法中的一些特殊视角，给我们研究现代文学以极大的启示。换句话说，中国现代文学这一研究对象自身的许多重要特征，表明了引入原型概念和方法的必要与有用。我们可以在重新理解、阐述和借鉴其优点的前提下，从一些新的层面和角度入手，使研究更注重具体现象同时更切近本质。特别重要的是，原型批评的跨学科性质，对于我们宏观地、系统地把握和理解中国现代文学作为历史变革时期精神现象载体的一些复杂特征，具有特殊意义。

第一，原型是"典型的反复出现的意象"，它在历史进程中不断发生并显现的观点，以及原型是具有"约定性的文学象征或象征群"的观点，启迪我们从民族心理情感的变化和历史文化传统及其变化的视角，透视中国现代文学创作中诸多循环往复现象的意义，并在历史的、美学的和文化的综合研究中，树立"中国现代文学有着体现自身价值意蕴的文学原型体系"的观念。荣格指出："原始意象或者原型是一种形象（无论这形象是魔鬼，是一个人还是一个过程），它在历史进程中不断发生并且显现于创造性幻想得到自由表现的任何地方。"① 弗莱认为原型"即那种典型的反复出现的意象"，它是一些联想群，与符号不同，"它们是复杂可变化的。在既定的语境之中，它们常常有大量特别的已知联想物，这些联想物都是可交际传播的，因为特定文

---

① [瑞士]荣格：《心理学与文学》，冯川、苏克译，生活·读书·新知三联书店1987年版，第120页。

化中的大多数人很熟悉它们"①。他还指出:"我用原型这个术语指一种在文学中反复运用并因此而成为约定性的文学象征或象征群。"②荣格和弗莱关于原型的这些理解和阐述,揭示了文学史上一些值得注意的基本事实,即在不同民族、不同时代的文学中,象征或构成象征群的意象的反复出现并为人们所意会和理解,是以"约定性"和"已知的联想物"为基础的,而这些约定性和联想物与民族文化、心理和情感体验相联系。因此,作为原型的意象反复出现,或在某种情势下形成体系,往往反映着民族历史的、文化的、心理的某些深层的东西。有研究者指出,在中国古典文学中,有着成体系的文学原型,比如古典诗歌中的"杜鹃啼血""清猿悲啼""转蓬飘摇",以及"松柏""莲花""碧血""落红""孤帆"等原型意象,都蕴含着"民族心理内容以及某些共同的情感体验"③。沿着这一视角审视,中国文学在由古典向现代的历史转换中,相伴着一个重要现象,这就是对传统文学原型的扬弃、改造和新的文学原型的激活、创化,如"狂人呐喊""凤凰涅槃""天狗吞日""过客求索""家""路""夜""激流""日出""死水""寒夜""暴风骤雨""太阳""黎明"等象征及象征物的产生和演变。它们不仅仅是文学形象系列的延续排列,而且在整体上与中国传统文学原型意象形成了比照,反映着民族精神的历史性转变和文学价值意蕴的新追求。

第二,原型是"集体无意识"的重要内容,它负载集体心理的观点,十分有助于深入理解中国现代文学中的原型意象及其置换变形在反映民族的共同心理和负载群体情感体验方面的意义。荣格认为,原型是构成集体无意识的重要内容,而他对"集体"的解释是:"选择'集体'一词是因为这部分无意识不是个别的,而是普遍的。它与个性心理相反,具备了所有地方和所有个人皆

---

① [加]弗莱:《作为原型的象征》,见叶舒宪选编:《神话-原型批评》,陕西师范大学出版社1987年版,第158页。
② [加]弗莱:《文学即整体关系:弥尔顿的〈黎西达斯〉》,见叶舒宪选编:《神话-原型批评》,陕西师范大学出版社1987年版,第310页。
③ 张晶:《情感体验的历程:中国古典诗歌中的原型意象》,载《文学评论》1990年第2期。

有的大体相似的内容和行为方式。换言之，由于它在所有人身上都是相同的，因此它组成了一种超个性的共同心理基础，并且普遍地存在于我们每一个人身上。"①剔除荣格关于集体无意识的神秘性解释，可以看出其中许多合理的成分，如关于个人情结区别于集体无意识的观点，关于集体心理组成一种超个性的共同心理基础并普遍存在于每个人身上的观点。荣格的理论确实揭示了许多文化和文学的重要现象，尤其比较令人信服地解释了文学原型如何发现、创化民族共同心理基础。中国现代文学史，尤其是作为它的伟大开端的"五四"时期文学，在不长的时期内，出现或激活了一系列在传统文学中不曾见过却又与民族共同心理相通的新的文学原型，它们是新奇怪异的，却不是不可以理喻的，其中像"狂人"（疯子）引起的强烈共鸣和普遍反响，正表明它负载了集体的共同心理！而阿Q作为愚弱国民性格的原型，则可以说成功地反映了不同阶层的人们某些共同的情感体验，表明它触动了某种"超个性的共同心理基础"。从这个意义上借鉴"原型是集体无意识"的重要观点，可以穿过一般表面琐碎现象而深入民族心理潜隐层次，分析民族精神的整体变动及其新质的生成，同时为理解这个时代作家个人心理欲求与民族共同情感的关系拓展新的认识层面。

第三，原始意象在遇到特殊情境便会重现的观点，对于理解中国现代文学中原型意象生成的深层原因和现实基础，从而进一步理解中国现代文学的价值蕴含和精神特质，理解它对传统文学、传统文化的巨大变革和二者的深层联系都有着直接的、现实的意义。荣格说："每一个原始意象中都有着人类精神和人类命运的一块碎片，都有着在我们祖先的历史中重复了无数次的欢乐和悲哀的一点残余，并且总的说来始终遵循同样的路线。它就象心理中一道深深开凿过的河床，生命之流在这条河床中突然奔涌成一条大江，而不是象先前那样在宽阔然而清浅的溪流中漫淌。无论什么时候，只要重新面临那种在漫长的时间中曾帮助建立起原始意象的特殊情境，这种情形就会产生。""这种神

---

① [瑞士]荣格：《心理学与文学》，冯川、苏克译，生活·读书·新知三联书店1987年版，第52—53页。

话情境的瞬间再现,是以一种独特的情感强度为标志的。仿佛有谁拨动了我们很久以来未曾被人拨动的心弦,仿佛那种我们从未怀疑其存在的力量得到了释放。"①原型,存在于民族的历史文化中,存在于民族心理深处,但原型的瞬间再现需要特殊情境和独特感情强度。中国现代社会,尤其是处于新旧交替和历史转折的"五四"时期,既是一个民族精神勃发的历史瞬间,也是人的情感达到一定强度后爆发和释放的特殊时期。这一时期的文学原型的显现,是我们民族文化、民族精神中久已存在的某些共同的心理情感和集体无意识的重新激活。新文学开创者和奠定者的重要实践和伟大功绩之一,就是通过原型意象的发现、创化,把中国人孕育已久的情感要求和精神向往外化为一种具体可感的艺术形态,并标示出新的价值指向、意志目标、认知水平和情感态度。它同时标示着中国现代文学对新的精神特质和价值意蕴的发掘、创造。

第四,"原型"与"原型观点"的区分,对于分析现代文学中原型意象的置换变形具有很大的启发作用。荣格认为:"原型从根本上说是一种无意识的内容,当它逐渐成为意识及可以觉察时便发生改变,并且从其出现的个体意识中获得色彩。"说到这里,荣格特别加以注释:"为了准确应当注意区别'原型'和'原型观点'。原型具有假设性质,并非代表性模式而犹如生物学中的'行为的图式'。"②"原型"和"原型观点"细微区别的关键在于,原型是无意识的,因而具有假设性质,它"可以被设想为一种记忆蕴藏,一种印痕或者记忆痕迹,它来源于同一种经验的无数过程的凝缩。在这方面它是某些不断发生的心理体验的沉淀"。正因为它带有假设性,所以,它有被做出不同解释、赋予不同意义的可能。而原型一经被赋予某种明确的意识和个人色彩,它就带上了观点,成为有特定含义的"原型观点"。对于研究者来说,注意到这种区别,不只使概念明晰,还为进一步分析原型的演化提供了理论依据和新

---

① [瑞士]荣格:《心理学与文学》,冯川、苏克译,生活·读书·新知三联书店1987年版,第121页。
② [瑞士]荣格:《心理学与文学》,冯川、苏克译,生活·读书·新知三联书店1987年版,第54页。

的层面，因为只有在弄清原型怎样成为"原型观点"，才能解释它在此后的变化，亦即原型的置换变形。而对这一过程的揭示是一个有待从深度和广度拓展的领域，因为它包含了许多历史的、文化的、心理的内容，在原型置换变形中反映着文学新的价值目标的寻求。

第五，"用原始意象说话的人，是在同时用千万个人的声音说话"的观点，为我们理解原型在文学创作中的功能及文学价值的社会实现提供了新的启示。在现代文学中，有那样多的可供利用的现实素材，作者积累了那样多的生活经验和情感体验，而且迅疾发展的时代还在继续提供着这些内容，那么，作家为什么还对古代神话传说、历史故事等抱有极大兴趣呢？为什么要用原始意象来说话呢？如荣格所说："一个用原始意象说话的人，是在同时用千万个人的声音说话。他吸引、压倒并且与此同时提升了他正在寻找表现的观念，使这些观念超出了偶然的暂时的意义，进入永恒的王国。他把我们个人的命运转变为人类的命运"，"创作过程，在我们所能追踪的范围内，就在于从无意识中激活原型意象"，"艺术家把它翻译成了我们今天的语言，并因而使我们有可能找到一条道路以返回生命的最深的泉源"。①荣格关于原型可以唤起千万个人共同声音的看法，无疑是有深刻道理的，同时有大量文学现象可作为现实依据。在文学创作中，不是一切形象、每个人物都能说出千万个人的声音，而原型的约定性和对集体心理的负载常常能达到这种效果。原型在创作中，具有承载作者忧愤深广的意识和较多思想内涵的功能，在文学的价值实现中则具有沟通普遍情感，唤起千万个人的共鸣的效果。

综上所述，原型概念和原型批评方法，在我们重新理解的前提下，作为研究中国现代文学的方法之一，在理论上具有合理性和启发性，在实践上有可行性。正确运用这一方法，将使研究更加切近而不是脱离现代文学的实际，从而在更广泛的范围和更深的层次上认识中国现代文学的精神特质和价值蕴含。这一研究方法十分适应中国现代文学研究，不仅因为这一时代的文学具有鲜明

---

① [瑞士]荣格：《心理学与文学》，冯川、苏克译，生活·读书·新知三联书店1987年版，第122页。

的历史过渡性色彩,是原型置换的重要时期,而且因为这一时代的文学以改造民族精神、重铸民族灵魂为主要追求目标,它曲折然而真实地记录了中华民族在特定条件下的心灵历程。就是说,研究对象与研究方法自然契合。这种侧重于文化-心理的研究还有待深入和扩展,并有可能为中国现代文学研究带来新起色。

第二节　原型置换与抒情文学的困惑

布赖恩·莫里斯在《宗教人类学》中指出,荣格和韦伯一样,也认为"当代文明的影响"已导致了精神价值观念上的一种衰退。人类对自然界也早已不再困惑不解了,我们已剥掉了所有事物神秘和超验的外衣,"没有一件事物仍是神圣的了"。科学的理性增长使世界变得缺少了人性,并且"个人在宇宙中也变得孤独了"。人类失去了与自然界的"潜意识的一致性",结果也就没有象征意义了。既然人类与自然的这种密切联系由于工业化而被割断,那么人类与集体潜意识的联系也自然终止了。这种"世界的非精神化过程"是以希腊哲学家为开端的,荣格不无遗憾地把这种过程看作"那个对人类有帮助的守护神"已从森林、河流和山区消失了。荣格提出,当代社会中的理性统治的思想是"我们最大的也是最悲剧性的幻想"。[①]

荣格的这种担心是他通过原型理论的探讨寻找人类精神家园的动机之一。他的这种担忧在现当代诗歌中得到了印证,或者说透出了信息。20世纪文学艺术的一个重要现象,是人们再很少从作品中看到过去人与自然那种亲和的关系,体味到人与大自然相互交融的感情。艺术作品中的形象可以给人以震撼、以思索,却少了那种美丽、温馨和柔情,艺术家乐此不疲、孜孜以求的是不但要剥掉人类自身的表面现象而露出纯粹的本真,而且要剥尽自然的外观和

---

① [英]布赖恩·莫里斯:《宗教人类学》,周国黎译,今日中国出版社1992年版,第236页。

色彩，荡尽自然的神秘和神圣。在文学作品中，特别是抒情作品中，这种倾向益发突出，过去人类借助于自然物象抒发感情、象征人类美好理想的情景，以及那种与自然融为一体的浪漫情调，似乎早已随着浪漫主义思潮的退却而一去不复返。诗歌作者再不屑于以自然作为象征，以自然作为语言，不再借助自然表现人类，而是用另外一套陌生的语言直接袒露自己的所见所闻、所思所感。诗人反复证明"个人在宇宙中也变得孤独了"，却不再在宇宙中寻找朋友。在我们尊之为21世纪最伟大的那些诗人的诗作中，喧嚣与骚动的现代都市景观和气息驱走了森林、河流和山川，也驱逐了人类精神的"保护神"。这是一种现实在创作中的反映，还是人类与自然关系的转变？不管做何解释，人类与自然的关系大不同于以前是一个事实，自然物象与人类心理的疏远、文学作品中意象的稀疏和陌生化也是一个事实。

这是一个世界性文学艺术的现象，它的特征之一便是文学艺术原型的普遍置换，尽管对于这种置换在理论上缺乏理性的探讨和总结。中国这个诗的国度，在打开自己的国门后，在发生历史性转折时，虽然曾把18—19世纪的浪漫主义作为重要的文学思潮介绍、学习，但是，它面临的实际上是20世纪人类社会这样一个大背景。中国现代抒情文学在这种背景下开始了原型的置换。

现代抒情文学与传统抒情文学意蕴的不同，决定了传统抒情文学原型的大量置换或消失。现代诗词从根本上说，是以表现精神的不安和热烈的反叛为特点的，与古典诗词的意蕴有很大的不同。现代诗不再有古典诗词那种特性，其深层原因是缺少了那种对人生、宇宙的感悟，这就决定了现代文学从根本上疏远了传统文学原型。傅东华曾针对现代自由诗与古典格律诗的不同说过这样的话：

> 自由诗的内容的特征先天就注定了是一种精神的不安，是一种热烈的反叛，而唯其因这种特征的内容的要求，这才对于形式上一切束缚都无所顾忌也无所爱惜地一概挣脱。它决不能容纳古典文学中那种闲适中庸的情操，所以也不耐烦象古典诗格那样一板三眼的踏方步。……尝试要用自由诗体来表达闲适的情操，结果一定会产

生一种四不像的怪物。[1]

闻一多在《女神之地方色彩》一文中，曾对《女神》的欧化色彩提出批评："日本底环境固应对《女神》的内容负一分责任，但此外定还有别的关系。这个关系我疑心或者就是《女神》之作者对于中国文化之隔膜。我们前面已经看到《女神》怎样富于近代精神——即西方文化——不幸得很，是同我国的文化根本背道而驰的，所以一个人醉心于前者定不能对于或者有十分的同情与了解。"[2]他的这个看法无意中触及一个重要问题，即现代诗与传统诗由于文化精神的不同导致一些复杂的现象。而在这里，所谓文化精神当包括了长期以来保持和承传的原型。郭沫若的《女神》既是对一代诗风的开创，同时是对传统原型的扬弃和置换。这种现象的出现，换一个角度看，与其说是作家对中国文化的隔膜，还不如说是作家出于对新诗使命的理解做出的选择。郭沫若深受中国古典诗歌的熏陶，而且有自己的偏爱，他自述喜李白、王维、孟浩然，喜冲淡的风格，当然，我们可以推想他必然喜他们诗歌中那与自然合一的意象。郭沫若早期的短诗或可作为一些例证。就是说，他实际对中国文化并不隔膜。但是，当他需要表达"五四"时代精神时，传统诗歌样式和精神显然不能适应这种需要。于是，他借鉴外国诗人的创作，其中对他影响最大的是惠特曼。值得注意的是郭沫若吸取了惠特曼的创作精神、表达方式和艺术风格，但是，郭沫若没有搬用他的意象，而是创造、发现了适合表达中国人的心理情感的意象。在这里可以看出，新诗与旧体诗的区别之一是新诗不再依靠意象的组合、组接，而是依靠情绪的流动直抒胸臆。与叙事文学原型置换相比，抒情文学原型的置换要困难和复杂。一方面，传统原型失而不可复得或被有意识扬弃；另一方面，适合表现现代人心理体验的原型不能被激活和被发现，是现代诗困惑的原因之一，也可能是现代诗的方向问题、形式问题一直得不到解决的内在原因之一。

---

① 傅东华：《什么是自由诗》，见郑振铎、傅东华编：《文学百题》，上海书店1981年版，第184页。

② 闻一多：《闻一多作品集》，北京燕山出版社2016年版，第253页。

叙事文学是在社会母题层次上的置换。不管是现代还是古代，小说、戏剧都是表现社会事象或是借表现社会事象来表达对人生、社会的理解。现代与古代在文学叙事系统这一点上没有根本的变化，而抒情系统则不同。

中国现代抒情文学与古代抒情文学有很大的不同。如前所述，古典诗词多是以和个人情思联系的自然物象为诗词意象，表现人对宇宙的思考和感受，而现代诗词要求表现一种对现实人生的态度和社会性情感，亦即从原先的自然意象原型转向社会事象原型，由哲理情思诗意抒发转向对社会现象的感慨和描绘。现代诗词围绕形式问题的长期争论不清，实际与这种转变有关系。现代诗词失去较为长久的魅力，很大的原因是它缺乏那种与原始意象联系，因而表现人类深层心理情感的新的意象。

抒情系统与叙事系统在原型置换上的这种区别，是中国现代叙事文学较抒情文学发达的又一原因，也是外国小说、戏剧较诗词、散文对中国文坛的影响更大的原因之一。中国古代文学原型的置换中，叙事系统易于抒情系统。现代诗中那些离开特定时代后显得更有诗味的作品，是较多地保留了传统的天人感应、天人合一精神的作品，如徐志摩、闻一多等新月派的诗。这些诗或表现人在自然宇宙中的情怀、物我同一的感受，或表现人类共同的情感体验和心理情境，给人以永恒的、久远的、深邃的感触，唤起心理深处的集体无意识。特别是如《莎扬娜拉》《再别康桥》那种细腻的心理与自然物象的融合，是传统意象与现代情思的结合。政治抒情诗的成熟有赖于一定的心理原型的形成，有一个积淀的过程，如"五四"时期的《女神》产生重要影响，原因之一是"泛神论"的宇宙观在根本上与传统的天人合一、天人感应的意识相通，与中国人的集体无意识相关。

中国古典诗歌也有感事缘情的内容，有对社会事象的热烈关注和忧国忧民的优良传统，有现实主义精神，当然也有叙事。但是，以杜甫诗歌为最高标志的这种文学传统中，最关键的是"感"事，即对"事"有感而发，表现的是"情"而不是"事"本身，不是直接去罗列或描绘事象。诗歌在本质上是抒情的，即使它是感事而发的诗歌，这正是诗歌与小说的区别，也是抒情文学与叙事文学的区别。真正的叙事诗其所叙之事，必须是一种特殊的、交织着沉思与激情的艺术符号，而不是事情本身。中国抒情文学的变革，按照逻辑来说，它适应现代社会历史发展的需要，应向感事而发的方面倾斜，以表现现代人的现实感受和情怀。但是，问题在于，感事而发在后来实际上变成了对事象变相的叙述，尤其是20世纪30年代后，大量的叙事长诗已主要不是抒情，而是叙事，换句话说，是"事"的成分多于"诗"的成分。这在实际上就混淆了抒情与叙事的界限。与此相关，诗歌中的意象显得稀疏，而对"事"的过程的逻辑推演又大大冲淡了仅有的一些诗味。我们从田间的《赶车传》，甚至艾青的《火把》《向太阳》等诗中也可以看出这些特点。这种情况只是极端的例子，举出它的意思是要说明，中国抒情文学如何在向现代的变化中，在进一步关注现实、偏向对于社会关系的表现时，保持它的特性，这是一个很艰难的选择。而要在一个特殊的战争年代完成这样一种转变，实属不易。

战争年代过去了，但是，古典式的人与宇宙的和谐关系已为新的关系所取代。没有了这种原型产生和存在的基础，诗歌也就不会再现昔日的风采。之所以说当代诗坛的附庸风雅只是一种模拟，是因为当代人永远不会再有昔日的心理情境了。当代诗歌的出路是要寻找能触动现代人心理的原型心理和情感体验，而不是技巧上的花样翻新。形式的革新应该是为了新的心理情感的表达，是为了揭示现代人新的心理图式的过程，而不是一种技术的改良。没有鲁迅所说的体验"人类的大精神"，是不会有真正的好诗的。

第三节　现代抒情文学原型的置换与意蕴的新变

中国抒情文学带着新的历史使命，借助外来文学观念，开始了自己的原型置换。对中国现代诗歌影响最大的文艺理念首先是浪漫主义。浪漫主义对中国的影响，是连带着它的资产阶级的自由解放、个性主义思想的，以及自由的格式和狂放的姿态。中国现代诗是在一个特定的情势下接受西方的影响的，所以它选择那些易于表现时代情绪和精神的方面吸收,而不重对永恒课题的思考和个人情感意绪的抒发。这从郭沫若接受惠特曼的影响中就可以看出。惠特曼《草叶集》中有大量的对人的歌颂,其中对肉体、欲望及人的自然本性的赞美占有极为重要的位置,他以对人从肉体到精神的全面肯定而张扬了人的力量。郭沫若及同时代作家则都尽量把笔触伸向社会,表现群体情绪和时代精神。从整体上来看,中国现代文学确实受到了浪漫主义文学精神和方法的影响,但是,外来的浪漫主义并不可能也没有给中国提供系统的原型意象。尽管冰心、徐志摩等受泰戈尔的影响并以新月、繁星、春水等全人类共同的意象来表达自己的情思,尽管遥远的"湖畔诗人"与大自然和谐相处的风姿感染了中国的新月诗人,但是,这在根本上不能满足中国现代诗人表现自己"醒狮"般的姿态和雄心,他们需要更加切合心理意绪和情感模式的意象。这就是现代文学原型意象置换的直接动因。

"凤凰涅槃"原型及其置换变形

火凤凰是郭沫若长诗《凤凰涅槃》中出现的原型意象。凤凰,在中国文化中有多种解释,如凤凰的出现"标志着国家是在正义之君的统治之下",凤凰象征着人的德、义、礼、仁、信五种品质,凤凰象征皇帝和皇后或丈夫与妻子,甚至有时还象征性关系,等等[①]。而最为人们熟知的是,民间用凤凰象征吉祥如意。郭沫若的《凤凰涅槃》则是选取天方国关于"凤凰集香木自焚,复从死灰中更生"的传说,创造性地表现了时代精神,也反映了中华民族渴望新生的共同心理情感。这种角度本身表明了这一原型的开拓指向:其一,突出凤凰的再生、更新;其二,把这种再生与更新和火的象征联系起来,使火凤凰成为负载现代中国人精神追求的再生原型。

《凤凰涅槃》的重心不在表现凤凰自身的特征,而在突出其涅槃的决心和具体过程。从凤凰对环境的诅咒、集香木自焚,到从死灰中更生,每一具体

---

① [美]爱德哈伯:《中国文化象征词典》,陈建宪译,湖南文艺出版社1990年版,第260页。

细节的渲染都是对更生的强烈愿望的表达和激情的抒发，都围绕着"在烈火中永生"这一整体象征命意而展开。火凤凰这一原型，虽主要选取的是外国的神话传说，却深深地触发了古老的中华民族希望"从死灰中更生"的强烈愿望和群体意识。凤凰作为再生原型在中国现代社会的不同历史阶段，以不同的形态体现出来，其内蕴是一贯的。中国现代文学不仅在总体方向上艺术地表现了这一再生过程，而且许多具体作品的创作受到了这一意象的支配。在"五四"时期，这主要表现为对"第三样中国""美的中国"的浪漫主义的热烈呼唤，对祖国、民族和自我更生的期盼和礼赞；文学家甚至乐观地描绘着"更生"了的崭新的社会和人格。同样的诗意情愫在"五四"时期小说中，则是在对"血与泪"的现实的揭露中，点缀一两点光明，并将爱与美作为沟通这一过程的桥梁。"凤凰涅槃"这一原型意象，创化于"五四"，却超越了"五四"，它始终存在于现代中国人的精神活动中。

20年代和30年代，文学中的"再生"原型由诗情意绪的浪漫意象变为写实的具体意象，并在两方面影响到文学的风貌和蕴含：一是在人物形象的塑造中，把思想意识和政治立场的转变作为中心环节，表现个人精神的更新过程，出现了反映从个性主义到集体主义、从错误思想观点到正确意识转化的创作模式。《光明在我们的前面》《到莫斯科去》《虹》《路》《一九三〇年春上海》等作品都程度不同地表现了革命者经过斗争洗礼和思想转换，由"旧我"到"新人"的更新、再生过程，这是自我更生的一种继续发展。二是在作品主题的开掘上，"再生"意识表现为不同的文学家从不同的角度和层面，艺术地把握着中国社会的前途、道路、性质及民族解放、阶级解放的途径，由此演化出一系列文学主题。文学家试图寻找从现实到理想之间的桥梁，回答"应该怎样才能实现祖国、民族更生"的问题。在茅盾、巴金、老舍、曹禺、丁玲、沈从文等人的作品中，甚至在林语堂关于东西方文化的观点中，都可以体会到他们各自在这一重大课题上的不同思考角度和深度，得出的不同结论。但是，有一点是相似的，即他们都在探索着祖国、民族更生的问题。对涅槃再生的强烈兴趣与特定情势下责任感的结合，成为他们创造的内驱力。而到了40年代的文学中，特别是解放区文学中，"再生"原型有了新的含义：一方面，许多作品冷峻地凝视着严酷的现实，表现着中华民族弃旧图新的蜕变过程中的艰难困苦；另一方面，解放区文学以新的环境为基础，表现着祖国、民族的再生即将成为现实的时代特征，描绘着中国社会发生历史性变迁的具体过程。在这个过程中，活跃着觉醒了的、"再生"了的一代新人。自"五四"新文学开始对祖国民族再生、国民精神更新的历史呼唤和探索，在解放区文学中最先完成了从起点到终点的衔接和从理想到现实的过渡，尽管它只是现代中国历史和民族走过的第一个"圆圈"。

"凤凰再生"原型，除了负载现代中国人向往祖国、民族更生的情感愿望，影响了现代文学的价值目标和意蕴之外，还对现代文学的表现方式产生了深刻的影响。文学家对"再生""涅槃"过程的现实思考，使得他们不能只停留在终极期望上而忽视对历史过程和人的发展过程的具体揭示，这是中国现代文学，不管是小说、话剧，还是叙事诗和报告文学的创作，都注重展示生活过程、人物思想过程的重要原因。也可以说，这是现代文学家一种由时代环境决定的普遍心理特征。这些因素极大地影响了现代文学的创作过程，对其构思方式、情节安排、叙事角度、语言技巧等方面都有着潜隐的制约作用。比如，小说更加注重故事发展过程与现实过程的对应，诗歌对叙事功能的强化，报告文学的兴起，散文由侧重于心路历程的展示向侧重对现实见闻的记录，等等。这些在宏观上影响了现代文学的艺术表现方式，表现了其在走向"过程描述"方面的探求势态。

"天狗吞日"原型及其置换变形

天狗是郭沫若诗《天狗》中的原型意象。在民间关于天狗吃月亮的神话传说中，天狗是一只猛兽，它并不讨人喜欢而令人恐惧。郭沫若的诗利用了民间传说却又赋予其全新的含义，使之成为一个体现新的时代精神和价值意义的抒情形象："我是一条天狗呀！我把月来吞了，我把日来吞了……我便是我了！""我是月底光，我是日底光，我是一切星球底光……我是全宇宙底Energy底总量！"

天狗的形象历来被认为象征了自我的觉醒、个性的解放，表现了对个体力量的肯定和张扬，这是有道理的。在天狗气吞日月的意象中，确实有着浓烈的自我觉醒和个体价值被肯定的豪迈感和崇高感，有着在古典诗词中难有的解脱感和力量强度。然而，细细品味和体会，在天狗伟岸雄奇的诗意形象的背后，在天狗"我是……""我把……"的呼号中，分明洋溢着一股对意志情感的夸张和情绪的渲染，有着"我能""我要"的意志力量的支撑。天狗作为抒情主体意象，当其面对广袤无垠的客体对象时，为了显示自我力量的巨大和战而胜之的决心，才使自己的形体和精神无限扩展和膨胀。这显示的是一种蔑视一切敌人、不屈不挠的意志态度，是万物皆备于我的主观意志情感的夸张表达。天狗的意象就其内涵而言，更具意志原型的特征。郭沫若对意志力量的强调，在他的诗剧《湘累》中有进一步的表现。诗中有一情节，是当别人劝屈原"隐忍相让"时，屈原对这种泯灭意志、主张忍让的观点极为反感，他反驳道："我知道你要叫我把这蓬佩扯坏，你要叫我把这荷冠折毁，这我可能忍耐吗？你怎见得我便不是扬子江，你怎见得我只是湘沅小溪？我的力量只能汇成个小小的洞庭，我的力量便不能汇成个无边的大海吗？你怎么这么小视我？"屈原的这种议论亦即作者的"夫子自道"，其内核仍然是对意志力量的强调，是面对还很强大的客体而表现出的征服欲。个体主体不但要与对象世界相对峙相匹配，而且要设法征服之。"我创造尊严的山岳、宏伟的海洋，我创造日月星辰，我驰骋风云雷雨，我萃之虽仅于我一身，放之则可泛滥乎宇宙。""我有血总要流，有火总要喷，不论在任何方面，我都想驰骋！"在这里，诗人要创造山岳海洋、日月星辰和风云雷雨等能量巨大的物象，主要也是意志和力量的显示，与天狗意象的特质相同。

在"五四"文学，特别是浪漫主义诗歌中出现意志原型意象，当然与"五四"时期个性解放的时代精神有很大的关系，也与西方某些文艺思潮有联系，但更重要的是因为有深刻的社会历史文化和民族心理的基础。几千年来的封建主义的沉重精神压迫，近百年来帝国主义侵略的屈辱，使中华民族的意志要求和意志情感得不到正常的表达和实现，心理空间极度狭小以至于窒息着人的信念，沉潜萎缩的国民性格便赖以孳衍。所以，重振民族精神，强化意志信念，不仅是历史发展的需要，也是改良国民精神的应有之义；确立新的意志目标，提高民族的自信力是新文学的职责之一。天狗原型的发现和激活，正是对这种需要的满足。

中国现代的历史特点和国情决定"五四"后的文学中，"天狗"（郭沫若诗《天狗》）那张扬个性价值和力量的形象不复出现，但天狗原型所具有的象征意蕴，却在置换变形后得到了延续。这种置换的关键是由对个体意志的礼赞转向对群体力量的歌颂和对群体意识的鼓动，"小我"变为"大我"，"我要""我能"变成"我们要""我们能"的呼声。在郭沫若后来的《前茅》《恢复》等诗集中，在蒋光慈和殷夫的红色鼓动诗中，在后来中国诗歌会作者和"七月诗派"作者的诗作中，意志情感作为一种精神追求得以直接体现。激情转化为对意志的表达是其主要特征。大体说来，天狗——意志原型在现代文学中的置换变形，其最主要的是置换了"天狗吞日"这一以个体形态出现而与整个客体对象对立的具体意象，代之以其他一些更能负载群体意志的整体意象，如"洪水""狂风""暴雨""雷电""土地""火雾"等。这些联想物更能蕴蓄"群"的意志情感，同时更具力度和强度，从而保留了"天狗吞日"那种主体对客体的征服欲望和强劲的意志力量的整体象征内核。这一意象作为精神象征，深刻地影响了20世纪三四十年代的诗歌创作。

如果我们的眼界扩展开去，会看到另一种置换变形，即天狗（意志）原型与愚公原型（坚韧不拔的精神象征）的结合。这两种原型在中华民族的精神领域里，形成了"下定决心，不怕牺牲，排除万难，去争取胜利"的完整的意志观念。当然，中国社会需要愚公式的韧性与脚踏实地的精神，需要子子孙孙即群体的力量，但天狗那种偏重意志信念与精神力量的原型意象和心理，在不同的时代条件下也常有回声。

"过客求索"原型及其置换变形

过客是鲁迅散文诗《过客》中的一个形象，它是探索者的原型象征。

"过客求索"的意象,既是作者处于彷徨期的特殊精神状态的反映,也是历史上一切求索者基本特征的诗意概括,其象征意义超越了具体的时空界限。诗作对过客探路过程中的时空、环境、人物神态等的处理,看似随便,实则颇有深意。"时:或一日的黄昏";"地:或一处";"人":不知姓名的老翁、女孩和不知姓名的主人公"过客"。这种有意隐去具体性而突出不确定性和模糊性的处理,使探索者的诗意形象有可能向无限的时间和空间两个向度延伸扩展,增强了人们联想的可能性。而过客"困顿倔强""眼光深沉""衣裤皆破"的神态,以及他面临的环境——"东,是几株杂树和瓦砾;西,是荒凉破败的丛葬,其间有一条似路非路的痕迹"——使人联想到历史上一切探索者的身姿、情态和处境。"两间余一卒,荷戟独彷徨","路漫漫其修远兮,吾将上下而求索"。空旷、荒凉而又无际涯的时空下,历史过客(探索者)是孤独的也是不屈不挠的,从古至今他们的身影时隐时现,深深地镂刻在人们的心中。

作品中过客与老翁、女孩的对话,是过客的心理自白,也是他精神特征的剖示:第一,过客只知前行,不计眼前功利,面向未知的去处,他只有一个信念,"要走到一个地方去,这地方就在前面!"尽管不知前面是什么,但重要的是不能回转,而要探索前行。第二,过客深知"过去","回到那里去,就没有一处没有名目,没一处没有地主,没一处没有驱逐和牢笼,没一处没有皮面的笑容,没一处没有眶外的眼泪。我憎恶他们,我不回转去!"过客的这种从"旧营垒中"出来后的义无反顾的反叛态度,使他永不妥协和退缩,即使前面是丛葬瓦砾也毫不畏惧地穿过。第三,过客的责任感、使命感战胜了孤独感和悲凉感。来自前方的声音在召唤着他,使他不能休息和停顿,他以超人的意志和毅力战胜自我的倦怠、困顿和力量的"稀薄",奋然前行。这里蕴含着为真理而牺牲的崇高人格精神。第四,过客不要任何布施和好意,不要任何劝慰和负担,昂首闯进黑夜中,去继续自己的探索。他要冲破历史的、自我的惰性的束缚,挣脱心理的、外在的一切纠缠,保持顽强的意志而不致半途而废。过客的这些精神特征,使人联想起中国神话中"夸父追日"的原始意象和屈原九死不悔的人格精神。鲁迅笔下"过客求索"的意象带有明显的形而上的哲理思辨特点。过客并不是一个对具体前途盲目无知的迷途羔羊，而是一个对人类历史发展有冷峻思考的精神战士，是一个坚韧不拔追求真理的求索者的象征原型。在他的执着和无畏中，透出的是先行者对人类历史发展过程无限性的深刻感知，对个体意义的清醒认识。他深知社会历史前进的艰难和不可逆转，个人作为历史发展环节中的一个过客，只能以自己的努力达到新的去处，而不可能达到所谓的终极目标。人，应该不断前行、不断求索。即使消逝在这过程中，他的目标总向着未来。诚然，这种思考弥漫着悲凉感，但其深层则是一种积极进取的精神，是夸父追日般的意志力量，是知其不可为而为之的入世态度，是振兴中国社会和民族精神所需要的现代意识。

在现代文学中，过客的意象是独特的和仅有的，但它作为求索者原型的精神特质却不唯表现在鲁迅的散文诗《过客》中。巴金的散文《龙》使我们领略到了这种精神的再现。"我是一个无名者，我寻求一样东西。我只知道披开荆棘，找寻我的道路。""为了得到我所追求的东西，我甘愿在火中走过。""我愿与猛兽搏斗"。"就是火山、大海、猛兽在前面等我，我也要去！"巴金的另一篇散文《日》，创造出同样的意象，表现了同样的精神追求："为着追求光和热，将身子扑向灯火，终于死在灯下，或者浸在油中，飞蛾是值得赞美的。在最后的一瞬间，它得到光，也得到热了。""我怀念上古的夸父，他追赶日影"。郑振铎的《幻境》写一场梦——"是夜云四合，暮色苍茫的时候"，在一座大森林里，猫头鹰射出的两道绿色的冷光威逼着"我"，时时为"我"的前行造成威慑和恐惧。但"我继续地踏着坚实而稳定的足步向前走"，终于"那一对对的绿炯炯的冷光，逐渐的和黑夜一同消失了去，象夜星之消失在晨天上"。读了巴金的《龙》《日》和郑振铎的《幻境》，再体会鲁迅《过客》的意蕴，从中可以领略到，中国现代杰出作家所创造的求索者形象同时是奋斗者形象，充溢着崇高的自我献身精神特质。在"过客""飞蛾"和"龙"的悲壮的探索中，蒸腾着一股灼人心魂的、激人向上的精神力量：为了推进历史的发展，为了人类的未来，自我的牺牲和消亡不足惜；自我是历史过程中的过客，它的存在价值体现在这个过程中，体现在追求奋斗中。"生命是可爱的，但寒冷的、寂寞的生，却不如轰轰烈烈的死。""我要飞向火热的日球，让我在眼前一阵光、身内一阵热的当儿，失去知觉，而化作一阵烟，一撮灰"。在这里，现代中国人对人生价值、人与历史关系的哲理思考，达到了新的境界，中华民族传统的"天行健，君子以自强不息"的崇高人格精神得到了复苏和弘扬，它豁达而不虚空，悲壮而不感伤，它是现代中国惊天动地的历史变革这种社会存在所决定的新的意识的体现。

中国现代文学中的过客原型，除了作为一种精神象征影响到文学价值特质的生成之外，还联结着一个重要的文学母题，即对个人与历史和时代的关系、个体与群体关系的探索。这种探索，贯穿在整个现代文学发展过程中，尤其在知识分子题材中显得格外醒目和更具连续性。与"过客求索"原型置换变形相伴而行的还有"路"这一意象的不断拓展延伸，求索者的精神历程和在"十字路口"的不断选择，是现代作家特别关注的内容，并且成为创作的潜隐模式和新传统。

第四节　中国现代文学的象征隐喻系统

象征，是指用具体的可感的事物来暗示、意指不可见的只可意会的事物，通过联想类比，在象征主体和客体之间凸显其直接的相似性，使陌生的、难以言喻的事物向已知的、具体的意象同化，从而强化人的感受能力和表达能力，使所要表现的内容更加直观，更具感性，同时更加深刻，更具意蕴。文学领域的意象象征，既是一种特殊的表现方式，也是一种由意象作为主体的艺术思维过程。它通过具有约定性的文学意象，以人们熟知的联想物为中介，来表达人们的深层意识和独特感受。正如庞德所说："一个意象即是一种在瞬间呈现的理智与情感的复杂经验。"意象象征具有独到的隐喻功能和意指性，在表达人们的复杂情感和特殊感受方面，特别是在表达那些一般语言所难以言尽的情感体验和意志理念时，它有独到之处。文学意象象征系统及其隐喻内蕴的整体变化，往往标示着某一时代精神和文化的内在变化，也曲折地体现着人们理智与情感的复杂经验。中华民族在漫长的历史发展过程中形成了具有自身特征的意象象征系统和象征符号，它是我国丰富的传统文化遗产的组成部分，也反映着中华民族独特的精神世界和思维方式。象征隐喻在中国社会的意义和功能，使得西方学者感叹不已："中国的象征语言，以一种语言的第二形式，贯穿于中国人的信息交流中；由于它是第二层的交流，所以它比一般语言有更深入的效果，表达意义的细微差别以及隐含的东西更加丰富。""他们形成了一个运用象征式的社会。这种表达方式由于习惯而得到加强，并且将个人公共秩序和道德结合在一起。"①中国古典艺术包括文学作品中，有一整套具有特定含义的象征物、象征符号和象征手法，它深刻影响到中国文学传统的精神和品格；而后世读者和文艺理论家、批评家对其深层意蕴的体味与艺术真谛的领悟，几乎不能绕开对那套象征隐喻系统的破译和解读。从一定意义上说，不了解中国文学艺术中的象征喻意，就难以真正把握中国文学的意蕴和价值。

随着历史的发展、社会的进步和人们思维方式的变化，意象象征系统也发生演变。这里所要着重探讨的，是中国文学从古代走向现代之后，其意象象征系统的变化及其功能和意义。

象征隐喻要真正显示其功能效用，达到暗示、意指他物的目的，首要的条件是创作主体要有作为先在心理结构要素的意象。有了这种意象，才可能产生隐喻象征，才能发现这一事物与另一事物之间的相似性、可喻性，也才能把自己的心理意绪投射其中。人在与大自然、社会的接触过程中，会产生各种各样的意象感受。自然节律、四季变化、风云雷电、人生场景、社会面影等等，都会留在人们的脑海中，形成复杂的意象库存。当作家进入创作过程时，必然

---

① 转引自[美]爱德哈伯：《中国文化象征词典》，陈建宪译，湖南文艺出版社1990年版，导言。

要从自己的意象库存中进行选择，撷取最能充分发挥隐喻象征功能的意象。这种个人的选择，不是强迫的、预定的，它体现着作家的个体特性。当个体的选择性在特定的条件下呈现为群体的选择性时，就表明这一群体形成某种共同意识和心理欲求，他们对事物的关注带有了某些倾向性，出现了某些可以构建新的意象系统的要素。那么，中国现代文学家在一个新旧交替、历史巨变的时代，从自己的意象库存中选择了什么意象并隐喻象征什么内容呢？

中国现代文学象征隐喻系统的重要变化，既是现代人对文学新的价值追求的一种体现，是人的意志情感的曲折反映，也是文学发展和文化进程合规律的一种表现。正如贡布里希（一译贡布里奇）所说："人脑智慧的无限灵活性决定了隐喻使用的可能性；这种可能性证明人脑具有感知和同化新经验的容量——将新经验感知和同化为对已有经验的补充，在完全不同的现象之间找到对等并用一种现象替代另一种现象。假如没有这种持续的替代过程，那么就根本谈不上有语言和艺术，甚至谈不上有真正的文明生活。"①新的象征隐喻内蕴其实质是新的经验感知的特殊同化和补充。美国学者威尔赖特在讲到"隐喻和真实"的关系问题时曾说过："对于任何一种层次上的意义来说，没有语言，思想是不可能的。没有公开的或隐蔽的隐喻活动，语言也是不可能的。把某些隐喻固定化为具有张力感的象征是一个完整过程中的必然阶段。……如果要抛弃所有的象征，那么其最终结果将是语言和思想本身的抛弃。……问题并不在于象征思维和非象征思维之间，而在于把人的思想和感受力限定于由约定俗成的象征所指示的清楚的意义上，并学会用更有张力感的精细性去思维。……有张力感的象征也许能提供关于事物本质的暗示，而这种本质恰是直捷的传递技术必然会忽略或误解的。"②这就是说，运用象征隐喻手法，是要达到直抒胸臆、平铺直叙所不能达到的效果，其中特别重要的是，象征具有很

---

① 范景中编选：《艺术与人文科学：贡布里希文选》，浙江摄影出版社1989年版，第47页。
② [美]威尔赖特：《原型性的象征》，见叶舒宪选编：《神话－原型批评》，陕西师范大学出版社1987年版，第231—232页。

强的暗示性和张力感，这正是它的长处。中国现代文学家对于象征隐喻功能的重视，当然有其具体的目的和特点。象征隐喻是一种思维活动，这种思维活动是以象征为符号进行动演的思维，与以概念为符号形式的抽象推理思维有很大的区别。但是，中国现代作家的象征隐喻思维就基本方面来说，是在理性指导下的一种象征思维，它不同于古人对于自然或社会现象的不理解而产生的象征解释，不是出于对客体对象的疑惑或恐惧；也不同于西方象征主义，在理论上把现实世界看成是虚幻的，凭直觉臆造另一个美的真的世界。中国现代作家即使运用象征思维进行艺术创作，运用象征手法言志写意，其精神仍是十分现实的、具体的。换言之，他们不是要避开现实世界去徜徉于另一世界，把象征隐喻作为逃避现实的方式，而是要用象征隐喻来更深刻地表现现实世界，表达用寻常方法难以表达的情怀意绪。正是这一基本点决定了中国现代作家在象征隐喻中所掘发的意蕴具体而不抽象，深邃而不神秘，特异而不怪诞，不可言传但可以理会，甚至可以说是大众化、世俗化的。它在并不太长的时期内形成了象征符号与被象征物之间为人共知的固定关系。唯其如此，我们才有理由说，中国现代文学的象征系统具有特殊的内蕴与意义，它不是意象的简单变换，也不是概念上的标新立异，而是复杂地反映出现代中国人对于自我、对于社会、对于未来的新的感知和理解，体现着作家新的心态和艺术追求。

　　新的象征隐喻系统的意义，概而言之，主要体现在以下几点：

　　第一，从类化联想到多向思维与象征，创作主体对象征物内蕴有了新的感悟。每一个象征物可能包含多种内蕴和多维象征意义。由于创作主体所处的时代、生活视野、思维空间、体认方式的不同，可能会对同一象征物产生不同的感知，其中最重要的是以什么样的思维方式和角度来认识物我关系。在传统文学中，创作主体多运用类化联想的思维，人与自然的物候关系、物理关系，一般呈线性对应和单一状态。如"秋"这一现象，其显示的是由盛而衰、肃杀悲凉的自然景观，古代文人常从这一现象中引发一腔悲绪愁意，主体的逆境及其产生的心境常与自然界的这种情境融为一体，所以"女思春，男悲秋"成为一种常见的隐喻模式。这种自然物候的特征与人的情感流程的对应就是一种类化联想。再如，断鸿、天涯等意象之于思归意绪，明月之于团圆，都是对应的类比思维。这种思维方式自有它的长处，它往往能将作家的某种情思意绪表现得具体而又淋漓尽致。它最大限度地适应了传统文学的需要，体现了那些时代人们的精神世界。到了现代，时代环境发生了变化，但自然物候现象照样会在作家心底引起感触，构成新的物我关系，它们依然是作家意象库存的重要部分。然而，现代文学家对这些象征物的感悟及其寓意的理解却大有变化。他们不再重复传统象征的类化联想模式，而是在已知的联想物中融进新的人生体验和理性思考，使象征物有了多向的、新的隐喻含义和功能。比如，他们仍然观照"秋"、写"秋"，但却不把重心放在"悲秋"上，转而赞颂秋风秋雨中人的抗争精神，或者揭示秋后是冬、冬后是春的不可抗拒的规律。他们写风云雷电，茫茫宇宙，但不再反衬人的渺小无力，而是象征人的伟岸高大，寄托新的情思。显然，现代文学家不但形成新的意象库，而且自觉不自觉地对象征隐喻的含义进行着置换，使之更具有时代特征，以更充分地反映当代人的情感体验和精神欲求。这里需要指出的是，现代文学家对于意象的选择和隐喻含义的掘发，常常与对时代特征、表现对象的抽象概括相契合，因此，新的意象能为读者所领会。新意象的隐喻含义看似浅显，却成功地反映了群体的心理感受和情绪，它们同样具备负载集体无意识的功能。

第二，由静态观照到动态前瞻，时空意识的拓展与人的主体意识的增强。在传统文学中，作家笔下浩瀚的天空、壮丽的山川、巍峨的峻岭、奔流不息的江河，常常成为人生体验和意志情感的暗示、象征，并由之创作出千古绝唱。但是，传统文学中常常弥漫着情感上的抑郁气息，宏伟、巨大的物象往往反衬出人在自然和社会中的某种受挫感与无可奈何。高山难以逾越，江河一去不返（"逝者如斯夫"）。这时，高山这一物象成为壮志难酬的抒怀对象，江河引发人对永恒无限的哀叹，浓烈的抒情意味往往被"哀而不伤，怨而不怒"的诗教和抑郁的心态制约。在传统文学里，时空范围并不狭小，但是人往往难以成为主体。与之相比，现代文学则是另一番景致。比如，在郭沫若笔下，抒情主人公可以"立在地球边上放号"，眼见"无限的太平洋提起他全身的力量要把地球推倒"；奇特的"天狗"不仅要把日、月、星球、宇宙吞了，而且宣称"我是全宇宙底Energy底总量"。在这里，空间的广袤无垠突出的是人的主体地位，是人的自信和意志情态；巨大的物象不再是压抑人的重负，而是觉醒了的人的力量的象征。鲁迅笔下誓死要吹灭象征封建统治长明灯的疯子，不断求索的过客等象征意象，在其几乎无望和充满悲剧感的奋争中，透出的不仅是义无反顾、九死不悔的进取精神，而且显示出现代人对时间永恒无限的新认识、新思考。历史发展意识的融入和增强，使人类的过去、现在和未来构成一种生生不息的时间链条，个体作为某一环节的一分子，其价值即在具体的实践和奋斗中。所以鲁迅等大家笔下的意象，给人的感受是悲壮而不感伤，孤独但不绝望，其价值指向朝着未来。

第三，象征隐喻的约定性由神秘走向通俗。象征隐喻由此物暗指他物并为社会所普遍接受，需要社会化的约定，即两物的相似性为人们认可并传达出特定的寓意。在这一过程中，还有从现实符号向艺术符号转化的问题。中国传统文学经过长期的发展演变，有着特定的象征意象群和意象库，也有着为人们所公认的约定性。现代文学新的意象系统的形成，同时意味着这种约定性的置换。这种变化的方面是多层次的，但其中较为明显的是这种约定性由神秘走向通俗，由侧重个体感悟转向对社会普遍心理的承载。除少数作家之外（如李金发的诗），现代大部分作家的意象象征都用人们较熟悉的物象来隐喻普遍的情绪和心理感受，不刻意追求神秘深奥，使象征的约定性通俗化。它的好处是象征寓意能迅速被人理解，缺点则是走向极端后使象征近乎比附，失去深层含义和隽永意味。

中国现代抒情文学原型的置换，在客观上与世界文学的面貌是相契合的。这种置换是一种必然，是与中国现代文学的历史使命相关的。

说到这里，需要从原型的层次看中国传统抒情文学的价值导向。抒情文学原型把人的思路引向静思与辽远，引向对终极问题的思考，导向哲学、观念，导向天人合一、道、太极，追求终极价值、超验哲学。有研究者指出："中国汉民族的祖先，一直不是在准宗教的信仰和理性的演绎中，寻求宇宙人生的真谛,而是在对天地万物与自身的观察默想中,去寻找宇宙与生命的真谛,建立一种实践理性化的超越价值体系,作为人文世界建构的原则与依据。或者说,在天地万物中,去寻找出一套适用于天地万物的共同原理——超越价值的实用化母结构,并作为解释天地万物的共同原理。"①抒情文学原型所蕴含的是这种精神升华的结晶。它的极端便是缺乏因对现实的深刻反思而激发的冲动,使不平、不满在终极价值面前平息,达到完满。它的负面影响是在客观上泯灭人的现实追求和欲望。其最根本的问题是与人的现实价值追求形成冲突,与历史要求形成被动的顺应关系。

但是,中国现代文学的特性是要直接面对人生现实,包括抒情文学在内,都要以文学对现实社会发生积极作用为旨归,文学的价值系统发生了整体的变化。所以,中国诗词由古代向现代的变化,是一个整体的多种层次和因素的变化。在表现对象、艺术手法变化的背后,是艺术原型的变化,心理倾向的变化,审美意识的变化。而其深层的根源,是抒情的目的由对人与宇宙自然关系的沉思,转向人对现实社会关系的关注,对人生现实所孕育的激情的直抒胸臆。

古代诗词,重在人与自然宇宙关系感悟的层面上深化,侧重于深邃的发掘和细微的体验;现代文学重在对社会人生前途、命运思考方面的展开,是向宽阔的维度发展。这两种不同的维度决定了诗的原型的不同,这个不同是后天决定的,是古人和现代人人生经验与感受的不同决定的,所以它对原型有着优势选择的机制。虽然今诗和古诗中可能有同样的原型意象,但是它构成的意境可能不同,触发的原型心理也可能不同。

中国文学在从古代向现代的转变中,无疑不能与传统隔断联系,比如,抒情文学中对自然节律、四时变化等象征意象的运用,仍然是普遍的现象,甚至某些作品在一定程度上仍然以对自然宇宙力的呼唤表达强烈的情感,如郭沫若话剧《屈原》中的"雷电颂",不仅仅是对罪恶势力的诅咒和对自我激情的

---

① 徐金葵:《生命超越与中国文明》,上海文化出版社1991年版,第59页。

抒发，而且从全剧来看，它有着对"自然力之佑助"的祈求，或者说有一种"与尔偕亡"的对黑暗现实的诅咒情绪。这也是正义处于劣势，主体无法克服客体（对手）时的一种普遍心态，这种心态与远古先民无法抗拒自然时的心态既有区别又有相通之处。这种激情是屈原的，也是郭沫若的和观众的，它依然反映了一种寻求"自然法则""公正""天理"的心理。观众需要从这种明知不可为而为之的希求中得到解脱和满足。因之，这不能仅从其浪漫主义的手法方面去理解，还应从中看到它的深层民族心理、集体无意识。然而，现代抒情文学领域的主导倾向表现为另一种景象。现代社会打破了建立在农业经济基础上的天人关系，冲淡了人与物之间的那种依存情怀，代之以人与社会关系的进一步紧密。传统文学中种种意象已不足以表现现代人的心理感受。文化元典中的一部分被重新激活，近代积淀的新的心理体验，如再生原型被推到意识的前台。换句话说，原型心理的历史性变动要求与之相适应的意象的变动。再如，"万物有灵"的宇宙观在文艺的创作中有着重要的影响，但是，这在不同的历史阶段和社会背景下有不同的表现形态。在早期乃至古代文学中，万物有灵论表现为神话等方式，反映人类的一种宇宙观，表明自己的一种理解和态度；到了现代，"万物有灵"的观念经过长期的演变，主要成为一种象征、隐喻，一种约定俗成的联想物和符号，并具有了现实的社会性含义，大地、太阳、月亮、春、秋、黎明等等的"灵魂"不被特别重视，引起重视的是它的形态和功能的比喻。

这种情况在现代散文中有同样的反映。中国现代散文在很长的时间内，主要不再是沿着对人与宇宙关系思虑的维度向纵深突进，而是沿着对人与社会关系反映的维度向纵向拓展。即使如四季变化这样的传统原型意象所引发的也是现代社会性情感，带有现实的色彩。郑伯奇《冬》中写道："一到冬天，我只感觉到没落、衰颓，和说不出的凄凉。一到冬天，我便感觉到一种末日的到来。""这种感觉象鬼气一般侵进了我的肌肤！""当然，这也不止冬天。中国的自然和社会，始终总带一种冷酷肃杀的情调。"臧克家在一篇名为《老哥哥》的作品中说："秋是怀人的季候。""又是秋天了。秋风最能吹倒老年人！我已经能赚银子了，老哥哥可还能等得及接受吗？"无处不是社会，无时没有现实，就是对自然的感触也容易导向对现实关注的象征。这里展现的不再是纯粹的情思，不再是个人感怀和邈远的遐想，而是现实处境、生存状态。

第六章 中国叙事文学原型的现代置换

第一节　叙事文学原型的置换与民族精神的重铸

　　笔者在拙著《中国20世纪文学价值论》中论述现代文学价值系统重建的背景时指出，中国现代的文化形态，是从一种历史类型（古典型）向另一种类型（现代型）变革的过渡型文化，并引述苏联美学家卡岗的观点："一种历史类型的文化被另一种排挤掉的过程，每次总产生过渡型文化，在过渡型文化中，过去文化和未来文化的特性处在活动的平衡中，或则相互矛盾地冲突和对抗，或则相互趋向协调。""在某些方面，过渡型文化的信息容量和内在丰富性大于'纯'文化"，"它的内容的特征是把已经成为过去的某种文化类型逐渐变革为新型的、不过还没有占统治地位的文化，这种过渡过程出现在过去和未来相互结合的许多不同的方案中"。①中国现代这种变革和过渡不是在封闭起来的圈子中进行的，而是在中西文化交汇的背景下进行的，过渡的过程就是吸收外来营养的过程，是变革的过程，也是新的文化模式生成和嬗变的过程。现在探讨文学原型时，我依然重述这种基本看法，同时我还想到卡尔·雅斯贝尔斯在《论历史的意义》中表述的同样的观点：最伟大的精神作品就是过渡时期的精神作品，亦即处在时代的交替时期的作品。他举如下例子说明：希腊悲剧就发生在从神话向哲学过渡的时期。德国唯心主义哲学（从费希特到黑格尔，直到谢林）则发生在从信仰上帝到不信仰上帝的时期。过渡时期总是一再发生。一种过渡时期运动的深度，所带来的是有关存在与真理的最清晰的见解。精神历史的最伟大的现象，即是过渡时期的开始，同时是它的终结。人的伟大之

---

　　① [苏]莫伊谢依·萨莫伊洛维奇·卡岗：《建立文化史类型学的原则》，见《美学和系统方法》，凌继尧译，中国文联出版公司1985年版，第308、313页。

处，就表现在这种过渡时期的条件下①。我认为，中国现代文学，相对于在此之前几千年的传统古代文学和在此之后还在嬗变中的当代文学，就是这样一个具有历史意义的过渡时期，而文学原型的置换变形，可以说正是这种过渡性文化及其变革的一种表征和感性显现，其意义是非同寻常的。

20世纪中国文学的重要目标之一是改造国民性，原型的置换是这种过程中的特殊中介和手段。原型是民族心理的深层体现，文学中原型的置换变体在特定条件下才能进行。中国现代就是一个原型置换的千载难逢的历史时刻。中国现代文学的深刻变革，在很大程度上正是以文学原型的置换变形为特征的。

中国现代文学把民族精神的重塑作为自己最重要的历史使命，把改造国民性作为明确的目标，也就实际上把揭示中国人的集体无意识作为一个重要的方向。鲁迅、老舍等对国民精神的批判，其意义恰恰在于他们触及了集体无意识。他们对落后的民族精神的批判，既是对集体无意识的揭示，也是对产生落后的集体无意识的文化精神的批判。《阿Q正传》的成功就在于对中国人乃至人类某种共同心理情境的揭示，它的普遍性、超越性在于触及了共同心理原型。作者所说的画出国人的魂灵，具体来说，就是画出心理图式，就是揭示国人落后的集体无意识，触及民族的文化-心理结构。文学对国民精神的深刻触及，莫过于对文学原型的置换来得深刻而有力，揭示特定情势下人们的某种心理状态和处世的方式。

中国现代文学原型的置换是必然的，但是在当时却不是理性意识到的。当时文学革命的一个重要目的是要文学"为人生"而且要改良人生。这种很明确的文学目的和价值观，对现代中国叙事文学系统原型的置换有着直接的影响。它不仅对原型故事和模式置换，而且试图对母题置换，进而对原型功能置换。其中特别重要的是对宣泄功能导向的调整和对教育功能的强化。写出"血与泪"，叫出"我的控诉"，也是一种宣泄、一种批判。但是这种宣泄和控诉功能先是以抑制娱乐功能为代价，继而则是对宣泄本身的抑制，转而强调现实

---

① [英]汤因比等著，张文杰编：《历史的话语——现代西方历史哲学译文集》，广西师范大学出版社2002年版，第57页。

功用，它的标志就是由文学重在表现人生向指导人生的转换，是对文学社会功能的强化和历史价值的突出。所以中国文学叙事系统的原型置换，即母题的置换是在这种总体的背景下进行的。这种情况，当然对于揭示集体无意识和重铸民族精神产生效果不同的影响。从这里可以看出中国现代文学与传统文学和西方外来文学这三者之间的微妙关系。

西方现实主义以其长期积累的艺术经验而极大地满足了中国现代文学的变革需要。它不仅提供了创作方法、艺术观点，而且提供了一些新的主题和叙事角度。西方现实主义文学对历史的真实反映、对社会的批判，以及它深广的认识价值，比中国传统叙事文学单方面地要求通过故事来阐明一个伦理道德观念，当然更有优势。现实主义的典型与原型有着特殊的关系，典型环境中的典型性格，就是能体现群体精神和集体无意识的形象，它反映的不是表面的真实，从一定意义上说，典型就是某种精神的典型、人格的典型。典型概念的引入和创作实践，为中国叙事文学原型的置换变形提供了最重要的契机。因为典型从其内质结构来说，与原型有同样的特性。西方小说的引进对于中国叙事文学的意义，首要的是对传统母题的冲击，对小说观念的改变。这种改变有其特定的目标和范围。

西方现代主义文学的引进对于原型的置换发挥了意外的推动作用。

现代主义文学在某种意义上说，表现的是一种类型，特别是心理类型（类型是现实主义文艺所不欣赏的，它被认为在艺术上低于典型），但是现代主义不是在现实主义文艺基础上的倒退，其中的关键在于现代主义表现的不是类型人物和类型主题，而是人类的心理类型。《恶心》《城堡》《变形记》等小说，《等待戈多》《秃头歌女》等戏剧，荒诞而又不荒谬，就在于它揭示的是一种心理情境、一种心理图式，有其特殊的真实性和价值。

从现代主义文艺总的发展趋势来说，它的一个重要特征，就是要透过他们认为的表面真实和社会事象，去揭示所谓纯粹的真实，解释现象背后的实在。与现代主义文学相互依存的现代哲学，把寻找人的精神家园作为目标，把解释人性的本源和存在作为重要的内容。现代主义文学因而形成了许多似乎矛盾的现象。比如，一方面大胆地冲击传统的禁忌，冲击传统的思维方式和情感方式，大胆地对以往的艺术欣赏习惯进行反拨，似乎要轰毁几千年来人类形成的文化心理结构；另一方面十分推崇神话、远古文明和艺术，肯定原始艺术思维方式，又回归到远古。在如此矛盾又如此统一的现象中，就有现代主义对人性、人类心理原型和集体无意识等问题的探索精神。正是从这个意义上说，现代主义文学的引进，对于中国文学原型的置换有着不可忽视的作用，在客观上推进了对心理情境的揭示和重视。中国现代文学中的象征主义、精神分析、新感觉派、表现主义等等流派的作品，在挖掘人的潜意识、人的特殊情势下的心境、人的深层情感和体验方面取得的成果，从一定意义上说，也是对传统原型的触及。

第二节　现代历史转型期的文学原型置换变形

　　文学原型的置换，尤其是历史性的重大置换变形，需要特殊情境、内在动因和历史契机。中国文学发展到"五四"时期，具备了这些条件，引起了文学原型多层面的、新的、历史性的变动。这一时期，新文学创作中一个与传统文学形成极大比照的现象，是一批引起精神界震撼而又新奇怪异的形象（意象）的出现，如狂人、天狗、凤凰涅槃、阿Q等等。它们在现代文坛的出现，不单单是作家提供了几个新的艺术形象，也不是以其外在的独特怪异来惊世骇俗，而是原型的激活，是集体无意识的深刻触动，是久被压抑的精神力量的释放。传统文学原型在这时被大胆扬弃和置换，可以说从根本上奠定了新文学价值内蕴和艺术品格质变的基础，也表明了新文学在改良民族精神方面的追求指向。从一定意义上说，"五四"新文学具有坐标和基因的性质，极大地影响了20世纪中国文学的精神特质和价值取向，而这与"五四"时期文学原型的置换及其在此基础上的变体发展有很大关系。

　　20世纪中国文学相对于传统文学，是具有新的精神特质和价值意蕴的文学系统。文学原型的置换,是其重要的标志。文学原型负载着民族的共同心理和情感体验,也反映着文学的深层特质。文学原型的激活、发现和置换,是民族精神、民族心理整体变动的先兆和曲折表现,也是文学价值系统重构的重要反映,它甚至比文学的表现对象、手法和技巧等变化的意义都更深刻和内在。

中国传统文学有着自己的原型系统,有具体的原型神话、原型意象、原型象征和原型母题系列,它们的形成和不断置换变体,既反映了文学发展演变的历史,也体现了中华民族精神变化的轨迹。

作为中国现代文学的伟大开端,"五四"文学的开拓性、先导性意义日益被人们意识到。在诸多方面,它都具有基因的特性,其基本要素和因子在此后都得以进一步发育、变体、成长。"五四"文学的这种特性,不仅表现为语言文体、表现对象、主题开掘等方面的变革,还表现为对传统文学原型的置换。而后者比前者更为重大深刻,但往往被忽略。

"五四"文学中出现了一系列新奇怪异而又震撼心灵的形象(意象),这些形象作为具有约定性的联想物,深刻地触动了中华民族共同的心理体验和情感世界,负载着久已存在的集体无意识。它们的出现,不仅仅是新文学奉献的几个特殊形象,而且是对久被尊崇的传统文学原型的一次历史性置换。这些被重新发现、激活和创化的原型,体现了那个时代中华民族共同的、深层的心理情感,反映着新的精神追求和意识取向。原型的整体性变动,也表明了文学价值系统和意蕴的整体变化,它在深隐层次决定了这一时期独特的文学风貌。

然而,20年代后期,随着时代环境的变化,文学在社会大系统中的位置也有了新的变化和调整,"五四"文学中那种热烈、浪漫的气氛不复存在。与思想启蒙、"人的发现"等精神领域的变动相联系的原型"瞬间再现"。不仅如此,"五四"时期产生的文学原型似乎变得不合时宜。人们意识到,狂人"救救孩子"的呐喊已显空泛;"女神"创造全新的太阳的理想也没能即刻实现,抒情主人公转而怅望"星空";象征祖国更生的"火凤凰"的目标在实践中显得极其艰难;"天狗"气吞日月的精神此时带上了个人主义膨胀之嫌;"娜拉走后"不断出现的悲剧,从不同的方面提醒人们"听到关门声"并不是问题的终结；更有甚者，激进的批评者认为阿Q时代已经过去，阿Q已经死去……这些现象表明，新文学的价值重估和整个现代文学价值系统的调整已成为现实问题。新文学从兴起发展到发生如此重大的转折，仅仅走完了一个十年，这种状况在中外文学史上并不多见。时代的变化、时间的延伸和文学的向前运动，这种双向同步变化的结果，加重了人们意识上的错觉，以为"五四"文学精神只属于"五四"时期，"五四"文学中的原型意象似乎也只是作家奉献的几个独特的形象而已。

中国现代文学在此后的发展表明，尽管"五四"文学与二三十年代后的文学风貌确有很大的不同，"五四"文学中如前所述的文学原型也不再重现，但是，"五四"文学中的几个最重要的原型观点和原型的精神特质，却深刻地影响到整个现代文学乃至当代文学。"狂人"的理性思考精神和反叛传统束缚的意识，"火凤凰"的再生、变革意识和弃旧图新的精神，"天狗"征服客观世界的强烈意志情感，"过客"的求索精神和献身精神，"娜拉出走"的意象不断被赋予新内涵和变异发展等，都说明"五四"文学中的原型反映的不仅仅是"五四"时期中国人的意识追求和心理情感，而且是整个中国现代历史进程中中华民族普遍的精神特质，体现了现代中国人新的世界观和价值追求指向，也反映了现代中国人相对稳定的思维方式、意识结构。"五四"文学典型因此具有原型的性质，其原型观点在此后经过置换变形而得以发展深化。而对创作者来说，这些原型观点作为潜意识已经进入他们的创作。指出这一点，并不是要得出只有"五四"时期才出现文学原型的简单结论，而是试图通过对原型的置换变体的分析，认识中国现代文学在其发展演变中究竟反映了现代人怎样的精神追求和心理情感，从而进一步认识和估价中国现代文学的深层价值意蕴，认识文学价值在中国现代历史发展和人的发展中的社会实现。

"狂人呐喊"原型及其置换变形

狂人，是中国新文学的奠基之作《狂人日记》中的一个特殊形象，是新文学中第一个被激活的原型。此后的《长明灯》中的疯子是它的补充发展。

《狂人日记》的创作受到果戈理同名小说的触发，作者对狂人（疯子）心理的、生理的知识的熟悉，也给塑造这样一个形象以很大便利，但是狂人作为原型，却根植于民族心理深处，是具有约定性的"已知联想物"。

在中外历史上，狂人或疯子这一本来主要表明人的生理和精神异常的概念，不断被赋予文化色彩，用以象征和代表某种不同于常人的人及其精神特征。因此，在现实生活和语言环境中的狂人、疯子，实际上具有了病理学和文化意识上两种不同的含义。而作为狂人的一些基本特征，如精神反常、行动怪诞、思维紊乱以及言行不合规范等等，一经与社会文化领域内某些人的状况联系起来，用以解释和突出他们迥异于常人之处，这时，狂人和疯子就成为离经叛道者和反传统者的代名词。人们对他们的这种理解和看法的不断变化与重复，加上人生经验的不断积累，便对狂人和疯子有了一些基本的、固定的社会文化角度的解释，形成了相对稳定的观念，并深深地镂刻在心理结构之中。可以说，人类对疯子或狂人的理解具有某种超个性的、共同的心理基础。它们无疑是一个典型的、反复出现的原型，而且，在不同的文化背景下，被赋予不同的原型观点。

几乎在世界范围内，历史上的许多圣哲、先觉者，许多对人类做出伟大贡献的科学家，都曾被诬称为"疯子"而加以迫害。这些伟人的重要特征，是他们对真理的不断追求，对传统的强烈反叛，对权威的动摇。他们的出现对现存秩序和传统观念往往造成威胁，在他们身上往往反映出人类的追求精神和探索精神。他们被加上"疯子"的恶名，显然主要是从文化、社会方面指责他们不合传统规范，而非病理学上真正的疯狂。美国著名人物传记作家托马斯夫妇合著的《大哲学家传》，令人注目的冠以"圣哲·常人·疯子"的大标题，绝不是偶然的随心所欲，它反映的恰恰是一种公众心理。这本传记在记述从柏拉图、亚里士多德直至尼采、桑塔亚那等二十名圣哲事迹时，特别突出了他们既疯狂又极理智的复杂情态，反映出作者从社会历史和人类精神发展方面对"疯子"的积极评价。关于"疯狂"，福柯有独到的理解，他认为疯狂的艺术可以颠覆现存的知识、理性和常识，通过"反叛的话语"，力图重新塑造求真意志,并且以此来对抗流行真理。他指出:"疯狂和艺术作品同时存在,因为它开始了其真理的时代。艺术作品和疯狂同时诞生和完成的这一时刻,就是世界发现其自身受到了艺术作品的控告,发现对它面前一切负有责任。疯狂的策略和胜利就在于:认为可以通过心理学来评估和证明其合理的这个世界,必须在疯狂面前证明它自己是正当的。"①在中国历史上,在我们的民族心理和语言体系中,与"狂"相关联的人或事物,也带有不合传统规范和放肆无忌的特征,如"狂夫""狂徒""狂童""狂生""狂言""狂草"等等。这种"狂",往往反映了人的一种新的精神状态和反叛的要求。狂人在中国文化中,是一个负载着我们民族长期以来希望摒弃孱弱性格、超越传统规范等集体心理的原型。它早已存在于人的心理深处,并具有约定性。把这种共同心理和情感体验化为具体可感的形象,使蕴藏于民族心理中的集体无意识内容,通过个体方式得以凸显,则是鲁迅的伟大贡献。

狂人原型一经鲁迅发现并创化,便具有了个人色彩并带上了"观点"。狂人的内蕴是复杂的,它问世后得到的不同评价就是证明,但它有基本的特征,主要体现在两个方面:其一,鲁迅笔下的狂人,是一个觉醒者的原型意象。这主要表现在他对中国历史和现实本来面目的清醒理解和感知,对人在历史上和现实中的生存状况的冷静思考。在这方面,理性思索和感性体验的结果是相同的,即意识到中国封建历史是"人吃人"的历史。作品中狂人的敏感、错觉和多疑,与其说是"疯子"的病理反应,不如说是狂人对封建社会人际关系的一种直观体验和条件反射。其二,狂人是一个反叛者的原型。他不仅在认识层面上超乎常人,对"从来如此便对"的思维方式和观念提出大胆质疑,而且在行为方式上也狂放不羁,反抗传统强加于他的一切桎梏。这种精神在《长明灯》的疯子身上更加突出。这个疯子的主要特征是不屈不挠地反抗,不怕孤独和力量的单薄,宁死不屈。熄灭长明灯的举动反复证明这一点。意识上不同于常人而又极为理智,行为上勇猛反叛而又旨归明确,决定了狂人不是丧失理

---

① 转引自周宪:《二十世纪西方美学》,南京大学出版社1997年版,第407—408页。

性的迷狂者,而是一个具有先觉者特质和反抗者精神的复合原型的特殊形象。这两方面的基本规定性,奠定了狂人这一原型在此后其他文学作品中被置换变形,其代表的原型观点被进一步改造发挥的基础。

在现代文学史上,狂人原型的出现并不断置换变形,是与中国现代文学的反封建性质和现代化指向紧密相连的。狂人原型在鲁迅和其他作家的许多作品中曾不同程度地出现。这些人物形象也都程度不同地在思维和行为方式、情感态度等方面,有着狂人的某些特征,流淌着狂人的血液。

狂人原型在20世纪20年代中后期及三四十年代的置换变形,沿着两种向度和途径展开,影响到不同文学形象的塑造,不同人格的品评,同时联系着不同主题的拓展。

一是从肯定的向度展开,使狂人原型与"新人"形象组合。叶绍钧《倪焕之》中的主人公,茅盾小说中"孙舞阳"型的女性,巴金小说中的青年革命者(如《灭亡》中的杜大心、《雨》中的吴仁民、《电》中的李佩珠),特别是"幼稚而大胆的叛徒"高觉慧,丁玲小说中的莎菲及《一九三〇年春上海》中的青年革命者,蒋光慈笔下的女革命者如王曼英,等等,这些形象的出现,集中体现了作者在新的条件下,对作为觉醒者的知识青年的精神状态和人生道路进行思考的新结果,包含着他们对新人格的发现和期待。这些"新人"在大革命后,或迷茫,或痛苦,或深感愤懑,或设法复仇,或坚持斗争重新追求,情况颇为复杂。但是,他们身上都涌动着一种不甘屈从、不甘认命的浮躁情绪和反抗精神,有着普遍的由感性体验和理性思虑交织而成的新的人生意识。在他们的人格意识结构中,传统的伦理道德束缚已被冲破,沉潜萎缩的孱弱性格被摒弃,一种新的积极向上的追求意识支配着大胆的甚至是不合规范的举动。他们有缺点,有失败,但重要的是他们代表着新的人格类型,有着狂人式的反抗精神和理性思维意识,在对"从来如此便对"的传统观念质疑后,对"现在应该如何才对"的问题进行探索和实践。用巴金在《雨》中对吴仁民的分析来说,这类人虽然性格如雨一般浮躁、狂暴,但只要在正确信仰的支配下,能够走向健全的人生道路,他们是有希望的。现代中国需要这种精神的张扬和人格的建树。显然，狂人原型观点，影响了作家对这类形象性格特质的把握。

沿着这一向度，狂人原型的置换变形还有另一种组合，即狂人原型与悲剧原型的组合。

鲁迅小说《孤独者》中的魏连殳，曹禺《雷雨》中的繁漪，路翎小说《财主底儿女们》中的蒋纯祖，甚至可以包括丁玲《莎菲女士的日记》中的莎菲，都是现代文学中突出的、有意义的悲剧形象。这些人物形象程度不同地有着狂人的影子，或者说，他们的性格中有狂放的一面，而他们的人生结局都是悲剧。耐人寻味的是，作者没有把他们的悲剧原因简单地归结为外在客观势力，也没有简单地归结于主观方面，而表现出一种复杂的情感态度和价值评价，不管是对魏连殳还是对蒋纯祖，也不管是对莎菲还是对繁漪，作者在批判、否定中都有同情、赞美和肯定。这种复杂微妙的态度和评价曾使读者和批评者困惑以至产生不同的看法。其实，这种现象并非由作家的思想局限所导致，它恰恰反映出现代杰出作家一种独特的艺术视觉：揭示新的积极进取的人格精神和值得肯定、赞美的国民性格，怎样由于客观的和主观的原因而走向毁灭，酿成悲剧。这一独特的对具有狂人色彩的悲剧人物命运的思考和再现，大大深化了中国现代文学悲剧作品的深度，并拓展和丰富了现代文学人物性格的内涵。从这个角度说，作者对上述人物的塑造也赋予了他们"新人"的某些特点，并与狂人原型组合。

二是从否定的向度展开，即以狂人原型为一种价值坐标，反观现实人格状况，对依附型、萎缩型和奴才型等愚弱人格进行批判和否定。在现代文学中，与"狂人呐喊"的意象和"从来如此便对么"的质疑形成鲜明比照的，是一系列愚弱、愚孝和愚忠的皈依传统的人物形象。他们还在"从来如此"的观念束缚下呻吟，如巴金"激流三部曲"中的高觉新和陈剑云，"爱情三部曲"中的周如水，《寒夜》中的汪文宣，丁玲《莎菲女士的日记》中的苇弟，茅盾《虹》中的韦玉，曹禺《北京人》中的曾文清，等等。他们按其所处的时代及其经历来说，本应具有"新人"的特点，但他们的精神世界实际上仍然被传统道德桎梏着，外界的压力和自我的压抑造成了他们畸形的人格。"作揖主义""顺世哲学"等人生信条，压抑和扭曲了他们正常的精神欲求和意志力量。在现代中国，这是一种落后的、对社会人生的发展无益也无能为力的人格类型，是与狂人式的冲动、进取精神相冲突的。作者对这类人物性格给予了断然否定。他们不是坏人，但他们的精神状态和行为方式都会在特定情势下有利于落后势力。因此，对这种人格的批判同对狂人精神的提倡一样有意义。

狂人原型的置换变形，从正反两方面持续不断的形象创造中反复强调着一个重要主旨：对奴才心理、孱弱人格和皈依封建传统的批判、否定，对理性思考精神、积极反抗精神和健全人格的张扬、肯定，同时把这种批判和否定、张扬和肯定纳入中国现代历史发展和人的发展的视野。

"娜拉出走"原型及其置换变形

挪威剧作家易卜生的名作《玩偶之家》（一译《娜拉》）中的女主人公娜拉，是在"五四"时期介绍到中国并对现代文学产生很大影响的一个艺术形象。这部剧主要通过娜拉从信赖丈夫海尔茂到逐渐认清其虚伪、庸俗和自私，因而与其决裂、离家出走的情节，塑造了一个勇敢追求人格独立和个性解放的叛逆女性的形象。这部作品和这一艺术形象，在中国现代文学中所起的作用异乎寻常。据陈平原先生研究统计，从剧本翻译来看，1918年到1948年，就出过九个不同的中译本；从舞台演出来看，20世纪初一直到五六十年代，《玩偶之家》在中国舞台上的上演可说是历久不衰。从创作来说，受其影响，娜拉型的剧作在20年代就有胡适的《终身大事》、熊佛西的《新人的生活》、侯曜的《弃妇》、郭沫若的《卓文君》、张闻天的《青春的梦》、余上沅的《兵变》、欧阳予倩的《泼妇》等，甚至还出现了"男性的娜拉"。之后，有白薇的《打出幽灵塔》、夏衍的《秋瑾传》、于伶的《女子公寓》等。[1]此外，"娜拉"还在中国现代文学其他体裁样式中出现，如鲁迅有以《娜拉走后怎样》为题的演讲（文章）；小说中有一系列娜拉型的形象，如鲁迅《伤逝》中

---

[1] 陈平原：《娜拉在中国》，见《在东西方文化的碰撞中》，浙江文艺出版社1987年版，第232—253页。

的子君，茅盾小说中的女性形象系列，丁玲小说中的知识女性，蒋光慈小说中的女革命者，等等，甚至在当代文学中仍有"出走"这一意象的延续。

在不同的戏剧作品中，"出走"有时候表现为现实的行动，这多半发生在无爱而封闭的生活情景中；有时候是一种灵魂逃离的象征，即以戏剧主人公的死来表示精神的"出走"，这多半发生在有爱无缘的生活情景中。无论是个人对家庭的叛逆、背离，还是生命对现实的逃避，都反映着人们反抗传统道德的集体无意识。[①]这些现象表明，娜拉在中国的重大影响超越了一般艺术形象的意义，她是对中国长期以来关于女性独立意识的触发和潜力的解放，是人格独立的一种象征。中国传统文学中那些企图挣脱"家"的束缚的女性形象，到这时才有了实质性的变化，终于迈出了"家"门。娜拉这一典型在特定的情势下，成为负载中华民族新的心理欲求和情感体验的文学原型。可以设想，如果不是在新文学初期译介这一形象，中国现代文学迟早也会产生同样的意象原型。

娜拉这一形象能在特殊情形下扮演中国文学的原型，当然与她自身所具有的典型性，其意义的人类共通性和普遍性有关系。她不仅联系着女性解放这一世界范围内有现实性和针对性的课题，而且，"离家出走"这一举动是深藏于人类心理深处的、个人独立的象征原型，是一个具有普遍的约定性的联想物。这一基本规定性决定了中国现代文学在其创新时期，很自然地把她拿来作为中国女性反封建、反夫权的样板和象征，并从这个已知联想物上受到启示，把她的神髓注入中国女性解放者身上。

"娜拉出走"这一原型意象，在"五四"时期的文学中，主要象征妇女对家庭及精神枷锁的挣脱，"五四"之后，"娜拉出走"很快便被"娜拉走后怎样"这一更为现实的课题取代，易卜生的结论成了中国现代作家探索的新起点。这是由中国现代社会的特点所决定的，也是由中国妇女解放这一内涵的扩充发展所要求的。因为中国现代妇女解放与社会解放及民族解放有着深刻的

---

① 宋宝珍：《易卜生与百年中国话剧》，载《中国图书评论》2007年第1期。

关系，女性的命运和价值实现不仅取决于个人有无独立意识和个性要求，还特别取决于出走后在社会上的状况，亦即女性个体如何把自身的解放与社会的解放联系起来，做出怎样的人生道路的选择。因此，随着"娜拉走后怎样"的命题的展开，娜拉这一原型被迅速置换变形和发展，衍生出诸多的娜拉型女性出走之后的人生图景及文学主题，概而言之，大致有："子君"型（《伤逝》）——离家出走之后终于又回到家中，以至在寂寞无望中死去；"静女士"型（《蚀》）——出走之后参加革命却又不断陷入失望和幻灭；"梅女士"型（《虹》）——在个性解放的道路上挣扎后投入集体洪流，从而获得"新生"；"陈白露"型（《日出》）——个性解放的道路上取得过暂时胜利但终于堕落、死亡；"林佩瑶"型（《子夜》）——从封建家庭出来又成为资本家的太太而陷入"金丝鸟笼"；"赵惠明"型（《腐蚀》）——离家后由于政治上的误入歧途而成为罪人。

此外，还有如巴金笔下的"妃格念尔"型（如《电》中李佩珠）、庐隐笔下的"露莎"型（《海滨故人》）等等。这些女性在其人生历程和精神生活中，都曾把离家出走作为第一个起点，而她们迈出封建家庭的门槛之后，情况就极为复杂。她们的不同命运和结局与她们的不同选择相关，而这种种选择又联系着中国现代历史中的诸多方面，所以，"娜拉走后怎样"这一原型意象的置换变形和演化又具有超越妇女解放这一范围的更深广的意义，成为构成中国现代文学创作整体格局的重要方面。

"阿Q精神胜利"原型及其置换变形

鲁迅的小说《阿Q正传》中的主人公阿Q，是一个超越时空范围、凝结着人类某些共同心理情感体验和集体无意识的特殊形象，是寄寓着愚弱国民精神劣根性的原型。阿Q这一形象所具有的挖掘不尽的丰富内涵，为评论者和读者提供的广泛的批评角度和立论的可能性，说明了它不是一个一般的艺术形象，而具有多种原型要素复合的特点。作为一个现实主义文学的典型、一个落后农民的典型，它是真实的、成功的；作为一种整体象征和隐喻系统，它更是成功的：有原型的心理模式的特征、功能和约定性要素，有文学隐喻系统的暗示因子和联想的张力。阿Q作为原型，在承载民族心理经验和集体无意识方面，其深刻性、普遍性都是异常突出的。作者在由一个艺术形象的创造而画出国民的灵魂、揭示人类某些共同弱点上，完成了一次伟大的尝试和超越。这里的奥妙就在于触及了人类普遍的、深藏于无意识中的心理原型。

阿Q的心理、举动，如忌讳癞疮疤、盲目自尊、忘记耻辱、向更弱者泄恨、不承认失败等等，并没有以明显的暗示和直露的影射来表现要画出沉默国民魂灵的意图，读者却能一下子穿过了阿Q言行的表层而在心灵深处引起震撼。可以说，《阿Q正传》不同于《狂人日记》，它主要并不是以主人公的怪异行动来惊世骇俗，而是具体地挖掘在阿Q"这一个"身上所具有、在其他人身上同样具有的情境体验和潜隐心态，这些体验和心态在具体人、具体情境下可能会有不同的具体表现，但其心理结构、行为模式是共同的。而正是这一深层原因决定了：一方面，读者读了作品后"对号入座"，并且"懔懔地反省自己的灵魂"（茅盾语）；另一方面又能"使读者摸不着在写自己以外的谁，一下子就推诿掉，变成旁观者，而疑心到像是写自己，又像是写一切人，由此开出反省的道路"。[①]这正如荣格所说："在内容方面，原始意象只有当它成为意识到的并因而被意识经验所充满的时候，它才是确定了的。"[②]阿Q的言行举动有他自己的依据和逻辑，作为原型"它所代表的不过是某种类型的知觉和行为的可能性而已"[③]，而把这种可能性变成概括国民劣根性的现实模式，主要不依赖于批评者的阐述，而是基于人们某些普遍的、共同的人生经验和心理体验，是原型的被激活。同时，"原型作为核子和中心，发挥着类似磁石的作用，它把与它相关的经验吸引到一起形成情结。情结从这些附着的经验中获取

[①] 鲁迅：《答〈戏〉周刊编者信》，见《朝花夕拾》，中国言实出版社2016年版，第188页。
[②] [美]霍尔、诺德贝：《荣格心理学入门》，冯川译，生活·读书·新知三联书店1987年版，第45页。
[③] [美]霍尔、诺德贝：《荣格心理学入门》，冯川译，生活·读书·新知三联书店1987年版，第45页。

了充足的力量之后,可以进入到意识之中"。①阿Q这一形象的产生和它问世后的反响,已成为中国现代一种重要的文化现象,这一切只有从民族心理方面才能做出深刻的解释。

  阿Q还有多种原型要素复合的特点。他的护短、自尊、转败为"胜",是精神胜利的原型。他的自轻自贱、畏惧强者、施暴于无辜者是典型的欺软怕硬的原型。他的自我解嘲、忘记耻辱是隐讳弱点的原型。他对"先前阔得多"和本姓"赵"的炫耀,既表现掩饰现在的困境和失望于未来的倒退、后视意识,又有着倾慕权势、恐惧强者的心理意向。他的这种精神状态,很容易使人想到一切处于没落期的意识形态,是一种奴才的心理原型。这些不同的侧面,任一方面的展开,都可能成为某一类人格的写照。正因为阿Q这一形象在诸多方面联系着愚弱国民精神的特质,他的精神活动和行为方式才成为触通人们心理深处原始意象的特殊符号和契机。阿Q除了作为一个落后的、不觉悟的农民的典型性之外,其心理模式和行为方式还有被赋予不同具体含义的可能,如同一切原型一样,这一复合原型不断被加上"个人色彩"的意义,衍生出一个个的原型观点。自从阿Q降生,许多学者的研究和对其意义的新发现,实际上都是从一个新的角度对他的心理模式的一种凸显和阐述,论者都试图把它解释为某一种原型。在这一点上,其"典型性"与"原型"是相通的。阿Q之所以不会"死去",是因为,只要有与阿Q相似的情境体验和心理内容的存在,只要有产生阿Q精神意识和行为模式的现实的存在,或者说,只要弱者与强者共存而弱者不能正视自己的处境,就会有阿Q现象的出现,它就会被不断重新确认,阿Q的原型就会被不断赋予新的观点。

  茅盾当时就指出阿Q是"中国人品性的结晶","而且阿Q所代表的中国人的品性,又是中国上中社会阶级的品性","阿Q这人,要在现社会中去实指出来,是办不到的;但是我读这篇小说的时候,总觉得阿Q这人很是面

---

①[美]霍尔、诺德贝:《荣格心理学入门》,冯川译,生活·读书·新知三联书店1987年版,第46页。

熟"。①周作人非常赞同茅盾对阿Q这个普通国人的典型形象的评说,他补充道:"阿Q这人是中国一切的'谱'——新名词称作'传统'——的结晶,没有自己的意志而以社会的因袭的惯例为其意志的人,所以在现社会里不存在而又到处存在的。""他像神话里的'众赐'(Pandora)一样,承受了恶魔似的四千年来的经验所造成的一切的'谱'上的规则,包含对于生命、幸福、名誉、道德各种意见,提炼精粹,凝为个体,所以实是一幅中国人品性的'混合照相',其中写中国人的缺乏求生意志,不知尊重生命,尤为痛切,因为我相信这是中国人的最大的病根。"②阿Q原型的被激活,是我们民族对于自身进行历史性反省的一个重要成果,是民族精神觉醒的特殊标识。它体现着作为文化革命旗手的鲁迅改良民族精神伟大实践所达到的崭新水平,也反映着中国现代新文化、新文学进行价值调整的恢宏气度与现代品格。勇敢地反省历史、深刻地自我感知和理性地批判,不仅标示着对过去理智反思的态度,也充满着超越过去面向未来的意志情感。

阿Q原型的发现、激活,开创了中国现代文学史探索国民劣根性的先河,使得"刻画出隐伏在中华民族骨髓里不长进的性质"的工作,在后起的一些杰出作家手中得到继续和发展。老舍、沈从文、萧红、张天翼、路翎、张爱玲等,以及20年代的一些"乡土作家",都曾程度不同地在各自的题材领域以不同的视角和方式,拓展和深化着这一源流,形成了中国现代文学的重要风貌。

阿Q原型的复合性质和涵盖面的广博,意蕴的深邃,使人们几乎难以找出与之相提并论的其他形象,也几乎难以勾勒出它在此后置换变形的轨迹,但研究者却又分明直观地感到这一原型对此后现代文学创作产生的深刻影响,因而不能否认它的置换变形。在这种情况下,最容易出现的思路是从现代文学中农民形象系列演变的视角出发,罗列从阿Q、闰土、祥林嫂等农民形象,到30

---

① 茅盾:《致谭国棠》,见罗炯光编选:《现代作家书信》,文心出版社1993年版,第514—515页。
② 周作人:《阿Q与〈阿Q正传〉》,见刘文荣选注:《十大名著》,文汇出版社2020年版,第673页。

年代蒋光慈、茅盾等笔下的农民形象,再到40代丁玲、周立波、赵树理笔下农民形象的变化。这种分析视角有其道理,也能反映出现代文学创作中一些线索和规律。但是,这却仍然不能说明阿Q作为原型的置换变形。这里的关键是,阿Q虽是一个落后农民的形象,但阿Q原型却不仅仅负载了农民的精神特质,他的意义不限于对农民状况的揭示,而是愚弱国民魂灵的原型。正是这一点决定了阿Q原型的置换变形不是朝着"落后、不觉悟的农民——逐渐觉悟的农民——起来反抗、掌握自己命运的农民"这样的向度演变,而是沿着不断地"刻画出隐伏在中华民族骨髓里不长进的性质"的向度深入,在严酷的阶级斗争、民族斗争的生死关头拷问灵魂,在不同的文化背景下深刻反省。同时,随着时代的变化和作家意识的变化,这种深入、拷问和反省,逐渐与对中国社会现实和历史的思考结合起来。在老舍的《四世同堂》中,在张天翼的《鬼土日记》中,在巴金后期的小说(特别是短篇小说)中,在沈从文以湘西民风反衬城市人生的作品中,在萧红的《生死场》《呼兰河传》中,在曹禺的话剧《北京人》中,在张爱玲的《金锁记》等一系列小说中,我们看到了与阿Q有某种"血缘"关系的、被茅盾称之为"老中国的儿女"的人们。他们中有贫苦如阿Q的农民,也有不愁吃穿却虚度人生的知识分子,有出身豪门巨族的败家子弟,也有人性畸变的各类女性……他们与阿Q相比有着极不相同的境遇,却与阿Q有着深刻的精神联系。在这里,显示着现代作家对改造国民性的新的思考及结论,既揭示出愚弱国民性格中的"蛮劲"在新的环境中的蠕动勃发,也毫不客气地剥脱"老中国的儿女"身心中的脓疮,从独特的角度和层面,探索中华民族的死路与生路、过去与未来。这应该说是阿Q原型置换变形的主要向度和方面。这类作品,其意义和价值是别的类型的作品不能代替的,它们更多地含有文化哲学的意蕴,借用茅盾的话说:"过去五十年,一百年,二百年,三百五百年,甚至于一千年,人类的思想方式,生活方式,都象用了'费短房'的缩时术似的。""而我此时感到尤其欣慰的,是我们的作家原来并没辜负这神秘的祖国。在我身边这一堆美丽的或朴素的书本子里,藏着整个的中国社会在着;我们社会内的各'文化代'的人们都有一个两个代表站在这一大堆小说里面。"①另外，我以为，现代文学原型的置换变形，在三四十年代还有两个重要的现象值得重视：一是30年代鲁迅在《故事新编》中，对庄子的无是非观，叔齐、伯夷的逃避现实，老子的消极无为等观点、意识的批判，实际上是一种原型观点的批判；而《故事新编》艺术上的"油滑"等特异现象，似应从这一研究视角做出解释。二是在40年代，以郭沫若为代表的历史剧的集中兴起，以及它们产生的重要影响，也应从文学原型角度进行研究和阐述，而不应仅仅看作是借古喻今或寻找历史的相似性。

第三节　叙事原型模式的消解与置换变形

中国现代文学发展中，对传统叙事文学原型的承传和重新创化形成了新的景观，这主要表现为：

其一，传统题材原型的再发现和置换变形。有直接取自神话的题材或形象，如女娲补天（鲁迅小说《补天》、郭沫若诗剧《女神之再生》），羿和嫦娥（鲁迅小说《奔月》、吴祖光话剧《嫦娥奔月》），眉间尺（鲁迅小说《铸剑》），大禹（鲁迅小说《理水》），牛郎织女（吴祖光话剧《牛郎织女》），等等。有取自传说或历史人物的，如庄子（鲁迅小说《起死》），老子（鲁迅小说《出关》、郭沫若小说《函谷关》），墨子（鲁迅小说《非攻》），屈原（郭沫若诗剧《湘累》、话剧《屈原》），叔齐、伯夷（鲁迅小说《采薇》），孟子（郭沫若小说《孟夫子出妻》），孔子（郭沫若小说《孔夫子吃饭》、冯至小说《仲尼之将丧》），秦始皇（郭沫若小说《秦始皇将死》），项羽（郭沫若小说《楚霸王自杀》），司马迁（郭沫若小说《司马迁发愤》），贾谊（郭沫若小说《贾长沙痛哭》），聂嫈、王昭君、卓文君（郭沫若历史剧《三个叛逆的女性》），文天祥（郑振铎《桂公塘》），等等。

---

① 茅盾：《茅盾论创作》，上海文艺出版社1980年版，第148页。

其二，自然物象象征的社会意识化。大量的自然物象和意象原型象征物成为叙事文学作品的命题。如以时序变化和自然现象象征社会的变化和时代特征的作品：《死水微澜》（李劼人），《大波》（李劼人），《春》（巴金），《秋》（巴金），《秋天里的春天》（巴金），《寒夜》（巴金），《子夜》（茅盾），《风萧萧》（徐訏），《暴风骤雨》（周立波），《春雨》（王统照），《日出》（曹禺）等；以自然物象象征人物性格和精神状态的作品：《雷雨》（曹禺），《雾》（巴金），《雨》（巴金），《雷》（巴金），《电》（巴金），《虹》（茅盾），《蚀》（茅盾）等；以自然物象象征某种精神现象的作品：《夜》（叶绍钧），《月牙儿》（老舍）等。另外，还有许多叙事文学的篇名也以象征意象命意，如《秋夜》《春夜》《一种云》《冲出云围的月亮》《夜上海》《长夜行》《长夜》《风雪夜归人》《暗夜》《火》《故乡》《边城》《围城》《长河》《果园》《桃园》《竹林》《桥》《憩园》《家》《猫城》《鬼土》等。它们多是整体的隐喻象征，象征命意本身具有时代特色。

其三，传统原型在部分作家作品中得到继续。如京派小说中的意境与传统心理有联系。苏雪林在分析凌淑华的小说时实际指出了她的小说中所具有的传统原型意象："本来失意的诗人，不第的秀才，老废军人，行脚僧，寡妇，贫女，和老处女都是特殊典型的人物，他们本身遭遇虽不幸，摄入文字却都成了绝妙的题材。这是和斜阳，下弦月，荒城暮笳，晚钟残韵，战雨的枯荷，瑟瑟西风中的黄叶，轻红寂寞的垂谢芙蓉，抱枝悲咽的秋蝉，翩翩落花间的瘦蝶……一样富有诗美，凄清的诗情，冷艳的诗美。"[①]沈从文在评论徐志摩的作品时，阐述了自己的看法："更重要的，也许还是培养手与心那个'境'，一个比较清虚寥廓，具有反照反省能够消化现象与意象的境。"[②]

---

① 苏雪林：《凌淑华的〈花之寺〉与〈女人〉》，见《苏雪林文集》（第三卷），安徽文艺出版社1996年版，第224页。
② 沈从文：《从徐志摩作品学习"抒情"》，见《心与物游》，北京联合出版公司2014年版，第213页。

但是，中国现代叙事文学原型的置换变形，更重要的表现为对传统原型母题的消解和置换。

中国叙事文学母题的置换，显示着群体心理、文化模式和社会意识的变化，文学关注重心的变化，也是集体无意识在特定情景中的"瞬间再现"。

现代文学原型的置换发轫于近代，首先是叙事模式的变化和原型母题的消解。据有学者考察，清末民初小说的题材相对集中，前期主要为官场，后期主要为情场。官场小说中分化出"忠奸对立"模式的消解和"官民对立"模式的转化这两种趋向，情场小说则分化出"无情的情场"和"三角恋爱"这两个主题模式。官民模式的消解是因为新小说家否定当代官场中存在忠贤与奸邪之争，认为只是官与民的冲突。于是，从"清官万能"到"清官无能"，再到"清官比赃官更可恨"，至此，新小说家方才彻底消除了传统小说中作为整体框架的"忠奸对立"模式。晚清作家由于对官场完全绝望而抛弃使用多年的"清官-贪官对立"模式，但又一时找不到行之有效的新的主题模式，因而出现搜罗话柄以成"类书"这么一种尴尬局面①。

如果说清末民初的这种变化还只是在某些方面有所反映，而且主要是一种模式变化的话，那么，"五四"时期文学革命的冲击和整个现代文学的深入发展，则是一次普遍的、真正的原型的置换。现择其重要者试剖析之。

"官民对立"模式变化和原型的置换

由先前"官民对立"模式变为"官逼民反"、"奋起革命"（被压迫者对压迫者的反抗），后来则为了突出阶级意识的觉醒和无产阶级的领导，官与民两相对立这一模式有了微妙的置换。在原先传统"官民对立"模式中，官是作为压迫者，民是作为受压者，民被官逼得走投无路起而反抗，官是主动者；到后来，民之反抗意象中，民是自发地起而反抗，民变成了主动角色。然而，民的这种变化似乎缺乏根据，于是在官（剥削者、统治者）与民（压迫者、反

---

① 参见陈平原：《中国小说叙事模式的转变》，上海人民出版社1988年版。

抗者）意象的微妙变化中，就出现了一个"先觉者"的形象、智者的形象。这种智者，不同于《水浒传》中的智多星，不是军师的角色和幕僚的身份，而是肩负着启迪民智、传播真理的重任。他在情感上与民相通，在人格上与民平等，但是他的意识高于民，是民精神上的引路人。这一智者的意象，在现当代中国文学中都可以看见他的身影。瞿秋白当年曾对这种现象有所议论，但终无改大局。因为，这一意象的置换不纯粹是臆想，而是有现实基础和心理基础。

从"忠孝不能两全"到"革命+恋爱"

忠孝观念和忠孝不能两全的母题模式，是中国传统叙事文学中一个重要的原型。

宋朱熹在《诗集传》中云："无私恩，非孝子也；无公义，非忠臣也。"钱钟书指出："后世小说、院本所写'忠孝不能两全'，意发于此。""皆言公义私恩，两端难执，顾此失彼，定夺取舍（choice），性命节操系焉；怀归将父，方此又缓急不可同日而语矣。""盖谓若同临焦头烂额之危者，一女而一男，则孰弃孰取，尚有犹豫之地；脱二人均为丈夫身，则弃取立决，可抛父或兄无顾尔。"①

忠孝不能两全实际是由一对不能克服的矛盾所构成的特定关系，因为二者都极重要而使选择极为艰难、痛苦。在中国，由于伦理观念的根深蒂固和伦理道德在社会生活中的巨大作用，忠于国家和孝敬父母被视为人格品行的重要标准，甚至成为人格节操最后的试金石。但是在某种特定形势下，则需要在二者之间做出选择。许多文章、文艺作品都曾细微地表现过这种抉择过程中当事人的精神痛苦和变化，而最终往往以"忠"胜"孝"为理所当然的结局。这在长期的历史过程中形成一种思维定式和观念意识，一种共同的文化心理结构，也形成重要的创作模式和原型主题。

"忠孝不能两全"原型母题，是以忠与孝是否构成冲突及其达到的程度

---

① 钱钟书：《管锥编》（第一册），中华书局1986年版，第134、136页。

而决定的。而"革命+恋爱"的模式同样是以对革命的忠诚与对爱情的忠诚的冲突构成的。"忠孝不能两全"的原型主题,在现代先是置换为"父与子的冲突"(即忠于信仰而违反孝道),后置换为"革命+恋爱"的冲突创作模式。

"革命+恋爱"的模式,是在20世纪20年代后兴起而影响很大的创作模式。这个模式的深层根源,还是传统的忠孝冲突的原型母题,只是以爱取代了孝而已。而这种置换,正表明两性之爱在现代有了很高的位置,它已超过了孝道的地位;而忠君被革命取代,说明现代人的政治信念,即忠于革命就是忠于国家,就是大义大仁。如果把这一模式的变化进一步展开的话,则可以看到较多的社会思潮、文化精神和价值观念的变化轨迹。

"五四"时期及之后的"革命+恋爱"模式的盛行,在一定程度上实际反映了爱情成为被特别看重的社会观念,就是说恋爱重要到可以与革命相提并论的位置。后来它不再作为文学创作的模式,除了作家的认识发生变化之外,还有一个重要的原因就是它在实际生活中确已不构成主要冲突。作品中的这种模式,一方面是集体无意识的置换变形,另一方面与特定的社会环境有关系,就是荣格所说的"特殊情境"下的"瞬间再现"。举个极端的例子:"文化大革命"时期,文学中没有这种模式,因为这时爱情已没有什么位置,或者说耻谈爱情问题(如样板戏中的人物),这时自然不会出现"革命+恋爱"的模式了,忠成为心灵的一切,孝也就不存在。待到"文化大革命"后,爱情又有了位置,于是这才有"改革文学"中的改革与爱情的矛盾,有了情与理的冲突。80年代文学中一度出现的呼风唤雨的改革者,大都被放在情爱的"火炉"上来考验,或者表现人性的丰富性,或是说明改革者的牺牲精神,但是许多作品似乎又重新进入一种模式,这就是事业与情爱的冲突。再到后来,随着社会思潮、价值观念的变化,道德意识的淡化,这种情形自然也不复存在。因为对于当今的改革家、企业家来说,金钱、效益才是最为重要的,情爱问题已经不再构成可以和事业相冲突的矛盾,爱情似乎不再那么神圣和重要。而读者也不再会对这一类主题有兴趣。这一母题不再盛行的背后实在有深层的社会原因和文化、心理原因。

"游子回乡"原型的置换

游子回乡是中国传统诗歌中一个重要母题，现代叙事文学利用和置换了它，使其有了完全不同的意蕴。

首先，现代文学中大部分表现故乡这一传统母题的作者即游子，其本身与故乡构成的意象关系发生了变化。游子主要不再是一个被逼背井离乡者，一个远离家人、精神无所皈依者，一个远在天涯的断肠人，而是一个自觉离家出走者，一个精神上的叛逆者，他对故乡采取的是一种反观的视角，而不是抱着投入故乡怀抱的情怀。游子站在时代的高处反观故乡，是游子回乡和故乡原型母题置换的第一个原因。

其次，与之相联系，故乡不再是精神的家园、安顿灵魂的处所，而变成中国传统文化的象征，中国农业社会的缩影。作者对于故乡的怀恋，多限于童年的美好记忆。而当成熟的游子再回故乡时，现实的故乡便覆盖了那种美好的记忆和情绪。鲁迅的《故乡》就是一个典型例子，乡土作家的作品则集中表现了这种感受和意蕴。

在特定的情势下，中国人也把整个国家看成故乡。中国现代出现了一批远离国土的游子，他们从大洋彼岸或东瀛之岛眺望故乡中国。这时，他们对祖国故土格外亲切和怀念，因为他们离开本土意味着也离开了精神家园；这时，他们才能展开自己想象的翅膀，赞美"如花的"故乡（如闻一多），抒发炉火一般的热情（如郭沫若）。然而，当他们真正回到故乡的怀抱时，他们才有了痛心的发现："这断不是美的所在。"故乡以更大的心理和文化上的反差被作为反观甚至批判的对象。

当然，同样是对故乡的反观，另有一些客子则对故乡有着真正的怀恋之情和向往之心，他们是京派小说家，其中有的人以"乡下人"自居。

京派小说描写了一系列乡村世界，描写了他们心中的故乡，如沈从文的湘西世界，汪曾祺的苏北乡镇，废名的湖北故乡和北京的城郊，芦焚的河南果园城等。在这里，故乡另有意蕴和寄托，这些流入城市的客子对于故乡的精神漫游，带着欣赏的态度。"在京派乡村中国世界的描写系统里面，存在着乡村与城市两种文化的基本对峙，包括两种生活形态、两种文化环境、两种人性的对立性的描写。经过对这个基本模式的文化的、艺术的观照，寄托了京派丰盈的人生感情、审美理想和他们的历史哲学。"与此相关，他们的小说也反映了一种心理原型，一种融进意境之中的理想生活模式和生命模式。"象林徽因《模影零篇》中的《钟绿》，对一个再难重现的美人的回忆，《吉安》对一个再难重现的被压抑的技术天才（在意象上正如《钟绿》的"薄命美人"的命题）的回忆，李健吾的《坛子》对卑屈女人一生如一个未成为瓶子的破坛儿的回忆，以及汪曾祺在人生的'过去'式之外加上的'最后'式……都显示了京派小说这类平静地回溯人生的模式。"①

"尊天崇父"原型的置换

尊天崇父是中国文化中的原型意象。尊天是对权威的尊崇。进入现代，中国文艺开始对这种现象进行反拨，由尊天崇父到"反父"，这一原型在现代文学中成为一个否定的原型。封建家长、老太爷、父亲基本上被作为封建家族的代表受到批判。从一定意义上说，传统文化中的尊父意识向"反父"意识的转变，是中国人深层无意识的变化之一。

现代作家对于家长、父亲似乎表现出了一种本能的反感，"在男性社会中间，家长是我顶弄不清楚的一个观念"。"我自己，我敢说，生下来就好象怕一个人，一个修短适度、白面书生的中年男子——不用说，是我父亲。我怕他。"②这种情感在相当程度上几乎成为现代作家的共识。也许是这种深层心理或潜意识的作用，现代文学中出现了一系列封建家长或父亲的形象：赵太爷、鲁四、四铭（《呐喊》《彷徨》），高老太爷（《家》），周朴园（《雷雨》），曾皓（《北京人》），吴老太爷（《子夜》），蒋捷三（《财主底儿

---

① 吴福辉：《乡村中国的文学形态——〈京派小说选〉前言》，载《中国现代文学研究丛刊》1987年第4期。

② 李健吾：《家长》，见《李健吾散文集》，宁夏人民出版社1986年版，第313页。

女们》），等等。这些形象在整个现代文学作品中大都具有典型意义，基本上都与行将崩溃的封建时代联系在一起，是将无可避免地走向灭亡的代表。这除了是一种现实的反映之外，恐怕与作家普遍的对于尊天崇父原型的反叛有关，与这一原型不知不觉的置换有关。

现代文学中被置换的重要原型还有："忠奸对立"模式弱化，只是在特定时期（如抗战时）在历史剧中再次兴起；"侠义"主题受到批判，代之以时代新人的为阶级利益而奋斗；"清官意识"由于特定的时代面貌和社会结构所决定，不再成为创作模式；大团圆模式开始被破除，出于写出"血与泪"的真实和加强作品批判功能的需要，决定了以悲剧为结局的必然性和现实意义。另外，"痴心女子负心汉"模式弱化，表明道德伦理意识的弱化，政治意识的强化。这一原型的消解与现代妇女地位的变化相关。现代意义上的妇女不再把"汉"作为自己唯一的依靠，其"心"不再如传统妇女一般"痴"。同时这一问题被现代作家认为已不构成主要的冲突。电影《一江春水向东流》对这一主题的表现，很明显地把它与新的历史事件和政治意识联系了起来，"负心汉"的"负心"已不是纯粹伦理道德的问题了。值得一提的还有，中国现当代文学在表现英雄与敌人、正义与邪恶的较量时所出现的脱离现实、虚妄、"理想主义"等现象，不仅是作家不熟悉生活的缘故，而且可能是原型模式和心理需求的一种反映。小说的故事情节是现实的，但表达的情感和发泄的深层意识是十分传统的。瞿秋白所说的"脸谱主义""英雄主义"等可能是古代"英雄斗龙"原型、"侠义"原型的一种现代变体。

第四节　中国现代文学叙事意象系统

中国现代文学史上较为常见的意象，大致可以分类为：一，以客观物象为主体的意象，较常用的如故乡、家、路、原野、大地、围城等。二，以自然现象为主体的意象，如雾、雨、电、雷、水、春、夏、秋、冬、火、夜、日出、云游、蚀、虹等。三，以动、植物及其特征为主体的意象，如狗、猫、狼、羊，枣、银杏、白杨、橘树等。四，以神话传说为主体的意象，如凤凰涅槃、天狗吞月、女娲补天等。五，以日常生活中的事物为主体的意象，如炉中煤、药、花环、长明灯等。六，由社会人生和历史所幻化出的意象，如受难者的"母亲"、压迫专制者的"父亲"的意象，"人吃人"和"狂人呐喊"的意象，等等。这些意象本身并不仅仅出现在现代文学作品中，但是，它们经由现代文学家的发现、激活、创化，就形成了反映现代社会人的心理感受和发挥象征隐喻功能的意象系统。现就以其中几个典型意象为例试做分析。

"家"的意象

家在中国社会结构中的重要性和中国人浓厚的家庭观念对人心理的深刻影响是无须赘言的。"欲治其国者，先齐其家"的古训，表明家的重要地位和它在社会大系统中的功能。在传统文化和文艺作品中，"舍家保国"往往表明主人翁深明大义、忠贞不渝，而家本身并未受到直接的否定，相反，家常常与孝相联系。但是，在现代文学作品中，家的概念被重新理解，家的意象有了新的意蕴，家作为家族制度和封建礼教的象征物、作为封建社会的缩影而被否定和批判。这主要还不仅仅是指我们大家所熟知的巴金的长篇小说《家》。其实在巴金的《家》问世之前和之后，许多作品中都隐含着"家"这一意象，并由此涉及与之相关的许多文学母题。在"五四"时期，文学作品中被肯定和赞颂的人物形象，他们所遇到的首先是家庭冲突、是"父与子"的冲突，他们的反抗精神和先觉性首先表现为与封建家庭的矛盾和决裂，如冰心的《斯人独憔悴》、淦女士的《隔绝》、欧阳予倩的话剧《泼妇》等等。这时，作品主要展示了冲出家门之前的觉醒者的战斗身影和精神状态。20世纪20年代后期，作家的创作视野从家庭转向社会，追踪跨出家门之后青年的人生历程成为重要的文学主题，但是，"家"的意象仍然占有主要位置。家在这时，不仅仅被视为客观存在的物象，而且是一种精神象征。对于家的态度和主人公与家的关系，成为揭示人物性格特征、追溯人物人生经历和精神变化的主要方面，如《伤逝》

中的子君、《虹》中的梅女士、《莎菲女士的日记》中的莎菲等等。同一时期，"革命+恋爱"创作模式的盛行，其实也包含了国与家（"新家"）、个人与群体的关系这一问题。30年代后，一批重要作家，特别是革命民主主义作家，由于各种原因，他们没有去正面展示波澜壮阔的社会革命，却在继续揭示家的内部方面取得了重要成果，曹禺的《雷雨》《北京人》，老舍的《四世同堂》，巴金的《憩园》《春天里的秋天》，路翎的《财主底儿女们》，林语堂的《京华烟云》，张爱玲的《金锁记》，等等，在表现家庭内部的冲突和解体时，把家庭或家族的衰微视为一种制度的崩毁、一种文化精神的衰落。作家们不再着重追究家庭成员个人的道德品行或罪责，而着力揭示人们一旦囿于家的氛围之中，就或者会成为"吃人者"，或者"被人吃"，或者成为无所事事的多余人，以至于走向变态或毁灭。"家"这一象征意象，更多侧重于对人的伦理、情感等精神状态的隐喻，在一定程度上，"家"即是"枷""锁"，是人精神的樊篱。可以说，在现代文学中，"家"这一意象，越到后来越呈现出由感性领域向理性领域升华、由物理属性向心理属性延展的态势，它不仅是作品所直接描写的对象，更重要的是作为一种意象活跃于作家的创作意识中，作家在表现反封建的主题和个性解放时，总是自觉不自觉地注意到"家"的隐喻象征意义。

"夜"的意象

在现代文学中，不仅有许多作品以"夜"的意象直接命题，如《夜》（叶绍钧）、《某夜》（丁玲）、《子夜》（茅盾）、《寒夜》（巴金）、《月夜》（巴金）、《长夜》（姚雪垠）、《茫茫夜》（蒲风）等等，而且有大量的作品在写到夜的时候，都包含了更深层的象征隐喻色彩。如鲁迅的小说《狂人日记》《药》《祝福》《长明灯》《明天》《孤独者》《伤逝》等，主人公的悲剧总是在夜幕笼罩下达到了顶端，浓重的夜的阴影与令人窒息的人生环境融合为一体，给人心理上以重压。他的散文诗《野草》中的名篇《秋夜》是一篇整体象征之作，存在于秋夜之中的每一物象，都具有特殊的象征意味。

那奇怪而高的夜空，眨着冷眼的星星，窘得发白的月亮，摧残花草的繁霜，与直刺天际的两株枣树，不屈不挠的小粉红花和小飞虫、栀子花，等等，形成了一种特殊的对立关系。即使读者拉开历史的距离，不过分求其字面具体含义，也能从这深夜秋色图中，领悟其深邃的精神。叶绍钧的短篇小说《夜》，实际描写的是革命者在反革命政变中被杀害的现实，在这里"夜"是白色恐怖的象征，是一种氛围的渲染。在现代文学中，"夜"的象征已与传统文学中的侧重有所不同。作品中写到的夜不再是恬适、宁静的所在，作者不再用夜的静谧、肃穆来比拟自己平静、淡泊的内心。现代作家对"夜"的观照和领悟，具有新的侧重点：一，黑夜隐喻复杂、恶劣的环境，它与太阳、白天是对立的。夜不仅在精神上给人以重压、愤懑，而且掩盖着一切罪恶，它常常是狰狞恐怖、险象环生的，是该诅咒的。二，夜具有的普遍性的象征命意在前一个含义的基础上，融进了作者动态的视角和意识，使其具有了明暗交替的意蕴，如《子夜》和《日出》就有黑夜逝去是黎明的象征意蕴。还有两篇著名的作品，似乎是以写夜的美好为其主旨的，一是朱自清的《荷塘月色》，一是鲁迅的《夜颂》。但是，《荷塘月色》的静与作者内心的"颇不宁静"形成强烈的反差，写夜的静是为了反衬和表现心境的不静。《夜颂》则充满着反讽意味，作者"爱夜""颂夜"，是因为被虚假的阴霾覆盖着的白天其可憎远胜于黑夜，光天化日之下到处是"热闹，喧嚣"，"而高墙后面，大厦中间，深闺里，黑狱里，客厅里，秘密机关里，却依然弥漫着惊人的真的大黑暗。现在的光天化日，熙来攘往，就是这黑暗的装饰，是人肉酱缸上的金盖，是鬼脸上的雪花膏。只有夜还算是诚实的"。"白昼暗于黑夜"的反讽，借助于"夜"的意象揭露抨击黑暗现实的有力。"夜"这一意象被现代作家普遍发现、激活和创化，反映出现代人新的感受和对新的文学价值要素的追求，而且逐步演化成具有特定含义的象征物。

"水"的意象

水和山一样，在中国古典文学艺术中，尤其在诗歌、绘画中，是被描绘、表现的重要对象。现代作家眼中"水"的意象和古代相比已有不同的意义，而且变换了表现角度。除少数作家，如受泛神论和道家哲学影响较深的郭沫若和沈从文等，较多以"水"表现人的自然生命意识之外，大多数作家赋予"水"特殊的社会含义。由"水"这一原型衍化出的意象，如"小河""长河""死水""死水微澜""大波""激流""暴风骤雨"等等，已经不是作者对这些自然现象本身的理解所产生的简单联想，也不是一般的移情，而是在领悟"水"的原型性象征含义的基础上，对中国现代社会历史特征的诗意概括。换句话说，是被隐喻象征的客体本身产生了这种只有用"水"这一意象主体来象征的要素。

"水"这一原型性象征，在东西方社会有相同和相似的理解。在西方人看来，"其普遍性来自于它的复合的特性：水既是洁净的媒介，又是生命的维持者。因而水既象征着纯洁又象征着新生命。在基督教的洗礼仪式中这两种观念结合在一起了：洗礼用水一方面象征着洗去原罪的污浊，另一方面又象征着即将开始的精神上的新生"①。中国人对"水"的理解可能有所不同，但决不与此相反。现代中国人不否认"水"象征纯洁和新生命，又特别强调了水的流动性，水是"活的"这一特性。从周作人在"五四"时期写《小河》象征思想解放处处受阻，到30年代巴金以《激流》象征时代精神不可抗拒；从李劼人以"死水微澜"象征辛亥革命前中国社会的些微变动，到周立波以"暴风骤雨"来隐喻中国现代社会历史性巨大变革，其中反映出的作家的共同点，即对社会变化的敏锐感触，不期而然地都以"水"这一原型意象来隐喻，其核心则是"活水"这一命意。朱熹《观书有感》云："问渠那得清如许，为有源头活水来。"中国人从古至今，对"活水"的赞颂寄托着自己的情怀，也包含着某种期待，同时渗透着哲理意味。

---

① [美]威尔赖特：《原型性的象征》，见叶舒宪选编：《神话-原型批评》，陕西师范大学出版社1987年版，第228页。

"路"的意象

在中国传统文化中，路是人们熟知的联想物，"路"的意象屡被用以象征某些抽象的概念。《孟子·告子上》说："义，人路也。"《孟子·离娄上》又说："义，人之正路也。"屈原的"路漫漫其修远兮，吾将上下而求索"的名句，更是世代相传，为后世文人所推崇。舍生取义，为求索真理而九死不悔，这些传统道德情操与崇高的人格精神是中华民族优秀文学遗产，而"走正路"这一意识已深深地镂刻在中国人的内心深处，成为一种集体无意识。每一时代又都为"正路"赋予新的具体含义。中国现代社会，是一个发展道路极为曲折的时代，对"正路"的不断选择是重要的时代特点。文学中"路"这一意象格外醒目正是这种历史现象的艺术反映。大致而言，"路"的意象在作品中的出现，与作家某种探索性意识相关。现代文学中，它具体表现为"路"与作家对中国社会前途、革命道路、人生价值等问题的思考相联系。鲁迅不仅在《生命的路》的杂文中，站在整个人类历史发展的广阔背景阐述人的生命之路的问题，在《故乡》《伤逝》中有对"路"的精辟议论，而且在他的整个《彷徨》集中，乃至全部文学活动中，都可以说塑造了一个"两间余一卒，荷戟独彷徨"的不屈不挠的探路者的形象。他自己就是一个上下求索的精神战士。茅盾不单有以《路》命题的中篇小说，而且在诸如《三人行》《蚀》《虹》《你往哪里跑》《腐蚀》《子夜》等著作中，都程度不同地涉及"路"的选择问题，尤其是主人公对"路"的选择问题。叶绍钧的《倪焕之》，巴金的"爱情三部曲"，丁玲的《一九三〇年春上海》，胡也频的《光明在我们前面》《到莫斯科去》，路翎的《财主底儿女们》，郁茹的《遥远的爱》等一大批作品中，人物的命运及其结局都与对"路"的选择相联系。当然，对"路"的选择不是决定作品的思想特点和人物意义的唯一因素，但却是最重要的因素。在艺术表现上，这类作品的构思大都有一个主人公从这条"路"到那条"路"，或从"路"的这一端到另一端的潜隐模式。从正面来说，往往是从个性主义到集体主义的转变，或从错误思想意识到正确思想意识的转变，主人公走完这种"路程"的作品目标也就达到了；从反面来说，人物的人生道路和心路历程往往正好相反，其结局必然是一场人生悲剧，人物命运的终点便也是"歧路"的终点。而在这种"从……到……"的创作模式中，实际就有一个"路"的意象在支配着作家的创作意识。

除过以上几个例子外，现代文学中十分重要的意象还有许多，如用雾、雨、电、雷来隐喻人物的性格，用春夏秋冬来象征时代的特点和变化，用血与泪象征被压迫者的苦难人生，用白杨、银杏、枣树、蔷薇等挺拔带刺的植物象征独立不羁的人格，用野狼、蝮蛇、怨鬼隐喻未经驯化、不为传统观念所束缚的人生意志，用故乡的意象来喻某种文化精神，等等。一些名作、一些形象和一些术语，本身就是以一个意象来命题或作为载体，如《围城》《边城》《长河》《野草》《金锁记》等作品，如狂人、长明灯、天狗、凤凰、过客、影子等形象，如"无物之阵""灰色人生""老中国的儿女"等术语。

如果把这些意象按象征功能来分类的话，大致可归结为这样几类：第一类是否定方面的意象，如家、夜、冬、雾（巴金的小说、茅盾散文中都有对雾的模糊柔弱性的批判），以及狗、猫、羊、父亲（家长的代表）等。第二类是肯定意义上的意象，如春、光、太阳、黎明、大地等等。前一类往往倾注着作家的批判意识，后一类则包含着期待；前一类多象征现实，后一类则侧重表达理想。介乎二者之间，作为从现实到理想的转化过程的，是第三类意象，如水、激流、雷、雨、电、火等具有动势和力度的意象。

稍加比较就可以发现，现代文学中的意象在整体上与古代文学有区别，古代文学家笔下常见的一些意象，如落日、断鸿、小桥、流水、危栏、孤帆、游子、在水一方、杜鹃啼血、华歆苍发等等，已不再占主要方面或已不多见，代之以或象征光明与黑暗对立的意象，或象征生死搏斗和新旧交替的动势意象，或象征崇高、巨大、宏伟、壮丽的意象，逐步形成具有现代色彩的意象系统。

第五节　性的变奏与"妖女"原型

——现代文学原型置换个案分析

　　中国文化中，围绕着性问题产生了许多看似矛盾的现象：一面是公开的禁忌，一面是隐秘的越轨；一面是严厉的控制，一面是实际的放纵；一面是谈性色变，一面是津津乐道。在这种矛盾中形成的中国独特而丰富的性文化，被视为一个千古之谜。性文化中这种"显"与"隐"的现象，既反映着在肉与灵、情与理关系上的道德规范和态度，也折射着人的意识与潜意识的微妙心态。这就是，一方面，在中国文化中，性是一个十分被看重的问题，"食色，性也"，"饮食男女，人之大欲存焉"，性被提到与吃饭同等重要的位置，被看作人的天性之一。但是，另一方面，中国封建社会一整套严密、成熟、完备的伦理道德规范，同样体现在对性的约束上，形成特殊的性观念、性道德，其严密、严厉可以说是无以复加的。这种一面实际上特别看重，另一面表面上又极力回避的现象，久而久之，使本来正常的性意识、性心理变得畸形。在严厉的道德礼教等文化意识的钳制和压抑下，性必然被驱逐到人的潜意识中。这种潜意识，在文学艺术中变相地得到释放。中国古代文学中，特别是一些所谓禁毁小说中，典型地反映出这种情况。在喻世、警世、醒世之作中，似乎很难分清作家的说教与潜意识宣泄。有理由这样说，在中国，性是最强烈的被意识而又最强烈的被压抑的一个领域，在人的心灵的冰山之下、在集体无意识中积聚着太多与之相关的精神能量。如果我们不能完全否认弗洛伊德的性本能说包含一定的道理，如果我们承认性意识、性观念、性伦理等等也是文化的一部分，是人性的一个方面，那么，我们也就不应否认，在我们的集体无意识中，有着性观念原型的活跃。这一原型因其隐秘的含义和蛰伏深藏于心灵底层，所以它的被重新激活和创化、它的显现也就更为曲折，它所具有的意义也因而更大。

20世纪中国文学的深刻变革，应该说对性观念原型有了重要的触动。如果把从20世纪初到20世纪末的中国文学在这方面的变化做一比较，再把这种变化与古代文学做一比较，一定会从中发现性问题本身以外的许多价值。在这里，笔者只就与性观念、性意识有关的某些文学现象，从原型的角度试做分析。

性观念原型的置换，是中国叙事文学中一个特别值得注意的重要领域，许多原型与性观念有深层的、隐秘的关系。现代文学在这一方面的变化，深刻地反映出现代作家的集体无意识。

性作为潜隐标准

现代文学中有许多关于女性受辱的作品，它的背后有着作家性观念和性意识的表露，有着传统的性文化中性禁忌、性崇拜的印迹。性是文学中一个特定的描写领域，性观念、性行为也被作为衡量人格的特殊标准。而性禁忌和性崇拜观念实际是相互联系的，当把它们政治化、伦理化之后，性乱、破坏贞操等就被看作最大的坏事。这种观念同样作为一种集体无意识在文学创作中有所体现。

第一，通过女性的不幸遭遇来抨击社会现实。大量的作品写到女性、母亲被侮辱、被损害，她们处于社会最底层，或是从肉体到精神的受难者，或为奴隶的母亲，或被典、被卖，如叶绍钧的《一生》、鲁迅的《祝福》、柔石的《为奴隶的母亲》、台静农《红灯》、许杰《赌徒吉顺》等。现代文学的人生图景以女性的受难为多，她们的血与泪凄惨而又动人。集中表现女性的受难，除了反映妇女受压最深的现实外，还有情感的问题——她们的命运可以激起最大的情感强度。艾芜短篇小说《伙铺》叙述了这样一个细节：有一个旅店，对于旅客在男女方面的问题是非常在意的，即使"要求腾一间小房间，让旅客夫妇住，那他们万不能答应的。为什么呢？这就是他们还活在古老的封建社会中间，男女的性关系，是看得非同小可的。因此，同他们提到敌人侵略的事情，他们最感忿怒的，便是妇女被奸污这件事了"。其实不光是旅店老板的观念，现代作家潜意识中也有同样的观念。许多作品涉及性的问题，并不单是在陈述某种事实，而实际上是在表明一种态度、运用一种标准，这就是性态度、性标准。性问题上的犯罪是最不可饶恕的，对于母亲的性凌辱，最能激起强烈的义愤。

第二，性态度作为衡量人格的一条重要标准。女性、贞女崇拜演化成一种深层心理和潜意识中的道德标准。比如《沉沦》中主人公忏悔最深的是性行为方面；《蚀》中女性的转变与性问题上的失足有极大的关系；《林家铺子》中林老板最不能容忍的是恶势力对他女儿的逼婚；好色是《子夜》中赵伯韬恶行之一；《原野》中仇虎的妹妹被辱是其复仇的重要动因；《雷雨》《日出》把性问题作为揭示人的性格和现实最深层状况的焦点；《四世同堂》中大赤包最不齿的恶行之一是当妓女管理所长，招弟的特别令人厌恶在于她丧失人格的同时出卖肉体；《屈原》中南后的阴险在于以性问题进行诬陷；等等。在现代文学中，反封建节烈观是关于妇女解放、社会解放的一个重要内容，但是在意识深层，性的贞洁观念和性道德仍是一条潜隐标准。通过两性问题表现人的性格尤其是人的品行是一个重要的模式。作者要通过这类事情，或以此展示人物隐秘的心理世界和性格特征，即赋予性态度、性观念以重要的社会含义，其心理深层仍有"万恶淫为首"传统观念。

"蚌"的象征原型与现代女性悲剧

梅娘的中篇小说《蚌》是探讨阴郁的家庭和险峻的社会中青年女性命运的作品。卷首的题记云：

潮把她掷在滩上，

干晒着，

她！

忍耐不了——

才一开壳。

肉仁就被啄去了。

这个题记是一个颇具深意的女性命运的意象，女子被逼堕落的意象，是弱女子毁灭的象征。季羡林在《〈生殖崇拜文化论〉序》中说："华北、东北民间将男童的生殖器戏称为'亚腰葫芦'；蚌象征女阴"。①这里的"蚌"可以从较为宽泛的意义去理解，可以把它看作女性的象征。这里的"潮"即可理解为时代或社会之潮，也可以理解为某种精神、意识之潮。潮把她推向社会的滩上，她禁不住各种压力和诱惑，才一开壳，便被毁灭，这是一个完整的意象。它可以看成是男性压迫、逼良为娼、环境促成女性堕落、经不住诱惑导致悲剧等意蕴。现代文学作品中这类被推向滩头而"干晒着"，最后"肉仁就被啄去了"的"蚌"的意象有陈白露（《日出》）、赵惠明（《腐蚀》）等，值得进一步探讨。

"妖女"原型在现代的置换变形与作家的潜意识

中国古代小说，写狐妖、神鬼变异的作品，从六朝志怪小说到唐传奇，一直到《聊斋志异》，为数众多。《玄中记》中的狐妖，《列仙传》中的人鬼恋情（如《江妃二女》），《搜神记》中的人神相爱（如《紫玉》《汉谈生》《崔少府墓》《弦超与神女》等），《聊斋志异》中的鬼神变幻、活人见鬼、人鬼交往，等等，形成了独特的叙事母题和人物形象系列。这些作品中，以女性性征为特征的妖仙神鬼特别引人注目，或女鬼，或女妖，或狐精，或神女，几乎全为女性。这些作品假以仙境地府、花精狐魅，实写人间的真实生活或抒发作者理想。关于她们的故事中，较多涉及情爱，或者说多是以男女情感为轴心展开情节，写出了许多凄婉动人的故事。

我们姑且把这类作品中形成的模式统称作"妖女"原型模式。"妖女"原型具有两方面的蕴含：一方面，它是中国封建社会作家无意识流露出的男性征服欲望的变态曲折表现，反映着男性作家某种潜意识心理；另一方面，妖女的举动中，也往往包含着某种在性观念上的反叛姿态，包含一种反传统、反世俗的色彩，超越规范而与现实中的女性有着很大的区别。这在一定程度上反映

---

① 季羡林：《〈生殖崇拜文化论〉序》，见《中国文化与东方文化》，新世界出版社2017年版，第231页。

着作家反传统的妇女观、婚恋观或性观念。值得注意的是,妖女一般来说并不令人厌恶,反而有许多在正常女性身上难以大胆表现的可爱之处。唐传奇写恋爱的作品中,神、妖、仙、鬼的形象优美动人,如《柳毅传》中的龙女,《任氏传》中的狐妖任氏,《裴航》中的云英等,到《聊斋志异》,这种传统得到了进一步的发扬。可以说,在妖女身上,实际寄托着作者的某种理想和情感。

"妖女"原型中,有许多是以写她们在性爱关系中的主动性为特点的。女妖一般都美丽动人、富于人性,男主人公往往是知书达理的白面书生。女妖或托于梦境,或神妖变形,或动物成精,总之神秘莫测地主动委身于男子,飘然而来倏忽而去。学者叶庆炳在《志怪小说》一文中分析这种现象说,志怪小说所记,不外乎仙、神、鬼、妖四种故事。而"女鬼的爱情三部曲"有一定的程式:第一步,女鬼毛遂自荐;第二步,两情相好,遂同寝处;第三步,分离。许多小说"都是由女鬼主动去接近男人的,这是三部曲的第一部"①。这些作品除过借鬼蜮世界表现人生情怀外,大都有文人某种潜意识的表露,即站在男性立场上希望女性主动的意识。这是作者一种伪装之后的心理欲求,一种深藏于集体心理而不能直接表现的心态。这种无意识心理和传统的伦理观念是对立的。在现实中,由于封建社会长期的精神禁锢,这些意识要么深藏心里底层,要么在经过掩饰变形而后得以表现。

中国现代文学的总体特征和以现实主义为主潮的格局,决定了"妖女"原型不可能得到直接的继承和表现,但实际上这种原型模式在作家的深层意识中或集体无意识中仍然有所表现,在特定情境下进行了特殊的置换变形,得到了曲折的反映。虽然我们不能夸大这种现象,但它毕竟或隐或显地存在着,对这种现象加以探索并非没有意义。

"妖女"原型在现代文学中的置换变形,主要表现在一些描写新女性的作品中。现代作品中的女性形象系列,可以从不同的侧面进行梳理归类,但这不是本书的任务。这里所要说的是,在女性系列中,最具鲜明色彩和时代意义

---

① 叶庆炳:《志怪小说》,见魏子云主编:《中国文学讲话》(第5册),贵州教育出版社2014年版,第386页。

的是一批以反传统、反世俗、反礼教为特征的女性形象,如莎菲(丁玲《莎菲女士的日记》)、王曼英(蒋光慈《冲出云围的月亮》)、娴娴(茅盾《创造》)、桂奶奶(茅盾《诗与散文》)、孙舞阳(茅盾《蚀》)、蘩漪(曹禺《雷雨》)、金子(曹禺《原野》)、李佩珠(巴金《电》)、郭素娥(路翎《饥饿的郭素娥》)等等。这些女性形象有现实依据和典型意义,又有独特的性格内涵。这一系列形象有一个共同或相似的特点,就是她们的身上,不同程度地存在着某种怪异的或乖戾的色彩,带有极其不同寻常的、超出常规的举动,特别是在性关系、性态度上表现出一种反规范、反传统的意识,似乎有些"妖"气和"邪"气,甚至"鬼"气,使常人难以理解和接受。莎菲在情爱问题上对男性的"支配",王曼英用肉体对敌人的"报复",孙舞阳在方罗兰"动摇"时的主动进攻,娴娴使得君实的难以适应,桂奶奶的大胆,蘩漪对待乱伦的"独特"看法和乖戾阴鸷,金子的野性,郭素娥的从肉体到精神的"饥饿",等等,都被处理得有声有色。在这些形象身上,超乎寻常的怪异情态与富于魅力的个性集于一身,使我们很容易想到古代小说中的"妖女"原型。

把这类形象与"妖女"原型联系起来,不是也不必一一寻找二者的对应,只因为笔者感到,在塑造这类形象时,作家的潜意识中或许就有传统女妖的影子,有集体无意识中对这类形象某些方面的认同。当现代作家要塑造新女性形象时,这种集体无意识心理不自觉地显现出来。这种情况与中国历代叙事文学中借女妖、狐神等形象表达作者新的观念意识和理想是相似的。正是从这个意义上说,现代文学中有对"妖女"原型的置换变形。现以茅盾的女性形象塑造来看。茅盾早期小说中有较多女性形象的描写和女性心理的刻画,特别是不同类型的女性表现出不同的态度,如《野蔷薇》《幻灭》《动摇》《追求》《虹》等。茅盾说:"《幻灭》,《动摇》,《追求》这三篇中的女子虽然很多,我所着力描写的,却只有二型:静女士,方太太,属于同型;慧女士,孙舞阳,章秋柳,属于又一的同型。静女士和方太太自然能得一般人的同情——或许有人要骂她们不彻底,慧女士,孙舞阳,和章秋柳,也不是革命的女子,然而也不是浅薄的浪漫的女子。如果读者并不觉得她们可爱可同情,那便是作者描写的失败。"①茅盾在《写在〈野蔷薇〉的前面》一文中，针对有人认为《诗与散文》太肉感，或者以为是单纯的性欲、近乎诱惑时，他辩白道："如果《创造》描写的主点是想说明受过新思潮冲激的娴娴不能再被拉回来徘徊于中庸之道，那么，《诗与散文》中的桂奶奶在打破了传统思想的束缚以后，也应该是鄙弃'贞静'了。和娴娴一样，桂奶奶也是个刚毅的女性；只要环境转变，这样的女子是能够革命的。"②茅盾的自述在一定程度上表明，爱情或性态度的描写是从一个特殊的、隐秘的方面揭示人格特点，由此切入表现她们作为反传统女性的性格特征，并对这些特征给予肯定或赞扬。类似的例子还有曹禺对繁漪像雷雨一样令人心悸震撼的性格的赞美，巴金对李佩珠像电一样凌厉闪光的性格（包括对待爱情的态度）的肯定，等等。正是从这些非同寻常的女性身上，从她们越轨的举动中，人们看到了她们可爱的一面、可同情的一面，也看到了她们在冲破传统精神束缚方面的勇敢和无畏。她们的行动可能是出格的，甚至是为现实社会道德所不容许的，但是，却对素被尊崇而实际窒息人性的既定秩序具有真正的冲击力。所以，这种描写，可以看作对传统中国小说借鬼神世界和妖女形象表达作家反传统精神的置换变形。

此外，这种现象中，可能曲折地反映了某些作家在对待女性问题上的一种潜意识心理，甚至在对待两性问题上的真正心态。当拉开了历史的距离，换另外一种角度去看茅盾作品中的这种现象的时候，我们或许会有另外一些感受：作者对描写对象肯定的背后有对其欣赏的情态。有位学者很有见地地分析道："当面对静女士和方罗兰的时候，他（指茅盾——引者注）明显地表现出一种洞察感，一种精神上的优越感，他能够大段大段地直接剖析他们的心理活动。可对惠女士却不行了，一到描写她的美貌，她对男性的诱惑力，他不知不觉就会采取旁观的角度，字里行间常常流溢出欣赏的情味。这到描写孙舞阳的时候尤其明显，把她写得既丰腴迷人，又善良温柔，而且还是个机智勇敢的革命者，这就简直是象方罗兰一样在俯视她了。对方罗兰，茅盾不愧是精细冷静

---

① 茅盾：《茅盾论创作》，上海文艺出版社1980年版，第31页。
② 茅盾：《茅盾论创作》，上海文艺出版社1980年版，第51页。

的解剖师,可到孙舞阳面前,他有时却变成了一个满怀爱慕的旁观者,怔怔地看着他们翩然而去。"①这种对茅盾作品的感悟是符合实际的。同时,茅盾对这些女性的描写,尤其是对"孙舞阳"型女性的欣赏,除"醉心于表现男人在女性肉体魅力面前的软弱不敌"之外,还有一个重要特点,就是同样醉心于表现孙舞阳式的女性精神上的大胆、主动、狂放,表现男性在精神上同样的软弱不敌,这在方罗兰的身上、在《野蔷薇》中的一些男性身上都有明显的表现。这些女性的大胆和主动,带有狂狷不羁,甚至悖乎常情的意味,那么,这只是作者对现代女性中一种类型的真实写照呢,还是另外表明了什么?也许,这里作者表现出一种矛盾的情态,一方面把女性主动置换变形为与女性解放意识和政治革命结合起来的意象,另一方面则对这些女性在性问题上的积极态度表示了欣赏,这在一定程度上可能正是作者的一种潜意识表现。

这种现象并不是孤例。许杰的短篇小说《黑影》中,主人公就甚至幻想在神秘的秋夜,"有一个狐鬼幻化出的美女"来"摩抚我的寂寞"。在现代许多涉及两性问题的小说中,在受弗洛伊德精神分析影响的作品中,除了作者对作品中人物的潜意识揭示外,是否同时显现着作者自己的潜意识,或者说有某种传统原型意象在映现?指出这种原型的置换,不是为了猜测作者的内心隐秘,而是因为它正好反映了历史的变化对作者深层心理的触动,反映了作者意识的社会化特点,并从中体现出人性深处的某些共性。

---

① 王晓明:《惊涛骇浪里的自救之舟——论茅盾的创作生崖》,见《王晓明自选集》,广西师范大学出版社1997年版,第129页。

主要参考书目

[1] ［瑞士］荣格：《心理学与文学》，冯川、苏克译，生活·读书·新知三联书店1987年版。

[2] ［瑞士］荣格：《分析心理学的理论与实践》，成穷、王作虹译，生活·读书·新知三联书店1991年版。

[3] ［加］诺思罗普·弗莱：《批评的解剖》，陈慧、袁宪军、吴伟仁译，吴持哲校译，百花文艺出版社2006年版。

[4] 吴持哲编：《诺思洛普·弗莱文论选集》，中国社会社科科学出版社1997年版。

[5] ［加］诺思罗普·弗莱：《伟大的代码——圣经与文学》，郝振益、樊振帼、何成洲译，北京大学出版社1998年版。

[6] ［美］爱德哈伯：《中国文化象征词典》，陈建宪译，湖南文艺出版社1990年版。

[7] 范景中编选：《艺术与人文科学：贡布里希文选》，浙江摄影出版社1989年版。

[8] ［美］乔纳森·卡勒：《结构主义诗学》，盛宁译，中国社会科学出版社1991年版。

[9] ［美］阿兰·邓迪斯编：《西方神话学文论选》，朝戈金、尹伊、金泽等译，上海文艺出版社1994年版。

[10] 鲁迅：《中国小说史略》，煤炭工业出版社2018年版。

［11］茅盾：《中国神话研究初探》，人民文学出版社1978年版。

［12］袁珂编著：《中国神话传说词典》，上海辞书出版社1985年版。

［13］章培恒、骆玉明主编：《中国文学史》，复旦大学出版社1996年版。

［14］宗白华：《美学散步》，上海人民出版社1981年版。

［15］冯友兰：《中国哲学史》，商务印书馆2001年版。

［16］钱钟书：《管锥编》，中华书局1986年版。

［17］石昌渝：《中国小说源流论》，生活·读书·新知三联书店1994年版。

［18］浦安迪讲演：《中国叙事学》，北京大学出版社1996年版。

［19］刘岱主编：《意象的流变》，生活·读书·新知三联书店1992年版。

［20］金泽：《宗教禁忌》，社会科学文献出版社1998年版。

［21］居阅时、瞿明安主编：《中国象征文化》，上海人民出版社2001年版。

［22］齐裕焜主编：《中国古代小说演变史》，敦煌文艺出版社1990年版。

［23］罗永麟：《中国仙话研究》，上海文艺出版社1993年版。

［24］郑士有：《中国仙话与仙人信仰研究》，陕西人民教育出版社1991年版。

［25］葛兆光：《道教与中国文化》，上海人民出版社1987年版。

［26］葛兆光：《禅宗与中国文化》，上海人民出版社1986年版。

［27］孙昌武：《佛教与中国文学》，上海人民出版社1988年版。

［28］欧阳维诚：《周易新解》，岳麓书社1990年版。

［29］李泽厚：《华夏美学》，长江文艺出版社2019年版。

［30］周宪：《二十世纪西方美学》，南京大学出版社1997年版。

［31］陈平原：《中国小说叙事模式的转变》，上海人民出版社1988年版。